JN056531

『くるっぽう？』
頭の葉っぱだけでも取ってあげようと私が手を伸ばしたところで、パチリと視線が合う。
そしてフクロウは周囲を見回してから、もう一度私に視線を戻して口を開いた。

アレクシオス＝
マグナス
レグタリア帝国皇帝
シエル
ヴィルジニアが
拾ったフクロウ
ヴィルジニア＝
アリアノット
第七皇女

シアニル＝
ハーフィズ
第五皇子
ヴェルジエット＝
ライナス
第一皇子
パル＝メラ
第三皇子
カルカラ＝
ゼノン
第六皇子
オルクス＝
オーランド
第二皇子
アル＝ニア
第四皇子

「私の父様はかっこ良くて素敵だなって、
嬉しくて。なんでだろ、涙がね。
涙が出ちゃうの」
私はこの溢れた気持ちが少しでも
伝わりますようにと願って、父様の首に
縋り付くようにして抱きつくのだった。

玉響なつめ
Illustration
ニナハチ
1
末っ子皇女は幸せな結婚がお望みです！
The Youngest Princess Hopes for a Happy Marriage!

CONTENTS

The Youngest Princess Hopes for a Happy Marriage!

プロローグ

おぎゃあ。

その声が自分のものであると理解した時の衝撃は、今でも言葉にできない。

よく理解できないままに目が覚めたらよく見えないしなんだこれ!?

そんな混乱する中でようやく人影っぽいものを認識できて『すみません』って声を上げたらまさかの頼りない『おぎゃあ』ときたもんである。

（なんで？　どうして？　意味がわかんない!!）

混乱する私に、優しい声が何かを語りかけてくれているのが聞こえたが、何を言われているのか理解できなくて、怖くて怖くてたまらなかった。

宥(なだ)めるように触れてくれるその手つきも優しくて、怖がる必要はないと遠くで理性が訴えてくれているのだが、どうにもならないほどの怖さが自分を支配したのだ。

私は自分で感情を抑えるのが得意だと思っていた。

なのにこのよくわからない状況にあることから、あっという間に感情が爆発してしまって『怖い！　そう思う自分が悲しい！』と泣いたらまたもや『おぎゃあ』である。

まったくもって理解できない。

理解はできないが、自分がこれまでの自分ではないということだけは、理解できた。
そう――要するに私は、転生していたのである。

前世の私はいわゆる毒親育ちというやつだった。

姉妹差別は当たり前、なんなら私を不満をぶちまけるためのゴミ箱みたいな扱いをしてくる両親から逃げ出すようにして、私は中卒で家を飛び出し、親身になってくれた恩師繋がりで拾ってくれた親切な人が営む工場で、必死に働いた。

工場での仕事は単調でキツいと思うこともあったし、肉体労働で毎日クタクタだったけど、一緒に働くおばちゃんたちやおっちゃんたちは私のことを可愛がってくれたものだ。

ちょっとお節介焼きだったけど親切だったし、親よりもずっと頼りになるオトナたちだった。

一人暮らしをしていると聞けばオカズを多めに作って渡してくれたり、休み時間にオヤツをくれたり、日用品も余り物でよかったらって分けてくれたりしたもんだよ。

本当にありがたいよね。私にとって親よりも親だったよ、あの人たちは。

でも、そんな幸せな生活も長いことは続かなかった。両親に見つかってしまったのだ。

どうやら溺愛する姉にお金をつぎ込みまくった結果、金欠になってしまったらしい。

その上、金持ちと結婚させる予定の姉がなんと両親の下から逃げ出してしまったんだとか。

なんでも小さな工場の会社員さんと恋人関係にあるから見合いはしないと言ってきた姉を説得するため相手を恫喝したら、手に手を取って駆け落ちしちゃったんだって！

堅実な相手を見つけたんだね、お姉ちゃん。グッジョブ。

とにかくそんなこんなで両親の要求は〝戻って家事をしつつ両親に平身低頭尽くして金銭的問題を速やかに解決しろ〟ってことだった。本当に馬鹿じゃね？

当たり前だけど、まるっと全部お断りである。

『お前ッ、親に育ててもらった恩を返せ！』

『恩を感じるほどのことをしてもらった覚えはないね！　そもそも私のお金はお前らに渡すよりもずっと大事なことに使うんだよ!!』

『なんだと、親よりも大事なものがあるっていうのか！』

『お世話になってるシズエさんの誕生日の方が大事に決まってんでしょバーカバーカ！』

『このっ……生んでもらっておいて……！』

シズエさんは誰よりも工場で私のことを気遣ってくれて、時々ご飯に連れて行ってくれて、勉強も教えてくれた〝親戚のおばさん〟みたいな人だ。

その人の誕生日に精一杯のお祝いの品を用意して、明日になったら渡そうって思ってた。

うちの両親なんか、私を生んだだけで他は何もしてくれなかったのにって思ったら悪態が止まらなかった。絶対戻ってなんかやるもんかって、負けるもんかって。

その結果、逆上した両親に突き飛ばされて車道に、そして……という流れだったと思う。

（……最悪じゃん）

で、私はこうして生まれ変わったと。

思い出せる限りの経緯はこんなもんだった。だからって『おぎゃあ』で始まった新しい自分の人生とやらを簡単に受け入れられるのか？っていうとそれは別問題だ。

だって一応、十代とはいえ自立していたんだよ？

それなのに人生終わりましたハイ次ですって言われても、簡単に受け入れられるかというと難しい話じゃないか。それはもう自分の中で折り合いをつけるのが大変だったわけですよ。

まあ一年っていう時間のおかげで肉体も成長して、周りが見えるようになった頃には達観したというかなんというか。受け入れることが、できたんだよね。

私、こう見えて道ばたのタンポポ並みに逞（たくま）しいので！

とりあえず転生も驚きだけど、どうもここは日本じゃないってことも驚きだ。

黒髪黒目のザ・日本人だった私には周囲の人が金髪だったり茶髪だったりするということにびっくりなのだが、それに加えて私の親はどうやら金持ちらしいってこともわかってきた。

なんかわかんないけど『姫様』って呼ばれてるんだよね。

（っていうか姫って……本当に身分が高いのか、それともめっちゃ女の子を期待してたのかな？）

なんか中身がこんなんでごめんって気持ちが大きいんだよなあ！　姫って柄じゃないし……。

とはいえ、とりあえずはまだ一歳。摑（つか）まり立ちから次のステップに踏み出したいところだ。

まずは今世、まだ見ぬ両親が、真っ当な人たちでありますように！

第一章♥父は皇帝、私は皇女

さて、転生という事実を受け入れてから二年が経過した。

三歳になった私は、格段にやれることが増えていた。舌っ足らずになったりすることもあるが、多少なりともそれなりにおしゃべりだってできるし歩き回れるのだ。人間ってすごい。

ただまあ前世の記憶については、もう明瞭なものじゃなくなりつつあるんだよね。

毒親に対する恨(うら)み辛(つら)みははっきり覚えているけど、自分の前世での名前とか、他の人たちの名前や顔がぼやけてしまって思い出せない、みたいな？

これが転生者あるあるなのか、それとも新しい知識を得ていく中でところてん式に抜けていっているだけなのかわからないんだけど……とりあえず問題はない。

まず今世の私の名前はヴィルジニア＝アリアノット。二つあるけど、どちらも正しい名前だ。

一番目の名前である〝ヴィルジニア〟は家族や本当に親しい人にだけ呼ばせる名前。

そしてこの二番目の〝アリアノット〟が一般的に呼ばれる名前で、公式の場では両方呼ぶのが王侯貴族の一般常識なんだとか。高貴なるものは二つの名を持つのも常識なんだって。

そう、高貴なるもの。

前世の世界観でミドルネームとかは聞いたことあるけど、高貴なるものとか二つの名とか……私がものを知らないだけなのか？って思ったら違うのよ。

なんとね、私……異世界に転生してたんだよ！

このトンデモ事態を受け入れるのに追加で二年かかったんですよ!!

（物が飛んだり浮いたり火が点いたりするのを見て脳内処理が追いつかなかったんだよね……）

ええ、ええ。とっても驚きましたとも。魔法なんて初めて見たもん……。

で、私の名前が立派なことからお察しの通り、私の親はまさしく『高貴なるもの』だった。

おかげで専属侍女だの護衛兵だの家庭教師だの……誰かしらいつも人がいる。

一人になる暇がないっていうか、厳重すぎるわ。慣れたけど！

初めの頃は誰が親なのかとドキドキしたもんです。まさかみんな違うとは思わんかった。

「余の可愛いニア、余が来たぞ！　さぞ寂しかったであろう!!」

遠くを見ながらぼんやりとそんなことを考えていると、イケオジがノックもなしに勢いよく入ってきて私を抱き上げる。何を隠そう、上質な布でできた衣服でがっちりとした体を包んだこのオッサンこそが私の父親で、なんとこの国……軍事国家レグタリア帝国の皇帝、その人なのだ。

名前はアレクシオス＝マグナス・レグタリア。名前も厳つい。

つまり私のフルネームはヴィルジニア＝アリアノット・レグタリアとなるわけだ。

ちなみに私は末っ子らしく、第七皇女という立場にある。

私の上には六人の兄たちがいて、全員母親が違うときたもんだ。

そしてこれが面白いんだけど、皇子、皇女と呼ぶけどこの国では男女分け隔てなく扱うらしくて、私は兄妹の中で唯一の女の子だけど七番目だから第七皇女なのだ。陛下ったら子だくさん。

ちなみに生まれた順番がそのまま皇位継承権の順位なんだってさ！

(しっかし同じ親から生まれても仲良くなれないケースもあるわけだから、母親違いだとどうなのかな……いや、前世の自分が特殊環境にいたってのはわかってるけど)

まあそれはともかく、私はその兄たちとは未(いま)だ会ったことはない。ちなみに実母とも。

会ったこともないのに仲良くなれないと決めつけてはいけないよね。

今のところ会ったことのある家族は、この一日のうち何度か会いに来る父だけ。

(いや、実母に関してはどうやら産後の肥立ちが悪くて……ってことらしいんだけど、みんな気を遣って何も言わないんだよなあ)

まあ幼女に『お母さんは死んでしまったんだよ』とか説明してもわからないだろうし、下手に話して悲しませない方がいいだろう……なんて考えているんじゃなかろうか。

(私が聞かないから……なんだろうけど)

「ニア、余の宝。お前の母の分までこの父が愛を注いでいくからな。欲しいものがあればすぐに言うのだぞ？　そなたが望めばなんでも叶(かな)えてやろう」

「……父様が会いに来てくれたら嬉(うれ)しい」

「おお、なんと愛らしいことか！」

ちなみに父様は若干鬱陶(うっとう)しいと思ってしまうことが多々あるくらい、愛情表現がすごい。

いや私が毒親に育てられたせいで親子の触れ合いってのがよくわかんないってのもあって、ひげのオッサンが頰ずりしてくるのが普通なのかよくわかんないんだけど……でも、悪い気はしない。

（抱きしめてくれて、大事だって言ってもらえるのがこんなに嬉しいなんて知らなかった）

だからひげがチクチクするのくらい我慢しちゃえるんだよなあ！

私の専属侍女だというデリアによると、どうやら私は父から特に愛されている子供らしい。

どうやら父は跡取りに恵まれまくったけど、全員が全員なんと父親似なんだって。

それゆえに、どーしても可愛い娘がほしかった。

ってことでどんどこ妻を迎え、子を生んでもらった結果、七人目のお妃（きさき）……つまり私の母親で成功したと。ちなみに儚（はかな）げ系美少女だったらしい母は十四歳で嫁いで来たらしいので、いろんな意味でキュッてなったね。ちなみに父は今三十八歳だって。

まあ少なくとも話を聞く限り夫婦仲はよかったみたいだし、この世界ではこの年齢差もオッケーなんだろう。多分。

（とりあえずは、そうだなあ）

今世では、兄たちと仲良くなりたいな、と私は密（ひそ）かに思うのだ。

そう、兄妹。仲良し兄妹。それは私にとって、憧れの響き。

前世での私には四つ上の姉が一人いた。そりゃもう美人でホントに姉妹か？って疑うレベル。

そんな姉を両親は溺愛し、金を湯水のように使っていた。

今ならそれがおかしな話だってわかるけど、私はそれがどうしようもなく羨ましかった。

母親が『姉と同じくらい美人に生まれてくれたら大事にしてやったのに』なんて言ってきた時には、感情が無になったものだ。

でもある日それは〝歪(ゆが)んだ愛情〟ってやつなのだと、気づいてしまった。

姉は姉で両親の押しつけがましい愛はさぞかし息苦しかったことだろう。

そんなに頻繁じゃなかったけど、お菓子とか……新しい文房具や、靴下とかを姉がこっそり譲ってくれたことは本当に嬉しかったし助かった。

あれがなかったら私の生活はもっと酷(ひど)かったはずだ。だから、姉のことを嫌いになれなかった。

それでもやっぱり羨ましかったから、好きとは言えなかったけれど。

（両親があんなじゃなかったら、私たちは仲の良い姉妹になれたのかな）

答えは今となってはわからない。

とりあえず、私が家を出る時も、姉が両親の注目を集めてくれていたから抜け出せたのだ。

去り際に、気遣うような視線が向けられていたことは覚えている。

今思えばどうしようもなかった。だって私たちは、無力な子供だったから。

私たちは私たちなりに、思うところがあった。でも抗(あらが)う術(すべ)を持っていなかったのだ。

でも……今なら素直に思うのだ。

（私はお姉ちゃんと仲良くしたかったんだよなあ）

綺麗(きれい)で、自慢のお姉ちゃんなんだよって、誰かに自慢してみたかった。並んでお買い物をしたり、くだらない話をしたり、それこそ他愛ない喧嘩(けんか)をしたり……普通の姉妹みたいなことがしたかった。

その思いは今も胸の中にある。

（だから今度こそ）

今度こそ、私は兄たちと向き合っていこう。

……ただこんなに子を溺愛する父様の姿ってのはみんな見たことなかったっていうから、果たして兄たちはそれについてどう思っているのかが心配なんだよね！

だがまあ、今の私は幼女。可愛い盛りであることを武器に寄っていけば、おそらく兄たちだって邪険にはできないか、もしくは純粋に可愛がってくれるかもしれない。

（確か一番上から二十五歳、二十歳、十八歳が二人、十七歳、十六歳だっけ？……見事なまでにすごく年上ばっかり）

そこまでして娘がほしかったのか、父よ！

私は鏡の前に立って、自分の姿をしげしげと眺める。

（まあ私は亡き母に似ているとのことで、それが溺愛の理由の一端なんだろうなあ）

焦げ茶色の髪も、青い目も、母親譲りとのことだ。

儚げ系美少女だった母かあ、私もそうなれるのだろうか。

「アリアノット様、いかがなさいました？」

うーんと考えていたらデリアが私の様子に気づいて、優しく声をかけてくれた。

彼女は地方の貴族出身で、十六歳。しっかり者で頼りになる侍女だ。

「あのね、デリア。私には兄様がいるのよね？　会ってみたいなあって……」

照れながら上目遣い。必殺、幼女の可愛さアピール。

こちらのメンタルは削られるが、それでも言動に不審を抱かれるよりずっとマシである。

「慣例に従い、陛下が良き日を選んで場を設けられるかと」

「そうなんだあ」

なるほど、ある程度はやはり私の成長を待ってというところだろうか？

それともまさかと思うが、父様が幼女時期の娘を独占したいとかそんな理由じゃないだろうな。

いやさすがにそれはないか、皇帝だし。

私も皇女としていつまでも部屋の中に閉じ込めていい存在ではないはずだ。多分。

（まあさすがに勝手に部屋を飛び出して……とかだと印象悪くなっちゃうから）

なるべく良い子で、ある程度は子供らしく。

うん、ハードル高いな？　でもこういうのって大事だと思うのよ。いわゆる処世術ってやつ！

最初から兄たちに期待をしすぎるのは良くないよね。

前世の経験から〝幼児は無条件で愛される〟なんてことはないと学んでいるので、端っから大事にされると思って行動するほど私も愚かじゃない。

兄弟でも仲良くなれない人だって世の中にはいるだろうし、逆に上手くいく可能性だってあるし、その辺はケースバイケースでやっていくしかないよね。フィーリングって大事。

いくら今世が美幼女で愛くるしいからって、可愛さで万事が解決するわけじゃないのだ。まあ大抵の人は可愛いものを好いてくれるだろうから、後は私の努力次第かな。

そもそも大半が末っ子如き気にするほどでもないって感じで無関心だと思うけどね！

（でもどうしたらいいのかな）

最年長の一番上の兄は大人としての良識を持ち合わせていれば、決して無下にはしないはず。ただ長男はこの国の皇太子らしい。つまり役職持ちで忙しい。仕事の邪魔をしてまで会いに行くのはちょっといただけないよね。前世、社会人だった身としては憚られる。

(じゃあ手っ取り早く六男かな……一番年齢的に近いわけだし)

でも十六歳と言えば反抗期真っ盛りってやつじゃない？　いやデリアを考えたら割と大人なのかもしれないけど……でも複雑な年頃でもあると思うのよね。

「……お妃様たちにも、いつか会える？」

うん、それなら将を射んと欲すればまず馬を射よと言うではないか。

会ってくれる親切な他のお妃様経由でそのご子息と仲良くなれたりしないだろうか!?

自分で言うのもなんだが、可愛らしい薄幸の美幼女ですぞ!!

私そのものは嫌っていても、私の母親役を買って出れば皇帝からの心証がよくなる……という理由で親切にしてくれる人がいてもいいんじゃなかろうか。

「それは……その、陛下のお許しが得られればとは思いますが……」

でも私のそんな打算に対して、デリアが困ったような顔をする。

あ、これだめな感じじゃか。思わずスンとしてしまった。多分これは、父様のせいなんだな。

そりゃ皇帝が『だめだ』と言えばこの城にいる人たちは従わざるを得ないだろう。

(そうじゃなきゃ、おかしいもんね……)

だってさあ、いやまあ偉い人の子だから母親が直に育てないのが普通かもしれないけど……それにしたって私は放置されすぎじゃないのかなって。

勿論、国の方針とかそういうことはあると思うけど……。

まあ父様はあれだけ私を大事にしてくれているから、きっと理由があるに違いない。

それでも合理的に考えたら、侍女たちに丸投げするだけじゃなくて家族としてそれなりに扱おうとするもんじゃないの？　それとも皇帝の寵愛を一身に受ける幼女なんてみんな嫌いなわけ？

（ワォ、人生ハードモードの気配がしてきた……！）

でもそろそろ私は私のことを〝皇女〟という敬う存在として見てくる使用人ではない、別の立場の人たちと触れあいたいわけよ。そういう意味では父様がまさしくそれなんだけど、ひげのオッサンと触れあうだけで幼女の情操教育ができると思わないでくれ。

できたら同年代と会ってみたいけど、それはそれで皇帝の影に怯えたり擦り寄る系の大人たちに連れられた幼女たちってことになるわけでしょ？

違うんだそういうんじゃないんだよ私が求めてるのは！

「……何事も、まずは陛下に相談されるのがよろしいかと思います」

困ったようにそう私を諭すデリアに、私も今は引き下がるしかない。

ああ、うん。だってさ、デリアを困らせたいわけではないんだよ。

まあ父は私を溺愛しているんだから、それが一番無難だろうな。ただ確認はしておきたい。

「デリア、兄様たちに嫌われてないよね？」

こてん。子供らしく可愛く首を傾げてみせる。

今の私は大女優……そう自分に言い聞かせて、幼女の可愛らしさを前面に押し出す。

「そのようなことは決してございません。ご安心ください」

「ほんと？」

「はい。姫様は覚えておいでではないと思いますが、もっとお小さい頃に他の兄君様たちが気にかけて様子を侍従たちに問いかけてらっしゃったとか……いろいろと事情があって、今はまだ直接会う機会はございませんが、きっとすぐに打ち解けることができますよ」

幸いにも私の決死の『あざと可愛い小首を傾げる仕草』は成功したようだ。

デリアが一生懸命に私を励ましてくれたので、とりあえず笑みを浮かべておく。

（……なんか複雑な事情がありそうだなあ）

やはり母親が違うというのが大きい問題なのだろうか？

もともと〝仲良し家族〟ってものがよくわからない私からすると未知の世界だ。

今世もやっぱりハードモードだった場合を想定して、これからの身の振り方について考えた方がよかったりするのかな。

（ラノベとかアニメとかだと、こういう王室とか皇室って継承権争いがどうのこうのでドロドロしていたりするんだけどうちはどうなんだろ……）

でもほら、そういうのって大抵は兄や姉の誰かと仲良くなって解決するのがセオリーだよね。

とはいえ私にとってこれは現実なんだから、そう都合よく物事が運ぶなんて思っちゃダメだ。

（そうよ、現実ってのが一番厄介だもの）

期待したらその分だけがっかりするって、私はよく知っている。

少なくとも前世の〝家族〟に関してはそうだった。いくら生まれ変わったからって、甘いことだけを期待しちゃいけない。

（まあ、父親が私のことを可愛がってくれているってだけで今は満足しておくかな）

誰かに愛されているってわかっているだけで、とても心強い。

ただ私としては平穏な人生を送りたいなとこの年齢ながらに思うので、溺愛が過ぎて私を女帝にしようとか跡取り問題で厄介なことを言い出さないかが若干心配だけど。

（うーむ……まあとりあえずわかんないこと考えても仕方ないか！）

家族と仲良くするためにも、私は真面目でいい子でいなくては。

それに、将来を憂えるならとにかく知識が必要だ。今は焦ったってしょうがない。

（もうすぐ家庭教師の先生が来るから、その時にでもいろいろ聞いてみよう!!）

私はそう考えて、気合いを入れ直すのだった。

家庭教師の先生は、優しいおばあちゃん先生だ。

前世でお世話になったシズエさんを彷彿（ほうふつ）とさせるので、心の中でシズエ先生って呼んでいる。

ちなみにお名前はシーズニエ・シィズというのでこれはもうほぼシズエさん。

シズエ先生は私に基本的な読み書きと、簡単な礼儀作法を教えてくれる。本格的なものはもう少し先のことらしく、今は幼児教育というやつなんだろう。

（私は皇女って立場だし、いずれは政略結婚ってやつをしなきゃいけないのかな）

物語とかだと大体お姫様ってのには婚約者がいたりするもんね。

七番目の子供だけど、唯一の皇女ってことでそういうのを求められる日もあるかもしれない。

別にそれはそれで穏やかに暮らさせてもらえるなら、受け入れるつもりだけど……それはそれ、これはこれ。私は今世での人生計画を立てることにした。

とはいえ、私の希望は簡単だ。前世でできなかったことをするのだ！

家族関係の改善と、穏やかな暮らし、そしてできたら大恋愛がしてみたい!!

うん、このくらいしか出てこなかった。

（小学生が掲げる夏休みの目標か！）

いや自分が小学生の頃はもうちょっとマシだった気がする。いくらなんでも幼女すぎる。

うんまあ、中卒で高卒資格を取るための勉強をコツコツしてはいたけど、将来何になりたいとかそういうのは考えたこともなかったから……転生してまで何か成し遂げたいかって言われると難しいっていうか……。

だから今すぐ『どうなりたいのか』を考えて、私が望むものを書いてみたらそんな感じになった。

（これが〝自分の憧れてた物語のキャラクターだった！〟とかならまだいろいろ夢が広がったと思うんだけど……自分の人生だからなあ）

悲観しているわけじゃないし、むしろワクワクはしている。

型に嵌(は)められた人生ってわけでもないもの。物語の強制力だの、展開だの……そういうことをまったく気にしないでいいってことは素晴らしいと思うんだ！

せっかく美幼女で皇女っていう立場に転生したんだから、チヤホヤされたり好きなだけ学んだりお金に困った生活を送らなくていいってのはすごいことじゃない？

とはいえ周囲について気を配る必要は大いにあると思う。

だって、もしもこの部屋の外が戦乱の世で危険極まりない世界だったらどうする？　引きこもるしかないよね。でも引きこもりすぎても役立たずって捨てられちゃうかもしれないでしょ？

そういう意味でも私の味方をしてくれる人がいてくれたら嬉しい。それが家族で、兄だったらさらに嬉しい。そうじゃなくても、嫌われてるとか、そういう雰囲気になるのは避けたいな。

（それなら考え方を変えればいいのよ）

まず家族に関しては今世、どうあっても生まれがよろしい上に父親に溺愛されていることは変えられない。ということは温室育ちはほぼ確定、過保護ってのが前世の親が姉にしていたこととどう違うのかまでは今の段階ではわからないけど……何でもかんでも支配されるのはいやだ。

（私は自由に生きてみたい。恋愛にしろ進路（？）にしろ、ある程度……そう、許される範囲でいいから私の意見も聞いてほしい）

そのためにはただ愛されているだけの……前世の姉みたいにしていちゃいけないから、そうなるとやはりある程度の自立は必要だろう。

ある程度自立していれば私が望む平穏な暮らしもできるだろうし、庭付き一戸建てってのは違うかもしれないけど、ペットと一緒に過ごしたり、お菓子を作ったりするような生活だって望め……

うん？　途中からお姫様の暮らしとはほど遠いものになったな？

（庶民感覚がどうしても強いんだよなあ……大丈夫か私！）

お姫様生活に順応できるのかな!?　いやいやまだ幼女なんだからこれから、これから。

むしろこれを強みに……強みにどうやってしたらいいんだろう。

私はそんなことを考えつつ、前を向く。そうだ、悩んだ時にはまず相談だ！

「先生、先生は私の兄様たちに会ったことはありますか？」

「あら、まあ。アリアノット様はご家族にご興味が……良いことですね」

シズエ先生はにっこりと優しく微笑(ほほえ)んで、私に読み聞かせていた本をぱたりと閉じる。そしてゆったりとした口調で兄様たちについて教えてくれた。

長男ヴェルジエット＝ライナス、第一妃で皇后の息子。皇太子。二十五歳。

次男オルクス＝オーランド、第三妃の息子で二十歳。

三男パル＝メラ、第二妃の息子で十八歳。

四男アル＝ニア、第五妃の息子で十八歳。

五男シアニル＝ハーフィズ、第六妃の息子で十七歳。

六男カルカラ＝ゼノン、第四妃の息子で十六歳。

そして私が第七妃の娘で三歳と。

下手したら一番上の兄と私、親子に間違われちゃわないかな!?

「皇子殿下は皆様揃(そろ)って見目麗しく、また聡明(そうめい)であられますよ」

「へえー……そうなんだあ……」

なんか間抜けな声しか出なかったが、驚きというかなんというか。

聞けば聞くほどみんな優秀っぽいんだよな……大丈夫か？　私。平凡なんだけど。

一番上の兄は皇太子で、二番目の兄はその補佐役？　だとか。

ちなみに初代皇帝から脈々と受け継がれている炎の魔法、それを父様も使えるのだけれど皇太子も素質は十分だっていうから、まずその立場は盤石だと思われる。

それから、三番目と四番目の兄も桁違いの魔力を有する魔法使いらしいし、五番目の兄は芸術家、そして六番目の兄は騎士を目指しているそうだ。

継承権に関しては生まれた順番通りらしく、今のところ揉めていないそうだ。

そこは一安心だけど、みんな才能を活かして将来どうやって生きていくかしっかり決めてるってことじゃん！　しかも全員将来を嘱望されてるって……。

（ええー……才能一家かよ！）

思わず紅葉のような手をジッと見つめる。私にも可能性が……なんてちょっぴり思ったのだ。

いやないな。今のところ欠片も感じないわ。

「この国の皇族は慣例で、五歳まで親元で過ごした後お披露目となりますので、兄君様ともじきにお会いできるでしょう。気になることはどんどん陛下にご質問なされるがよろしいかと。勿論、わたくしめも答えられることはお答えいたしますので」

「ありがとう、先生！」

なるほど、五歳っていう節目でどうのってことがなんかあるのか。

他の人にほとんど会わない生活ってのにはきちんと意味があったんだな……。

ならとりあえず兄たちとのことは後回しで、私の身の振り方を考えるのが一番なのかなあ。

(自分が進みたい道、できること、うーん……考えることはいっぱいだ)

ちなみに六人の兄について名前は教えてもらったけど、性格とか容姿とか……そういうことについてはまた後日とシズエ先生に言われてしまった。

どうやら幼女にいっぺんに言ってもわからないだろうという気遣いのようだ。ぐぬぬ。確かに。

(でもできたら他のお妃様の情報とかも知りたかったなあ)

とりあえず状況を整理してみよう!

ここは魔法のある世界。父親は大きな帝国の皇帝で、兄が六人いて、しかも全員が才能豊か。

幸いなことに皇位継承権争いなどはなく、私には後ろ盾となる母がいない分そういう争い事からは遠い位置にいる。代わりに何かあった時の助けがないってことでもあるけど。

それから、人種は複数あり特性がそれぞれ違うこと。

エルフとか獣人って聞いた時にはちょっぴりテンションが上がったが、それは内緒だ。

「んん〜……」

考えすぎて知恵熱出そう。こういう時にペットがいてくれたら癒やしになるのかな?

前世では猫カフェに足を運ぶこともあったけど、そんなにお金もなかったからなあ……身近でモフモフさせてもらえる友だちとは親の関係で疎遠になっちゃってたのが悔やまれる。

動物が好きだったんだよ！　動物園の触れ合い動物コーナーとか幸せだったよね!!

まあしょっちゅうはお財布事情もあって無理だったんですけど……。

（……結婚したらペットを飼ってみたいとか思ってたけど、先にペットを飼うのもありだな？）

だって私ってば皇女だし、そこそこ希望は叶えてもらえるはず。

そう考えたら結婚相手に望む条件も大事だよね！

優しい人で、おおらかで、怒鳴らなくって、私の話を聞いてくれて、浮気とかしないで動物好きってところかな。お金はあるに越したことはないし、更に条件を加えていいなら相手の家族仲が良好だといいなあ。

私は前世のバイト先でおばちゃんたちに可愛がってもらった記憶があるので、嫁姑関係もバッチこいだ！　いや実際にそうなってみないとわからんけど。

（同じような価値観の人だといいよね）

しかしペットか。ペットも悩ましいな。ちなみに憧れだったのは猫だ。でも犬も捨てがたい。

飼いたいと言ったら父様は許してくれるだろうか。許してくれそうだ。

とはいえいくら私に甘いとはいえ、爪や牙を持つ動物を許してくれるだろうか？

（ならウサギとか？　いや案外蹴られると痛いって同級生が言ってたな）

となると何がある？　蛇？　トカゲ？　うーん、できたらあったかいやつがいい。

蛇も嫌いじゃないし、あれはあれでつやつやして綺麗だよね！

自分の部屋から一番近い庭園で日課の散歩をしながら考えをまとめてみるのはいいけど、父様におねだりするペットってのも結局思いつかない。

考えた先が〝果たしてこの世界に猫や犬がいるのか？〟まで至ってしまって、もはや哲学か！

いや、愛玩動物ってのは存在していると思うんだよ。護衛の騎士が獣人で、なんの獣か教えてくれたことを考えるとさ……おおまかな獣種はあると思うんだよ！

でもこう、トイプードルがいいとかシバがいいとかそもそも細かい種はあるのか？　獣人がいるからペットを飼うのは実は失礼なのでは……？　みたいな感じで頭がぐるぐるしてしまったのだ。

「んえ」

そんな感じで頭から湯気が出そうだと思った頃に、ふと、生け垣の中に何か色合いの違うものを見つけてしまった。私の視界は低く、主に生け垣しか見えないから、その隙間に見えた感じだ。

何かが埋もれているのだが、どうやら一緒にいるデリアには見えない位置らしい。

そしてデリアよりも背の高い護衛騎士のグノーシスにも、やはり見えていないようだ。

ちなみに私の護衛騎士は四人いて、二人体制を敷き、交代制で私の護衛に就いている。今日のグノーシスの相棒、紅一点の女性獣人騎士であるテトは庭園の出入り口を見張ってくれている。

デリアいわく彼らはとても『強い』らしく、騎士団でも一目置かれているんだとか。

リーダーであるグノーシスは熊の獣人さんで、少し丸っこい耳が頭のてっぺんにある。

ちなみにとても背が高くっておおらかで、優しいおじ……お兄さんだ！　しかもグノーシスとテトは夫婦で、夫婦だからこそ同じ部隊なんだって。へえー。そういうものなのか。

「姫、いかがなさいましたか？」

「グノーシス、あのね、そこに何かいるのよ」

「何か?……姫、お下がりください」

「うーん」

「姫」

グノーシスが困ったような声を出したけど、でもなあ、気になるんだもの。

大人の言うことの大半は素直に聞いた方がいいってわかっちゃいるのだが、私も転生してからどうにも好奇心が抑えられない時があって……今がまさにそうだ。

どうやら心も実際の幼児の方に引っ張られることがあるみたいなんだよね!

なんて心の中で言い訳をしつつ生け垣を覗いてみると、どうやらそれは鳥のようではないか。

「とりさん! とりさんがささってる!」

「……どうやら気を失っているようですね。怪我をしているようですが」

「大変! 手当てしなくちゃ!」

「だめですよ姫様! そんなどこの鳥かわからないものを……危ないですから、騎士たちにお願いをしましょう」

私の言葉にデリアが侍女として毅然と反対する。

でも私だって、そこではいそうですかと引き下がるわけにはいかない。だって見つけたのは私だ。

「……デリア、おねがい……」

「……だ、だめですよ」

「だめ……？」

「……うっ……グ、グノーシス様が確認するのであれば……」

よっしゃ、必殺！　美幼女の上目遣いおねだりで粘り勝ちしてやったぜ!!

滅多に使わないけど、その分効果が高いんだろうと思いたい。

まあもしかしたら私の不興を買って、バックについている皇帝に叱責されるのが怖いだけかもしれないんだけど……物理的に首が飛びそうだしね……はは、笑えない。

「……仕方がない。姫、お下がりを。自分が生け垣から救い出しますので」

「ありがとう、グノーシス！」

私のおねだりによってため息を吐いたグノーシスだったけど、彼は躊躇う様子などまったくなく勢いよくズボッと生け垣に手を突っ込んだ。

「ふむ……ああ、これか」

そして同じように勢いよく引き上げられたのは、丸っこいフクロウのような鳥だった。

いや見た目はフクロウなんだけど……デカいな？

グノーシスの見立て通り気を失っているだけらしく、引き上げられた際に少し口を開けたり羽を動かしたりしていたが目を開ける気配はなかった。なんだかぐったりしている。

「怪我は……？」

「見たところ外傷はなさそうですが……しかし見たことのない種類ですね。誰かの飼いフクロウか？　だが足に所持者の証がないな。それに、なんと言ってもデカい」

「真っ白で綺麗……」

そう、そのフクロウ（?）はとても綺麗な白色のフクロウ（?）だった。

ただ生け垣に突っ込んでいたせいで羽には所々葉っぱが刺さっていて、なんだか哀れな姿である。

特に高身長のグノーシスに足を掴まれてぶら下げられている姿はこう、獲物っぽいな……?

頭の葉っぱだけでも取ってあげようと私が手を伸ばしたところで、パチリと視線が合う。

そしてフクロウは周囲を見回してから、もう一度私に視線を戻して口を開いた。

「……く、くるっぽう?」

その鳴き声は鳩だと思うんだが、どうだろうか。

☆

「へーえ、それで姫様がソノ子飼うことにしたんだあ?」

「そうなの。父様も許してくれたし……。とってもモフモフなのよ?」

「そっかそっかー、よかったねえ」

ニコニコと私の話を聞いて相槌を打ってくれるのは護衛騎士の一人、ロッシ。

彼は狐の獣人だということで、ふさふさの尻尾とピンと立った耳が特徴で、赤毛のくせっ毛なイケメンさん。とても気さくなお兄さんだが若干チャラ男っぽい。けど根は真面目らしい。

獣人族の騎士たちは基本的にとても友好的なんだけど、中でもロッシは〝近所のお兄さん〟的な気軽い対応をしてくれるので嬉しい限りだ！

まあ、彼も私に対して姫と騎士という節度は守っているけど。物理的な距離で。

「姫に向かって馴れ馴れしい。離れろエキノコックス」

「おん？　誰が野生の狐だコラ」

「サ、サールス、けんかはだめ！　ステイ!!」

「姫、俺は犬じゃありません！」

「ぎゃははは、いいじゃん姫の犬！　駄犬!!」

「てめえこのキツネ野郎、後でぶちのめす!!」

「二人ともけんかはだめー！」

もう一人は狼の獣人だというサールス。黒髪に黒いお耳がピンした、こちらもふさふさの尻尾がある、とても凛々しくてかっこいいお兄さんだ。若干口調が荒い。

この二人は喧嘩友だちというか、いっつもこうやって言い争いを始めてしまうんだよねえ……。

あんまり酷いとグノーシスが拳骨を落とすので、私としては気をつけてもらいたいんだけど！

ちなみに今この場にいないテトは猫の獣人さんでナイスバディの気まぐれ美女だ。しかも人妻。

「こほん、失礼いたしました……それで、名前はなんになさるのですか？」

「うん、あのねえ。シエルにしようと思って！」

「シエルですね、かしこまりました。姫の周辺に不審者を寄せ付けるつもりは一切ありませんが、ペットについても周知させておきます。首輪よりは足輪の方がよろしいでしょうか」

「今は室内で過ごすだけだから、また今度考えるね」

「かしこまりました」

一応グノーシスがあの後すぐに調べてくれたんだけど、城内でフクロウを飼っている人はいたもののの、シエルのことを知っている人はいなかった。

基本的にこの国ではペットを飼う場合、届け出が必要だ。

それがない場合は違法か、あるいは野生の生物ということになるのでシエルはそのどちらかなのだろう。でも毛並み？　羽並み？　がとても綺麗なので、迷いフクロウなのだろうか。

とりあえず見たこともない珍しいフクロウであることは確かだった。

『わが姫が飼うに見たこともないフクロウはうってつけ！　これも神からの祝いであろう!!』

私がシエルをペットにしたいと父におねだりしたところ、あっさりと許されたのはそういう感じからだったけど……神からの祝いとかないわ。さすがにこじつけが過ぎる。

念のために獣医も呼んでシエルを診てもらったが、健康だってことで一安心。

そしてこのシエル、とても賢い。

目が覚めてから挙動不審な感じは拭えなかったけど、それでも暴れたり叫んだりということは一切なくて、私たちが敵かどうかを見定めているようだった。

シエルのサイズは幼女である私では支えづらいほど大きい。だから暴れられたら、決してペットとしては認められなかったと思う。私が触れても嫌がらずにいてくれる。

抱きついた時はちょっとだけ身を引かれたけど、我慢してくれたことはわかった。

でもすごい……モフモフ……羽毛布団……。

思わずその感想がだだ漏れてしまってシエルにはちょっと怯えた目を向けられてしまったが、大丈夫だよ、毟ったりなんかしないよ……!!

(多分ワケありフクロウなんだろうなあ、っていうか本当にフクロウなのかなあ)

あまりにも賢いんだよなあ、シエル……。

でも悪さをするわけじゃないし、きちんと躾けられているって感じがする。

私に対して甘噛みとか手加減ができることを考えると、きっとどこかでそういうことを学んだんだと思う。天然だとしたらうちの子天才か。

まあ実際のところはどっからか逃げてきたりしたんじゃないかと思うんだよね。

ただ、そこでの扱いはあまり良くなかったんじゃないかな。

だってシエル、私以外の大人が近づくと身を縮めて届かない位置に行こうとするし。

私が傍に近づいても大丈夫なのは、この場で私に従っておけば安全を確保できると踏んでのことだと思う。あと、弱そうだから。

なんとなくそれが、前世の自分を彷彿とさせたのだ。

「……シエル、私が守ってあげるからね」

「くるっぽ」

「それ鳩」

「く、くくるっく……」

小声でツッコミを入れると慌てて修正を入れようとしてくるんだが、大丈夫なのか？　ホントに。

まず野生では生きていけないタイプだね、シエル！

☆

シエルは二人になると自分から寄り添ってくれることが増えた。

モフモフ最高。

そして私の一方的なお喋りに付き合ってくれる良き相棒でもある。

私は幼女なので基本的に一人ぼっちにされることはないのだが、それでもやっぱり一人の時間ってほしいじゃない？

本来なら親と過ごす時期だし、シズエ先生の発言を考えるに五歳までは親子で蜜月を過ごす……的な感じなのかなと思うんだけど、私には母親がいないので基本することがないのだ。

いやデリアとかロッシが構ってくれるから、そこまで寂しいってワケじゃないんだけど……なんかこうね、対等な関係でお喋りがしたいのよ！

そもそも親子の時間をどうのっていうのがないんだから、五歳までの慣例がどうのっていうのも特例でなんとかならんモンなのか。

（まさか……暗殺とか物騒なことがあるとかないよね？）

この〝蜜月〟について、ふといやな考えが頭を過る。

もしかして幼児の死亡率が高い世界とかそんな恐ろしいこと言わないよね!?

だから親元で大事に大事に……って、こちとらすこぶる健康体ですけども!!

なんでこんな馬鹿なことを考えちゃってるのかというとだね、実際一人になると……寂しいんだよね。それで変なことをつい思っちゃうわけ。

(みんな、私が皇女様だから優しくしてくれている)

皇女様っていうステータスがなかったら私はただの可愛い幼女だ。

いやそれでもおそらく普通の幼児に比べれば格段に扱いやすい子供だと思うので、それはそれで可愛いと思ってもらえると思うけども。

嫌われないように立ち回らないといけないってずるい考えもそうだけど、前世の記憶があるから大人びているってのもそうだし、私自身が前世で親に育てられた記憶がないから……家族への甘え方を知らないせいだと思う。

父様は構ってくれるけど、じゃあ我儘（わがまま）って何を言ったらいいの?

周りの大人にはどこまで頼っていいの?

寂しい、会いたい、抱きしめて。そんなことを口に出してもいいのだろうか。

相手の顔色ばかり見るそんな自分に、少し疲れてしまった。

「……シエル、シエルも寂しかったりする?」

「ぴい?」

「そこはホーウでいこう。フクロウらしく可愛く!」

「ボーォゥ……」

「野太い」

どうした。可愛い路線を行くんじゃないのか。

キャラがブレブレだぞシエル！　知らないけど。

「ねえシエル……兄様たちは私のことどう思ってるのかなあ」

「ホーウ」

「会ったこともないのに、嫌われてたらどうしよう」

「……ホーウ」

「兄様の母様たちも、私のことどう思ってるんだろう」

「……ホ、ホーウ……」

シエルが困ったように弱々しく鳴いて、私に擦り寄ってくれた。

その温(ぬく)もりが、とても優しい。ふわふわモフモフだ。

私の前世で母親と言えば、ヒステリックに騒ぐ人だった。

見た目がなにより重要で、着飾ることが大好きで、家事は一切やらない人で、自分似である姉のことをとても可愛がっていた。私の容姿はあまり似ていなかったから……そういう意味では、仕方がなかったのかもしれない。親だからって全肯定はできないけど、あれはナシよりのナシだわ。

とにかく、そういう理由で私には〝母親〟ってものがよくわからないのだ。

この世界には義母が六人いることになるけど、物語とかだと継母(ままはは)とか義母とは折り合いが悪いのが定番だよね。ほら、シンデレラとかってまさにそうじゃない？

「想像できないなあ」

厄介そうなら逃げるのはありだ。ただ前世と違って、皇女という立場があるし、まだまだ幼女。簡単に家出ってわけにもいかないだろう。すぐ連れ戻されるのが関の山。

ましてや碌な教育も受けずに飛び出して、どうするのか。外には怖い魔獣もいるってグノーシスに言われていることを考えると、ペロリといかれてしまうかもしれない。

「……シエル、あのね」

「ホーウ？」

「私ね、お兄様たちと仲良くなれたらいいなあって思ってるんだよ。それでね、いつかね……私にも王子様が現れたらいいな」

ぽつりぽつりと、シエルにだけ零す本音。

恋愛がしたいなって、前世でも思ってたんだ。ずっとね。

私の家族でお姫様だったのは、いつだって姉だ。私はモブですらない。あの家族の中で私の存在は背景みたいなものだった。

童話のお姫様には、いつだって王子様がやってくる。それなら、姫になった私のところにも、いつか素敵な王子様が現れてくれることを夢見たっていいじゃないか。

「ホーウ……」

「まあ世の中そんな甘くないよねー！」

現実問題で考えれば皇族で唯一の女なんて嫁ぐしかなかろう。

ラノベを散々読んできた私にはわかっているのだ。

政略結婚、もしくは父が決めた婚約者をあてがわれて、気に入らないなら替えるよみたいなパターンでしょ？　そこから気持ちを育む以外、選択肢がない感じでしょ？

（まあ、それもありか……出会いを見つけるのも大変だし。お見合いからでも恋愛はできるし）

思わず遠い目をする私を、シエルが呆(あき)れた目で見ていた。

こう、可愛くねえなと言わんばかりの雰囲気である。

失礼な！　こちとら現実の大変さを痛感しているからこそ夢ばっか見てられないんだよ！

なんたって幼女ですけど、人生二度目だからね!!

……さすがにそればかりはシエルにも言ってないけど。そんなの独り言でペットに呟(つぶや)いているとか、どんだけ見た目が可愛い幼女でも妄想癖があるのかって心配されるわ。


さて、シエルがいてくれるおかげで私の日々に潤いが生まれたのは確かだ。

デリアやシズエ先生、護衛騎士の四人は優しい。優しいがどうしても立場ってものがあるし、そもそも私は守られる側の人間で、子供だからだ。

父様しかいなかった私の世界に、対等にお話しできる友だち（?）ができたのはやはり大きい。

そのおかげか少しだけ心に余裕も出来たような気がする。

（そうよね、兄様たちとはこれからよ、これから！　まだ会ってもないんだし、嫌われていたとし

ても好かれるもしくは関係改善を目指せばいいんだし）

自立云々（うんぬん）についてはまだ幼女。伸び代しかないんだからこれから探せばよし！

恋愛に関してはまあ……相手がいないと始まらないしさ。いずれ父様が連れてくるであろう婚約者とやらと、どれだけ気持ちを通わせることができるかってところが焦点になるだろう。

（問題は、私に恋愛経験がないってことだなあ）

下手に前世の記憶があるせいで、何もしていないのに耳年増（みみどしま）とはこれいかに。

中学を卒業と同時に家を出ることばかり考えて、その計画を主に練って過ごした前世の幼少時代にはウェブで読める無料のラノベとかで夢を見ていたもんである。憧れっていうかね。

（だからって物語にあるようなことができるわけじゃないしなあ）

婚約者に好かれるのに、皇女って立場以外に私に何があるのだろう。

私は転生者だし、皇女様だけど……これまで読んできたヒロインたちみたいな要素はないのだ。

なーんにも知らない世界だから、これから起きる出来事なんて知らないし。

中卒ブルーカラーゆえに知識チートなんてものもなく、特技といえば立ちっぱなし作業。

皇女としてそんな特技どこで活かせと!?

そして魔法のある世界だけど、今のところ自分に才能っぽいものは感じない。

（転生したらなんかこう、あるかなって期待してたんだけどな……）

とはいえ、今のところ魔法の勉強はもっと年齢が上がってから検査をした上で適正なものを……って感じらしいので、慌ててはいけないようだ。

一応お約束として、一人きりの時に思い出せる限りの魔法のイメージと名称を唱えてみて何も起きなかったことは確認済みである。

ちなみにシエルには残念なものを見る目を向けられた。心のダメージが半端なかった。くすん。

まあ結論として、あるかどうかもわからないチートに期待してはだめだってこと！

前世でもパートのおばちゃんたちが言っていたように、まずは堅実に地盤を固めることだ。

そこから資格を取るなり自分に向いてそうなものを探すのが一番だろう。

おそらく現在行われているシズエ先生との授業は、私が成長してきちんとした教育を受ける際に学ぶことが嫌にならないよう、少しずつ座っていられる訓練……みたいなものだと思う。

皇女様だから多分一般市民よりは勉強しているんだろう。多分ね！

でもまあ、私は大人しい真面目な生徒なのできっと大丈夫。先生も優秀だという兄たちを知っているから、私がちょっとくらいできた生徒だからって問題視はしないはずだ。

問題があるとすれば……それは父様の溺愛っぷりかなあ。いや、嬉しいんだけどね。

「ニア、元気にしていたか？」

「父様！　来てくれたの、嬉しい!!」

最近ではお妃様たちへの遠慮と私の授業の都合で、父様と会う時間が減ってはいる。それでも二、三日に一度は必ず私に会いにきてくれているのだ。

さすがに大国の皇帝、とても忙しいらしいんだけど……でもこの時間は家族として愛されてるって実感できるし、抱っこされるのってとても楽しい。

（父様が私を愛称で呼んでくれるのも、可愛がってくれているからこそだしね！）

でも最近、困ったことに父様が〝お土産〟に嵌まってしまった。

先日、父様が視察先で見つけたっていうお花をもらったのがきっかけだったんだけど……前世で父親から抱っこされたり何かをもらったりなんて経験がなかったので、ものすごく嬉しかったの。

でも、喜びすぎたんだと思う。今はもう反省はしている。

別にお土産が嬉しかったんじゃなくて、父様が私に持ってきてくれたってのが重要だったんだけどね……父様は私のその様子を見てお土産をあげようって思ってしまったようなのだ。

「今日はお前のために選りすぐりの果実を持ってこさせたぞ」

「……あ、ありがとう、父様……」

そう、溺愛してくれるのは本っっ当に嬉しいんだけどね!?

その方向性っていうか、何事も振り切ってるっていうか。桁が違うっていうか！

（お姉ちゃん、こういう気持ちだったのかなあ……）

親にアレコレ貢がれている時に若干迷惑そうな表情を浮かべていた前世の姉を思い出す。

父様はとっても楽しそうな笑みを浮かべているけど、その後ろで果物を持って立っている人たちの表情はものっすごく緊張しているのが私からよぉく見えちゃうんだよなあ！

今日は果物だけど、これだっておそらくどこかの果樹園か山かを買い占め、その中から選りすぐったものだけを持って来たのだろう。

しかし私が食べなかったら果物は処分の上、その果樹園や山、下手したら持ち主に対して『娘が食べなかったのはこの果実がまずいからだ！』と言いかねない。

というかまずやる。何故なら、前回そういうことがあったからだ。未遂だけども。

ちなみに前回のお土産はビスクドールだった。

私に可愛いお人形を与えたかったらしいが、精巧なドールは嬉しいけど等身大は怖いって!!

思わず怯えたら、父様は何を思ったか人形師を呼びつけ怒鳴った上で牢送りにしようとした。

最終的にそれを見て『父様が怖い』って泣いてしまったんだけど、それに父様がショックを受けてその場はお開き、最終的に人形師はお咎めなしと落ち着いたのだ。良かった良かった。

だけどそういうことがあったからこそ、私も選択を間違えることができない。

「父様も一緒に食べる？　ニアと一緒？」

「ああ、そうしよう」

私の言葉に父様の後ろにいた人たちがホッと胸をなで下ろしているのが見えた。

みなさんご苦労様です……うちの父が大変申し訳ございません……。

「ねえ、父様。あのね、五歳になったら兄様たちに会えるって本当？」

「なんだ、やつらに会いたいのか？」

「うん！　ほかのお母様たち？　にも会ってみたい！」

「ふむ……」

父は少し考えてからチラリとシエルを見るが、父様の鋭い眼光にビビって部屋の隅っこの方で細くなっていた。体は大きいけど小心者だからあまり怯えさせないでほしい。

羽が抜けたらどうするのだ、父よ。シエルはああ見えてかなり繊細なんだよ!!

「……ニアは動物が好きなのだな?」

「うん、大好き!」

「ならば、アル＝ニアがちょうどいいだろう。あれは気が優しく、魔法使いと言っても人を傷つける魔法は使わんし、お前も気に入るはずだ」

なんか父の言い方が『あれ』なことに引っかかったけど、今は目を瞑ろう。

アル＝ニア兄様と言えば第五妃が生んだ皇子で十八歳だったっけ。扱いは四男だけど、母親違いの三男とは同い年だったと記憶している。父が言うくらいだから、きっと穏やかな人なのだろう。

(どんな人なのかなあ。仲良くなれたらいいいな)

五歳の誕生日が今から楽しみになってきた!


……とはいえ五歳になるのが楽しみとなったのはいいが、実際のところ何をするんだ?

さっぱりわからない。わからないならシズエ先生に聞いてみよう!!

「先生、五歳の誕生日って何があるの?」

「あらあら、まあまあ」

シズエ先生は驚きつつも私の質問に嫌な顔などせず、しっかり答えてくれたよ!

授業の腰を折ったというのにその優しい対応、先生大好き。

「簡単に申しますと、高位神官が訪れて陛下立ち会いの下、洗礼を受けることになります」

「洗礼？　どうして生まれてすぐじゃないの？」

「それはですね、人は生まれながらに魔力を持っている……ということはお話ししたかと思いますが、その属性や量については不安定で、五歳頃までには落ち着くものとされているからです」

「そうなの？」

魔力は誰にでも宿っている……ということは確かに学んだ。その際に思わず手を見つめて魔法が使えるのか、そうかあ……って口元がニマニマしてしまったよね。

今も実は属性って聞いてにやけそうだけどまだ我慢だ、我慢。シズエ先生が話してるからね！

「ですが属性をもち安定するまで魔力は暴走しやすい性質があるので、魔力の質が近い母親が子の心の安定のために五歳までは共に過ごし、暴走を防ぐのです」

「……じゃあ、私のお部屋に侍女がデリアしかいないのって、万が一何かあっても怪我をする人が少なく済むようにってこと？」

「はい。デリアは身を守る能力を持つ子ですので。……姫様は本当に聡明でいらっしゃいますね」

「でへへ」

褒められちゃった！　こらシエル、残念なものを見る目を向けるでない。

我、皇女様ぞ？　皇女様だから偉いんだぞ？

（うん？　でも私は母親がいないわけで……そうなると直の肉親は父様か兄様たちになるわけだけど……暴走したらどうするつもりだったのかな）

デリアが自分の身を守れるんだとしても、危険だったんじゃ……。

「……第七妃様は国内貴族の令嬢ではありますが、諸事情あってその家系は途絶えております。ゆえに姫君の縁続きの者が見つけられず、皇城の者たちで姫様の健やかな成長を見守ることとなったのです」

「そうなんだ……」

「……第七妃様は陛下にも、他のお妃様たちに対してもとても遠慮深い方であったとか」

つまり立場がものすごく弱くて、皇帝の妻として立っているだけでもやっとだったのかな？

どういう出会いがあってそうなったのかは気になるところだけど、もっと別に問題はある。

（二人の出会いも気になるけど、私の立場も弱いってことかな？）

父様が大事にしてくれているとはいえ……うーん、難しい問題だな!?

正直なところ私もまだ学び始めたばかりで、この世界の常識、慣例、習慣、その他諸々は……前世とは異なるものばかり。考えたってわかんないものはわかんないんだって！

なら、今ここで悩んだところで時間の無駄だ。私は頭を切り替えて質問を変える。

「……洗礼を受けたら、それでおしまい？」

「いいえ。魔力の適性検査をいたします。先ほど申し上げた属性や量を調べるものですわ」

きたきたきたーあ、魔力！　魔力の適性検査！

皇族はみんな何かしらの能力が高いっていうけど、それは国の祖である初代皇帝がとても強い魔力を持っていたから、それが脈々と受け継がれているらしいんだよね。

私にも実は秘められた何かが……なんて、ちょっとだけ楽しみだ。扱い方を知らなかったから、これまで素質も何もわかんなかっただけかもしれないしね！

魔法を使いこなせたらそれを磨いて自立の一歩になるかもしれないし！

（……洗礼と魔力の適性検査が終わればアル＝ニア兄様に会えるのか）

まずはアル＝ニア兄様に会ってから、他の兄たちとも順次顔を合わせていくのだろうか？

むむむ、考えるべきことがたくさんあるぞ？

しかし今はやれることだけやっていくしかないな！

☆

洗礼の説明を受けた日から二年が経過し、その間に私は少しずつ、本当に少しずつ周りのことをシズエ先生から教わった。周辺諸国の名前や海を渡ったところに魔法が発展した国……通称・魔国と呼ばれる国もあるとか。

ちなみに、今いる六人のお妃様は大陸の中の、帝国以外からお迎えした人たちだ。

属国だったり、友好国だったり……まあそんな感じの、要するに政略結婚らしい。

そして私のお母様だけが国内貴族ってことになるんだけど、まさかの一代貴族の娘とか……それってつまり私の祖父にあたる人は貴族扱いだけど、その娘であるお母様は平民じゃないですか。

そりゃ誰も手助けしようとは思わないよな……ハードモード。

しかもその祖父にあたる人やその家族は私が生まれるちょっと前に流行病（はやりやまい）で亡くなってしまった

そうで、母の生家は途絶えてしまったそうだ。諸事情ってそういうこと!?

つまり私のみ純帝国人の皇族だけど、後ろ盾がこれっぽっちもない弱者な皇女ってわけだ。

（やっぱいやつじゃん、これ!!）

まあそういう理由もあるから逆に父様は私を溺愛しているのかもしれないけど。

他に何もない私を哀れに思っているのかもしれない。世知辛(せちがれ)え！

（そうか、後ろ盾がないから部屋もわりかし質素だし侍女もデリアだけなのか……）

後ろ盾がしっかりしていると、資金も潤沢にあって回せるってことだもんな。

私の護衛騎士たちもよく考えたら皇帝直下の近衛(このえ)騎士隊から配属されているエリートだし、父様のポケットマネーで私の生活は基本賄われていると考えるべきなんだろうな。

いや、勿論皇室に予算があるとは思うけど、最低限保証されているってだけの話でさ。

（まあ、幸いなのは今の状況から考えるに、私自身は兄たちにとって脅威ではないってことか）

ただ後ろにいる父様の存在があるから、そういう意味では脅威。取るに足らない小動物でも、その後ろにドラゴンがいたら危険視するよね……。やだ、ハードモード……。

（うーむ、仲良くなる方法を誤ると手駒にされるパティーンもワンチャン？）

ラノベやアニメで見ていたからドロドロの争いは想像くらいできるけど、自分がいざあの立場で十重二十重(とえはたえ)に策を巡らせられるのか？　と問われたら……はっきり言おう。

無　理　!!

（いや無理でしょ。どう考えても、逆立ちしたってそんな知恵持ってないわ）

断言するわ、私そんなすごい立ち回りはできません。

だってさあ、考えてもみてよ！

多少、本当に多少ね？　特殊環境で育ったとはいえ、平和な日本で暮らしていたんだぞ！

親から家事押し付けられて中卒で働いて金を入れろって言われる扱いで、義務教育が私の教育の全てだった環境でだよ？　残念ながら天才とか鬼才とか、そんな才能の〝さ〟の字もなかった一般人オブ一般人の私に多くを求めてはいけないと思うんだ!!

親に押し付けられていた家事の中で唯一得意だと言えるのは料理だったけど、一人暮らししてからはもっぱらレトルト食品フル活用ですよ。だって一人だと便利なんだもん。

実家にいた時はレトルトなんてとんでもないとか家事もしない母親に言われておりましたので、ある程度はやれる自信があるけどね。なんだったらデザート含め和洋中なんでもござれ。

あくまで家庭料理レベルだけどね！　いくら前世の記憶があろうが前世でだって小娘の域を出てないんだわ。庶民も庶民、ああでも特売の人混みに屈しないメンタルと体力はあった。

だからさ、そんな人の顔色見て策謀を巡らせるだなんて……まあ、ある程度保身に走ることは得意だから、そこは任せろ！　でも多分違うそうじゃない。そういうことじゃないんだ……。

ちなみに節目である五歳の誕生日はとても地味だったよ！

毎年地味だったけど、五歳は特別なのかと思ったらそうでもなかった。

普通に朝起こされてちょっとだけいいドレス着せられて、父様と神官さんがやってきたと思ったら洗礼が行われた。神殿も行かずに終わると思わなかった……。

まあ後ろ盾もない第七皇女なんてそんなものなのかもしれない。来年からは豪勢なはずだってデリアが言ってたけど、それもどうだかなあ。期待はしないでおこう。

で、その神官さんが水晶玉みたいなものを使って、私の才能と魔力量に関して調べてくれた。

どうやら治癒系に素質があるようだ。ただし大きなものではないと断言されてしまった。魔力の量も貴族基準で中の下、みたいな。それを聞いて膝から崩れ落ちるかと思ったよね。

出たよ、モブらしさ極まりないこの中途半端さ……！

（前世の自分とまるで変わっちゃいないだなんて……!!）

決して悪くなく、良くもなく。

努力すれば認めてもらえる。できないわけじゃないから、無能じゃない。

だけど、そこに辿り着くまでの苦労は〝できる人〟の二倍から三倍っていうね。

この世界では治癒系の能力も珍しいものではないらしいので、聖女って呼ばれる日が来ないことだけは確定した。そもそも潜在能力そのものが強くないらしいから仕方ない。

（うう……地味に努力するにも指標となってくれるかと期待していたのにィ……）

賢者とか聖女とか、憧れはあった。チートしてみたかったじゃん!!

まあ無理だったんだけど……。

でもそこまですごくなくていいから、私にも才能とやらがあるって実は期待していたのだ。

シズエ先生は『そもそも皇女というお立場である以上、さほど魔法が必要なことはありますまい』って微笑んでたけどさ……。あった方が得だと思うんだよ。

天才肌な兄が六人もいたら、無能な皇女なんてもう政略で嫁ぐ以外ない気がするんですけど!?

「どうしたもんだろうねえ〜、シエル……」

「ほーう」

「うんうん、最近フクロウらしく鳴けるようになってきたねえ、その調子で頑張るんだよ」

「……ほーう」

褒めたのに、シエルから不満そうな視線を向けられた。

なんだそのジト目。解せぬ、解せぬぞ！

我、皇女様ぞ？　偉いんだぞ？　多分。実感ないけど。

「さーて、ウジウジしててもしょうがないよね！　勉強でもしよ!!」

決して私は勉強が好きってワケじゃない。でも学べるなら学んだ方が武器は増える。

とにかく私は皇女と認めてもらうために、まずは礼儀作法だけでもしっかり身につけなくちゃね。

いずれ自立することも前提に、皇女として出会うであろう未来の婚約者と良い関係を築けるよう、できることから頑張ろうではないか！

第二章♥至急！　兄たちを篭絡せよ!!

さて、無事に五歳の洗礼式を終えた私は、第四皇子のアル＝ニア兄様に面会する日を迎えた。

デリアやシズエ先生、それから近くを通った侍女や文官に兄様の人柄について事前リサーチしてみたところ、父様が言っていたようにとても優しい人って話だ。

ただ、容姿が……とみんな揃（そろ）って言葉を濁すことが気になった。

どういうことか聞いてみたんだけど、はぐらかされちゃうんだよね……。

だから騎士たちにも確認してみた。なんだかんだ彼らは率直な意見とかを聞かせてくれるから。

あ、勿論（もちろん）それは私が望んだからであって、基本的には丁寧だし無駄口とか叩（たた）かないし、私がお願いして挨拶やその他の会話とかを積極的にしてもらっているからなんだけど。

まあそんな彼らからもアル＝ニア兄様の性格について『とても穏やかで優しい人柄』であると太鼓判を押された。少しばかり内向的だってことも追加で。

とにかくわかったことといえば、アル＝ニア兄様は本当に穏やかな人なのだろうってこと。

ちなみに容姿の件だが、ロッシがこっそり教えてくれた。

なんでも第五妃は帝国の属国である獣人の国出身。猫耳の儚（はかな）げな美女だそうだ。

猫耳……モフモフ……と思ったけど基本お部屋から出てこない内向的な方らしく、お姿を拝見したことはない。母子揃って人見知りらしい。

で、ここからが本題。

獣人の基本的な容姿は私の護衛騎士たちのように、人間族と変わらない姿に耳と尻尾がついているのがスタンダードなのだそうだけれど、稀に先祖返りで獣が全面に出ている姿で生まれることもあるのだとか！　要するに体型は人間だけど頭部が獣で全身も割と毛深いって感じらしい。

過去には手まで獣に近くて苦労したって記録があるんだって。

やだもしかして巨大肉球……？　ちょっとときめくよね！　もはやロマンでは？

でも私のそんな表情を驚きと捉えたのか、ロッシが困った顔をしていた。

「第四皇子もその先祖返りのお一人なんですよ。だからみんな怖がっちゃってねえ。特に第五妃様は一目見たその時から拒絶しちゃったそうで……だけど、姫様は怖がらないであげてほしいんだ。あの方は、とてもいい人なんです」

「そっか、ありがとうロッシ」

なるほど、このファンタジー世界でも獣性が表面に出過ぎたら差別の対象になるのか。

それって獣人族の方々からしたら難しい問題だな、そもそも先祖返りでもって生まれた容姿なんぞどうしようもできないわけで……。

でも動物好きの私からしたら、モフモフ最高じゃないかと思うんだが。

しかしみんながそこまで恐れるような容姿をしているのかと思うと、幼女らしく怯えた方がいいのかどうなのか。いや、仲良くなりたいんだから気にしないのが一番だな！

ちなみに、アル＝ニア兄様は普段、魔道具の研究をしているそうだ。

あまり外に出たがらないという前情報を受けて、私から出向く旨はすでに伝えてある。

容姿のせいで周囲に怯えられているなら、結構距離のある私の部屋まで来るのはきっと苦痛だと思ってのことだ。口さがない人ってのはどうしようもないからね。

まだ会ったことはないが、そのくらいの配慮くらい幼女でもできますし？

ついでに私も城の中を歩いていろいろと見ておきたいし！

ってことでデリアとロッシを連れて、私はアル＝ニア兄様が待つお部屋へと向かった。

「それでは、姫……ええと」

「うん、いいよ。みんな下がってて」

部屋の前まで来て、ロッシが少しだけ言い淀む。

扉の前にはロッシと同じような色合いの制服を着た騎士が、困った顔で私を見ていた。

その表情は『こんな小さな子が可哀想』って如実に語っていて、私は苦笑してしまいそうだ。

人柄はいいけど見た目が……という難点を持つゆえに第五妃にも拒絶されているアル＝ニア兄様のところは、侍女も侍従も最低限だって話をデリアから聞いている。

それはまるで私のところと同じようではないか。

母親を亡くしたせいで父親の愛情にしか頼れない私と、母親と周囲の人々から拒絶された結果〝皇子〟という立場だけが後ろ盾な兄様。私たちは、どこか似ている。

（違いと言えば、少人数であることはアル＝ニア兄様本人の意向だってことかな）

父様はそれなりの人数をつけてくれたみたいなんだけど、みんな怖がっちゃったってのがやっぱり問題だったんだと思う。ここにいる人たちはきちんと皇族に対し敬意を払っているようだし、兄様本人を嫌ってはいないようなんだけど……そっと目を逸らすか俯くかしているのが気になる。

ちょっとその態度、失礼じゃなぁーい？

入り口待機の騎士が、ドアを開けてくれた。私は躊躇わず、入室する。

歩を進めると、部屋の真ん中にテーブルがあって、その傍らにいる人物が私を出迎えてくれた。

「ようこそ、待っていたよ」

「初めまして、アル＝ニアお兄様！」

先んじて声をかけてくれたのは、兄様の方だった。

おおっ、声もなんかすごく柔らかくて好感が持てる！

でもその容姿が……容姿がだね？　なんか被ってらっしゃるためよくわからないのだよ。

紙袋……じゃないけど似たような形状の、ちょっと質の良い布でできている……？　いやでもなんかもはやあれは箱では……？　布箱？　布箱とでも呼ぶ？

え、どういうことなの。ちょっと理解が追いつかないな。

（耳と、鼻……かな？　それをカバーするためになのか……？　むしろアレを被っている方が逆に恐ろしいのでは……？）

ホラー映画に出てきそうな感じになってますけど？

ちなみにお体の方はまさしくこれぞ魔法使いって感じでローブ系の服を着ている。手には手袋をはめて、もうなんていうか、完全防備だな。

「第七皇女のヴィルジニア＝アリアノットです！　初めまして、お兄様！」

「……第四皇子、アル＝ニアです。よく来てくれたね、歓迎するよ。その、女の子が喜びそうなものがわからなくて、適当に菓子や茶を用意させてもらったんだけど……ごめんね、気が利かなくて。欲しいものがほかにあったら遠慮なく言って？」

「兄様がお時間をくれただけで嬉しいです！」

「そ、そう？」

お声は……うん、その布箱がだね、邪魔。くぐもってなんか聞こえづらいんだよ！

あっ、ちょっと尻尾が揺れてるのが見えたぞ!!

あれって犬の尻尾だろうか。ちょっと先っぽがくるんとしていてとっても可愛い。

(ってことは私が来て喜んでる……？)

もしかして私が嬉しいって言ったからか……？　だとしたら私の兄、可愛すぎでは……!?

私はアル＝ニア兄様の傍まで歩み寄り、見上げる。

うん、布箱が邪魔で顔は見えない。これっぽっちもだ！

「兄様！」

「う、うん。どうしたのかな？」

「抱っこしてください！」

「え、ええ!?」

唐突に思われただろうか。いや、でもこれはロッシと事前に計画していたことなのだ。

アル＝ニア兄様は元々穏やかな気質に加えて、その容姿のせいでネガティブ思考なのだという。

侍女や侍従を自分のようなものに付き従わせては申し訳ない、母親に対しても自分のような者が生まれたために心を痛めさせてしまったと考えるようになっているというではないか。

魔法使い職を選んだのも素質があったのは勿論のこと、魔法使いで研究職ならば、閉じこもっていても働けて国のために尽くせるからなんだって。

誰の迷惑にもならないだろうっていう気遣いが行き過ぎた結果だ。

そういう性格の人なら、妹が寄ってきたらどうする？　距離を置くだろう。

とりあえず当たり障りない会話をして、次の兄を紹介して、怖がらせる前に自分とは距離を取らせるよう考えるに違いない。寂しいとかそういう自分の気持ちは、置いて。

（きっと、幼い妹に怖がられたら彼の繊細な心がもっと悲鳴を上げてしまうから）

私への気遣いと同時に、自身の心を守ろうとする部分がどうしたってあるはずだ。

だからここは幼女ならではの我儘（わがまま）が最も効果的なのだ。

そう、兄様が作った精神的な壁なんぞぶっ壊して距離を詰めてやろうではないか大作戦だ！

作戦名がダサいのは置いておく。

「抱っこ！　抱っこー!!」

「え、ええとね、あの、アリアノット」

「私の名前はヴィルジニアです！　兄様!!」

「……でも、僕は」

「えい！」

戸惑いを隠せない兄様に、私は意を決して勢いよく抱きついてみた。

ぎくりと兄様の体が強張ったのを、感じる。五歳の私が抱きついても、いっくら飛びつこうがなんだろうが二十歳のアル＝ニア兄様の足にしがみついただけでしかないんだけどね。

いいんだよ、抱きついたって言ったら抱きついたの!!

「私、兄様にずっと会いたかったんです」

「……アリアノッ……え、ええと……」

「ヴィルジニアです」

「ヴィ、ヴィルジニア……」

「……ずっと、会いたかったんです」

言葉にしたら、なんだか涙腺が刺激されて、鼻の奥がツンとした。

なんだろう。ちょっと涙が出ちゃいそう。

(私、寂しかったんだな)

私はぎゅうっと、アル＝ニア兄様のローブに顔を押し付けてコッソリ涙を拭いた。

親や家族に見向きもされないことに慣れていた。だから、今世でも部屋にぽつんと一人残されたってなんの感情も湧かないと思っていた。

でも大丈夫だったのは、あくまでも前世の話だ。

私は家族からの愛情がもらえるということを知ってしまった。

今世は、父に愛されている。でもそれはペットみたいなものかもしれない。わからない。

家族の愛を知らない私は、判断ができずにいる。それでも、求めている。

（私は、娘として愛されているのかな）

アル＝ニア兄様は、私と同じで母の温もりを知らない。私は死別で、兄は拒絶だけど。

突然こんな行動をとった私を怒鳴ったり突き放したりせず、嫌悪感も見せないこの人は周囲の評判通り、とても優しい人だと思う。

でもここまで来て私は目の当たりにしていた。

皇子という立場があったから、先祖返りでも安穏と暮らせているのだろうけれど……周囲の人の目は正直だった。上辺だけ取り繕っても、どこか怖がっているのがわかる。

アル＝ニア兄様の部屋に行くと知った私に、哀れみの目を向けた人たちがいた。

ロッシも、いい人だから怖がらないでと言いながら……少しだけ怖がっていた。

それでも兄様を心配する人がいる。だからきっと、アル＝ニア兄様は『いい人』なのだ。

（……今世では愛されたい。家族が、ほしい）

愛玩的な娘ではなく、ヴィルジニア＝アリアノットという個人を、見てもらいたい。

でもどうしたらいいのかわからない。この気持ちの伝え方を、私は知らない。

こんな時、幼児の体と精神が悪い方向に作用する。

一度ぐずってしまった心は、涙を流して悲しみを伝える。止められない。

「ヴィルジニア」

「ごめ、ごめんなさいぃ……」

すっと兄様が私の前に膝をつき、そして躊躇いがちに私を抱き上げてくれた。

そして椅子に座って、私を膝に乗せて頭を撫でてくれるではないか。

手袋越しでもわかる温もりと、そしてたどたどしいながらも撫でるその優しい手つき。

「アル＝ニア兄様ぁ……」

「うん。アルでいいよ。ヴィルジニア」

「ごめんなさいぃぃ」

「いいんだよ。これまで、寂しかったんだよね。……気づいてあげられなくてごめんね」

情けないことにその優しい声と、撫でてくれるその感触に、ますます涙が溢れるばかり。

まだ会って挨拶をしただけの兄妹関係だというのに、なんという神対応。

アル兄様への好感度が爆上がりした瞬間であった。

それから少しだけ時間が経って、私はようやく落ち着きを取り戻した。

といってもまだ涙は勝手にポロポロ出るし鼻水は出るしで……クッ、美幼女が台無し。

「大丈夫？」

「うん……」

「可哀想に、目が真っ赤になって……ああ、ほら、だめだよ摩っちゃ」

「うん……」

アル兄様の膝の上でひとしきり泣いて、優しく柔らかな布で涙を拭われる。

それがものすごく心地良くて、私は兄様に思いっきり抱きついていた。

前世の年齢を考えるととても恥ずかしいことをしていると思うのだが、今は離れがたい。

そもそも抱っこ攻撃を言い出した側が何を言っているんだって話なんだけど、あれは戦略的なものであって今はまた違うんだよ！　わかるかなあ、この違いが!!

まあ、それはともかく。

大泣きして膝抱っこしてもらったおかげで計画通り……とは少し違うけど、心の距離は縮まった気がする。というか、兄様が泣く子を宥めるのに必死すぎて、多分譲歩してくれたんだろう。

ちなみに恥ずかしいけど、抱きつく手は離したくないしお菓子は食べたいしという子供の欲望全開でおねだりした結果、兄様から直接クッキーを食べさせてもらったりした。

恥ずかしいけど美味しい。

クッキー美味しい。さくさく。このナッツのもイケる。

うん……うん、美味しいからいいや！

だってなんだかすごくいい感じだし。兄妹らしい触れ合いっていうの？

泣き喚いたことについては記憶の彼方へぶっ飛ばしておくとして、これってなんとなく理想的な兄妹図っぽくない？　仲良し兄妹で間違いないでしょ！

だってお膝に乗ったまま、私は兄様と会話を楽しんでいるのだ。もうこれはそうでしょ。

「アル兄様、アル兄様は魔法使いなんでしょう？」

「そうだよ」

「兄様の魔法ってどんなことができるの？　魔道具ってなあに？」

「僕はね、攻撃とかにあまり使いたくなくて……地味だけれど、人々の生活に役立つ魔法が編み出せたらいいと思ってるんだ。ええと……魔力は人によって持っている量が違うっていうのは勉強したかな？」

「はい、勉強しました！」

「お利口さんだね。魔道具っていうのは、まだまだ普及率が高いものではないんだけど……自由に魔法を使うための道具なんだ。たとえば、使用者が魔力の少ない人でも重いものが運べたりすれば、山崩れとかで岩をどけるのにも役立つだろう？　そういう形で、使い手を選ばずに使える道具を考えるのが、僕の……魔道具研究のお仕事なんだよ」

「すごい！　そんなことができるの!?」

やだうちのお兄様、天才!?　それってすごいことだと思うんだけど、表彰ものじゃないの!?

魔道具は皇城内にいくつもあるけど、一般普及はまだまだだって話で……兄様はそれを一般の人たちも使えるようにしていきたいんだって語ってくれた。

まだ勉強し始めの私からしてみればすごいことだってことしかわからないのが残念極まりないんだけど……魔力の量って本当に人それぞれだってシズエ先生も言っていたし、兄様の作った魔道具が誰でも使えるのならものすごく便利だと思うのだ。

「まだいろいろと研究の最中だけどね。あとは水脈を探す魔道具とかを作っていたり……」

兄様は指折りあれこれとこれまでの発明について語ってくれる。

なんということだ、超有能ではないか。

確かに初代皇帝や父様のように、強大な炎の魔法でもって外敵を打ち破るってのもいいと思う。

なんだかんだファンタジー世界っぽくてかっこいいと思うし、なんといっても見た目が派手派手しくて諸外国に対して良いパフォーマンスになると思うしね！

敵がそれを見たらやっぱり怖いから攻めんとこってなるもん。

それに比べればアル兄様が羅列してくれた道具の数々は地味だろう。でもアル兄様のやっていることこそ、平和な世界にこそ必要な、民のためのもの。

みんなに邪険にされても誰かのためにと頑張る兄様は、とっても素敵じゃないか！

「アル兄様、ヴィルジニアももっとお勉強して兄様のお手伝いをするね!!」

「ふふ、ありがとうヴィルジニア」

嬉しそうに笑ってくれたアル兄様、もう好感度の爆上がりが止まるところを知らない。

こんな素敵な兄がいる今世、すごく素敵じゃないかな!?

「……そういえばもう一人、魔法使いのお兄様がいるんだよね？」

「うん。パル＝メラのことだね」

第二妃の息子で第三皇子である、パル＝メラ兄様。アル兄様と同い年だけど、パル＝メラ兄様の方が一ヶ月ほど早く生まれたのでそういう序列なのだそうだ。

「そう！　どんな人なの？」

「……パル＝メラは攻撃魔法が得意で、活発な人だよ。あまり僕とは仲が良くないのだけれど……その、ヴィルジニアは仲良くしてあげてね」

「兄様？」

これまで楽しそうに話していたのに、一転して寂しそうな声で語るアル兄様。

困っているようなそれは、仲が良くない……と言っても多分それは一方的にアル兄様が嫌われているってやつなのだろうなと直感的に思った。

（なんか、事情があるのかな？）

やはりここは母親違いとか身分とか、先祖返りの獣人だからとか……そういった要因があれやこれやとややこしくしているんだろうか。

仲が良くないって言いつつも、アル兄様はパル＝メラ兄様を嫌っていないように見える。

私はここでなんと答えたら正解なんだろうか。

（わかりましたって言うべき？　それとも仲良くしてくれたら嬉しいとか？　私はみんな仲良しがいいって子供らしさを強調するべきなのかな……？）

自己保身と、兄を傷つけない言動を同時にするための答えが見出せない。

これで失敗したらどうなるだろう？

そんなことが頭を過って、上手く声が出なかった。

「ヴィルジニア？」

思わず黙ってしまった私を不審に思ったのか、頭を撫でてくれていたアル兄様が私の顔を覗き込もうとした瞬間——バァンという大きな音がして、ドアが勢いよく開いた。

思わず肩が跳ねて兄様の服を摑んだ私を庇うようにしてくれるアル兄様、かっこいい！

それと同時に、誰かが侵入してきたのが見える。見覚えのない人だ。

咄嗟にロッシが私たちとその侵入者の間に立ちはだかってくれたけど、それ以上動かない。

「末っ子がケモノのところに来ているって見に来てやったってのに……邪魔しやがって」

盛大な舌打ちと共に現れたのは、ちょっとヤンチャ系な美形だった。

ヒィ、リアルヤンキー!? 前世でコンビニの前にたむろしておられて大変ビビった記憶が今鮮やかに蘇る!! いやとくに絡まれたとかそういうのはないんだけどね！

「あ……ッ！」

ドアが派手に開いたのは、外で警護に就いていたアル兄様の護衛騎士が投げ込まれたからだった。

ごめん、ロッシが働いているのに兄様の護衛何してるんだってちょっぴり思ってた！

先にこの侵入者に対して行動をしてくれていたんだね!!

しかしその護衛騎士はピクリとも動かない。気を失っているのだろうか？ それとも……。

ギクリと身を竦ませる私を守るように、アル兄様が抱きしめてくれた。

その温もりのおかげで少しだけ安心できたけれど、体の震えは止まらない。

「それが俺の妹なのか？ ずいぶんとちんまいなあ。おい、妹。名前は……なんだっけな？ まあいい。ケモノなんかに懐かれると後が大変だぞ」

「い、もうと？」

な、なんだってー!?　この侵入者、まさか兄なのか？　こんな乱暴なヤンキーが!?

穏やか系紳士なアル兄様と同じく、私の兄だって!?

「ああ、そうだ。俺が第二妃の息子。お前の兄、第三皇子、パル＝メラだ」

ずんずんと大股で歩み寄るパル＝メラ兄様。

僅かに、アル兄様の手が震えたのを私は感じ取って、覚悟を決めてしっかりとパル＝メラ兄様を睨み付けてやった。うん、ヤンチャ系だけど美形だな……。

「で？　お前はそこのケモノと何してんだ？」

「……父様からお許しが出たので、アル兄様とお茶会をしています」

アル兄様の膝の上からだけど。だって怖いもん。

何が怖いって部屋に入ってくるだけなのに護衛騎士を吹っ飛ばすようなところだよ!!

「へえ、そうかよ」

私がアル兄様の名前を呼んだのが気に入らないのか、それとも言い返すような言い方をしたことが気に入らないのか、あるいは両方か。

パル＝メラ兄様が私の返答を受けてスンッと無表情になった。だがそれも束の間のこと、すぐに朗らかな笑みを浮かべたではないか。

でも、その笑顔を見て私は何か嫌な感じがして身構える。

「これを見ても言うのか？」

「えっ」

だけどそんな私よりもずっと早く、パル＝メラ兄様が動いた。

といっても軽く手を振っただけだけれど。でもキラキラとしたものが見えたから、きっとパル＝メラ兄様は何かしらの魔法を使ったんだとすぐに気がついた。

「あっ！」

ゴウッと音がして、私の髪が舞い上がる。私はアル兄様に抱きかかえられていたからいいけれど、立っていたならよろめいてしまったに違いない程の突風だ。

そう、室内にいるのに突風が吹いたのだ。

コトン。

その音に私が視線を向けると、アル兄様が被っていた布箱が床に落ちている。

何故パル＝メラ兄様がそこまでするのか、わからない。

だけどこれが目的だったんだと知って、私は慌ててアル兄様の方を振り向いた。

「あ、あ……」

悲愴感に満ちた声。

悲鳴を上げたいのにそれもできないような、掠れた声が聞こえた。

「ヴィルジニア、お願いだ。お願いだ、僕を見ないで……!!」

「あははは！　見ろよ、ケモノだろう？　こいつが兄？　笑わせんなよ!!」

アル兄様の悲痛な声、高笑いするパル＝メラ兄様の声、でもそんなの今の私には遠い出来事のようにしか思えないほどアル兄様のお顔に目は釘付けだ。

そこには、確かに獣の頭部があった。

私はそっと手を伸ばす。必死に顔を隠そうと手で覆うアル兄様のことはきちんと見えている。だけど、手を伸ばさずにはいられなかったのだ！

モフッとした感触。

つぶらな瞳。

「アル兄様、かわいい」

「は？」

「え？」

「可愛い！　モフモフだあ！」

そう……アル兄様のお顔は、とても整った柴犬のそれだったのだ!!

こんなの愛でずにはいられないじゃないか!!

「ふわあ～モフモフ、モフモフ……」

「ちょ、まっ、ヴィル、ヴィルジニア!?」

「嘘だろ……これ見て可愛いとかどんな感性してんだよ……」

むっ、失敬な。真っ当な感性ですけど!?

うわあーアル兄様がふわふわだ……困り顔もまた可愛い。でも尻尾がブンブンしてる。

ああーもう可愛い!!

「怖くねえのかよ、こいつの顔！　見えてんのか!?」

「可愛いです」

「口もこんなにでけえんだぞ!? 牙もあるんだぞ!?」

むいっとアル兄様の口元を押すようにして牙を見せてくるパル＝メラ兄様。

だけどいいようにされっぱなしのアル兄様は困っているだけだ。あ、尻尾が止まった。

「確かにお口もおっきいですし、牙もあるんですのね。アル兄様、あーんしてください、あーん！」

「あ、あーん……」

「わあ、口の中はこんなになってるんですか！ 歯磨き綺麗にできてますねえ！」

「そ、そう……？」

「はい！」

どうやってるんだろうか、ちょっと気になるところだ。

ああーそれにしても触り心地がいい～！ 最高～!!

わしわしと撫でているとアル兄様も気持ちいいのか、尻尾が揺れている。

ふふふ。私はこれまでシエルしかモフモフしてこなかったが、前世では動物園の触れ合いコーナーなどで数々の動物たちを魅了してきたモフリストなのだ！

って嘘ですそんな大したものではないけど割と喜ばれていました。

あれっ、これって特技じゃない？ どこで活かすんだよ！ ここでか!!

「アル兄様可愛い～！ ずっと撫でてられる～！」

「……兄としてはとても複雑だけど、ありがとう……？」

ああそうか、兄様も男の子だもんね。可愛いよりかっこいいの方がいいのか。

そんな私たちのやりとりを見て、パル＝メラ兄様は呆気にとられたかと思うと「面白くない！」と大声でそう言って、来た時と同じように去って行った。

なんだったんだあの人？

「嵐みたいなお兄様でしたわねえ」

「僕としてはヴィルジニアの将来が不安です……」

「えっ、どうして？」

「この顔を見て恐れないとか、剛気すぎる。それどころか可愛いと言って撫で回すなんて……僕みたいな嫌われ者にそんなことを言っていると、変人扱いされてしまうよ？」

「気にしません！　それにアル兄様が人気者になってしまったら、私がこうして触ることができなくなってしまうしそれは寂しいもの！」

「……ヴィルジニア」

「ねえ、アル兄様。これから私と会う時はもうそれ、被らないで。私は兄様のお顔、好きです！」

「……うん。ありがとう」

「それでこれからもモフモフさせてください！」

「それはちょっと……」

「ええー!?」

やっぱり頭を幼女にわしわしされるのには抵抗があるのか……ちぇっ。

その後、アル兄様が教えてくれたところによると、本当のところを言うとパル＝メラ兄様との兄弟仲っていうのは実は悪いものじゃないらしい。表面上距離を保つのが最もお互いにとって良いことであるという暗黙の了解のもとにあるとのことだった。

その理由は、お互いの母親……つまりそれぞれの妃の派閥や力関係が問題であるらしい。

皇帝が最も権力を持っているのは確かだけれど、妃たちを権力で押さえつけては妃の母国、派閥、周辺諸国への影響もあるため父様もあまり関与はできないようだ。

「よっぽどのことがあれば、父上も動かざるを得ないだろうけれどね。あの方はあの方で、母たちを大切にしておられるから……僕らと同様、表面上だけでも静かならそれでいいと思っているのかもしれない。本当のところはどうかわからないけどね」

「そうなんだ……」

兄様たちもそれは幼い頃から感じていたらしく、兄弟で仲良くしたくてもできない面もやっぱりあるみたいで……裏でコッソリ手助けしたり、会話したり、贈り物をしあったりしているらしい。

秘密のやりとりみたいで面白いよとは言うけれど、やっぱりちょっと寂しいな。

「……父様は、どうしてたくさんの妃を娶ったの？」

「そうだなあ。父上が偉大な皇帝だから、だよ」

アル兄様は困ったように笑いながら答えてくれる。

でも確かにその通りだ。父様は権力を持っていて、妃を一人だけ……とすることもできただろうけれど、それだけでは成り立たないことは私もシズエ先生から習っている。

「そもそも、長兄以外にも当たり前だけど皇位継承権がある。男性側に魔力が多いと、出産する側の女性はとても負担があるとされていてね。妃となる女性は、その身を守るために子は一人と昔から定められているんだ。……そのせいで妃たちはとても自分の子に対して、神経質になる」

そうか、父様はすごい魔力を持っている。それは歴代の皇帝もそうだった。

その辺りについてもシズエ先生から習っていたけれど、アル兄様の口からも説明されて私は思わずポツリと零していた。

「だから私の母様は、死んでしまったの？」

「……そうとは言い切れないよ、ヴィルジニア。出産というのはね、とても大仕事で……命がけなんだ。僕らと母上が無事なのは、奇跡のようなものであって……ヴィルジニアがここにいてくれる奇跡は、何物にも代えがたいものだよ」

優しく、本当に優しく慰めるその手があまりにも温かくて、私はぎゅうっと兄様に抱きついた。

別に母親がいなくても父様がいる。こうして優しい兄もいる。

デリアやシズエ先生も優しくて、護衛騎士たちだっていてくれる。

私は、ここにいていいんだって……前とは違うんだって思えて、嬉しい。

（だから……別に、気にしてないと、思ってたのになあ）

すでに習ったことで、知識はある。見た目は子供でも、中身は……前世の分だけ大人だ。

だから理解しているし、割り切っている。けれど今はこの優しさがありがたかった。

きっと兄様は私が母親を亡くしていることに対して、慰めようと思ってくれているのだろうけれど……正直そこは何とも思っていないので、私は咳払(せきばら)いをしてごまかす。

いてくれたら、もっと満たされたのかなって少し思っただけだ。

どうやら私は幸せに慣れすぎて、ちょっとばかり貪欲になっているのかもしれない。

「つまりお妃様やその周辺の人たちはみんな自分にとって有利になるよう、兄様たちを利用したいってことだよね。それで、兄様たちはそれをあまり嬉しく思っていないのね？」

加えて、父様は諸侯に対して皇帝としての平等性を保つためにも下手に手が出せないわけか。

妃たちは各国の代表ともいえる家柄の出身であり、彼女たちにはそれ相応の権力が帝国でも与えられている。そこに口出しをすると、その出身国にも影響を及ぼすし他の妃たちに攻撃理由を作ってしまう……とまあ、普通の夫婦じゃ考えられないことが起きるわけね。

付け入る隙を与えないためには、不干渉と公平性を重視する立場を貫いて、皇帝として一つ上のところから彼らを押さえ込むのが一番穏便ってことか……。

（怖いな、権力者の世界！）

そうなるとある意味で後ろ盾のない私は危ういけれど、一番穏やかとも言えるのか。

他の妃たちも私を父様が可愛がっても『所詮、継承権争いでは敵ではないし……』と母親のいない子供を哀れむスタンスでいるだろうしね。

父様は父様で本当に危うくなったら助ける程度には子供たちに対して愛情は持っていると、これまでの対話で感じているけれど……あの人、両極端だからなあ！

息子たちに対しては『そのくらい余の子供なんだからなんとかしてみせろ』とか思ってそう。
脳裏で父様がみんなを困らせている図を想像して笑ってしまいそうになったけど、なんとか堪(こら)えてみせた。幸い気づかれなかったみたいだ！

「うちの妹は賢いなあ。そうだよ、少なくとも、僕たちの中で言えば長兄と次兄はそうだと思う」

「……パル＝メラ兄様は？　どうしてあんな態度なの？」

なんだかさっきから質問してばかりだなと思わなくもないが、それでも知りたい。

私は本当に何も知らないまま、父様に守られてばかりだったんだなあと思った。

いや、五歳児だから当然といえば当然なんだけどね!!

「第二妃が一方的に僕の母である第五妃を嫌っているから、あんな態度を取らざるを得ないんだ」

「どうして？」

「……僕とパル＝メラは同じような時期に生まれたからねえ」

曖昧に笑うアル兄様の言葉の意味がわからなくて小首を傾(かし)げる。

でもそれ以上は教える気はないのか、兄様は曖昧に笑うだけだった。

（あっ、そうか！　嫁いで来た順番が妃たちの順だ!!）

少し考えて、その答えに辿(たど)り着く。ピンときたってやつだ。

この国では子供たちが男女関係なく生まれた順に第一、第二とつけられるように、妃たちもその出自に関係なく娶られた順に第一、第二と呼ばれる。

第一妃だけは正妃として扱われるため一段上の存在だけどね！

つまり、第二妃は二番目に嫁いで来られた方ということだ。

（確か……大国の姫、だっけ。第五妃は、属国の姫……だった気がする）

つまりいろんな意味で、格上っていうか、大事にされているのは第二妃ってことになる……はず。

それなのに第二妃が子を身ごもった時期は、自分より三つも後の第五妃と一緒。

ある意味で子供を一人ずつしか出産しない妃たちは平等と言えば平等だが、そこには譲れない女の戦いがあるのかもしれない。

少なくとも第二妃は第五妃と出産時期が被ったことが気に入らないのだろう。

となると、確かにアル兄様が言ったようにパル＝メラ兄様は第二妃の指示でアル兄様に嫌な態度を取っていると考えられるんだよなあ……。

（うーん）

兄様たちと仲良くなれたらいいなとは思っていたし、同時にそこからいずれかの妃が私の保護者として名乗り出てくれるのを打算から期待していたんだけど、厄介な話だな……。

これは保護者についてはちょっと無理ゲーっぽい!!

（なら、まあ……うん。保護者についてはまた別途考えるとするか……）

少なくとも父様は味方だし、後ろ盾がないってだけで決して危うすぎるってこともないだろう。

成人までの間をもう少しだけ盤石にしたいなって程度の考えだったしね。

とりあえずは当初の、兄様たちと仲良くなることで父様以外にも頼れる人を作るって目的の方を重視していけばいいんじゃないかな！

権力争いに私はノータッチ。そのスタンスのままでいい。

ただただ兄たちと仲良くできたら、それでいい。もし仲良くなれなくても……少なくとも敵意がないとわかってもらえる程度に関係を築くのが大事だ。

そうしないと私の未来がどうなることかわかったもんじゃない。

（邪魔だからって適当に嫁がされるとか、嫌がらせのように変なところに嫁がされるとか、そんな ん絶対に嫌だ……!!）

それに後ろ盾が弱いという意味ではアル兄様もそうだ。

大好きになった兄を守るという意味でも、ここは私がしっかりしなくては！

（とりあえず、アル兄様は大丈夫。私の味方）

深呼吸を、一つ。

折角、今世では美幼女に転生したのだ。

中身はどこまでいっても前世と同じく中途半端で秀でたところがない代わりに悪いところもない、そんな凡庸（ぼんよう）な私だけど、この容姿だけは自信を持っていいはずだ。

あざといと言われようが何だろうがこの可愛らしさで兄たちを籠絡（ろうらく）してやろうじゃないか!!

（そして味方を着実に増やしていくんだから！　見てなさい!!）

☆

さて、アル兄様との初対面は大成功に終わったと言っても過言ではない。

すっかり打ち解けた我々は仲良し兄妹と言って問題なかろう！

その結果に上機嫌で部屋に戻ったら、シエルから冷たい目で見られたんだけど……。

なんなの？　浮気を咎める彼氏ムーブかな？

以降、いろいろご機嫌取りしてはいるんだけど、なかなか不満げな感じが抜けないんだよね。

今朝も天井に近い隅っこで私を見下ろすばっかりで返事すらしないし。

「っていうわけで、ずっとシエルが拗ねてるの」

「はは、なるほどぉ。そりゃあ姫様は困ってしまいますねえ」

私は護衛についてくれているテトにそのことを愚痴るついでに相談していた。

おかしいなあ、獣人族だから匂いがとかそういうのあるのかなあ。同じ動物繋がりでさ。

そんなことシズエ先生は言ってなかったけど……。

フクロウって嗅覚は鋭くないはずだしね。といっても、あくまでそれは前世の知識だからこちらの世界では違うのかもしれないけど。

そもそもシエルって生肉食べないしな……好物はフルーツだし。ローストビーフも好きだよね。

「ねえ、テト、もしかしてシエルって匂いに敏感なのかな。知らない人の匂いがして嫌とかそういうのってあると思う？　でもフクロウってそんなやきもち焼いたりするって聞いたことないし……シズエ先生は獣人の気配とか匂いに野生の動物は敏感だからって言ってたけど、護衛騎士のみんなに対してはそんなことないんだけど」

「どうですかねえ、アタシもフクロウについては詳しくないんですよ」

うーんと悩むテトは首を傾げるばかりだ。

彼女に言わせると、確かに獣人たちは五感に優れているから匂いに敏感だし、その性質から動物たちに近いせいなのかその種ごとに動物たちに好かれたり嫌われたりということはあるらしい。

具体的な例を挙げると、テトは猫獣人だから猫に好かれやすいんだとか。ナニソレ可愛い。

でもだからといって獣人は匂いが強いのかっていうとそんなことはないらしい。

なんだかんだ獣人も人間もエルフも、彼女の嗅覚だと似たようなもんなんだってさ！

「たとえば、アタシたちの騎獣って割とパートナーに一途で嫉妬深いですけど、他の騎士たちと飲みに行った翌日でも気にした感じはしないですかねえ。フクロウってそもそも人に懐くっていうか、同居人みたいな感じでドライな子が多いみたいですし……」

「そうなの？」

そういやそんなこと前世でも聞いたことあったかも。

群れで生きていくような鳥じゃないけど、ペットで売られているからネットでは可愛く甘えたりする姿も見たし……うーん。

（要するに、フクロウは主従っていうよりは仲間みたいな感じでほどよい距離感と遠慮のなさがあるってことでいいのかな？）

ふーむ、じゃあシエルは私のことをある程度認めてはいるけど、もしかして犬っぽい匂いとか気配が嫌いってことなんだろうか。

（ああ、出会った時も何かから逃げていたみたいだし……。そういえば護衛騎士たちの中でも狼獣人であるサールスに対しては距離感があるか）

アル兄様との共通点と言えば犬科ってことだな！

もしかして猟犬に追われて逃げ惑っていたとかそういうトラウマがあるんだろうか。

だとしたら今度はアル兄様のところに行く時、シエルのことを連れて行ってもいいかもしれない。

これから兄様とは頻繁に会うだろうし、毎回こうなっちゃったら困るからシエルにも多少は慣れてもらわないとね！

私から感じる気配が犬じゃなくて、護衛騎士たちと同じ獣人……しかも私と仲良しだって理解すれば、不機嫌にならないようになるんじゃないかな？

シエルは賢いからね！　きっとわかって……わかってくれなかったらどうしようかな。

どうしようもなく怖がったりとか……それはそれで困るな。

（いいか、それはその時考えれば）

アル兄様とは定期的にお茶をする約束を取り付けているから、機会はいくらでもある。

私の部屋にある便利な魔道具も、実はアル兄様が私のためにいろいろと考えて作ってくれたものだそうだ。知らなかった！　元々あるやつだとばっかり……。

ドライヤーとか、暖かくなる毛布とか、明かりの調節ができるランプ（音楽も鳴る）とか！

聞いた時には、えっ、アル兄様超有能……ってびっくりしちゃったよね。

これまではそこまで細かい調整の必要な魔道具は需要もないし、開発されてこなかったんだって。

アル兄様の立場で見ると他にも弟がいるのになんで?って思ったら、それについてはシズエ先生が教えてくれた。

なんと、不思議なことではあるのだが、この世界では女性は魔力に弱いというのだ。

魔女もいるし魔法を使う女性騎士もいる。だけど全体の割合で見ると人間族の女性には魔力に耐性がない人が多く、成長に影響が出たり妊婦さんが異常に苦しんだり……。

そういう場合は魔力が何かしらよくない作用をもたらしているってことまでは解明されているんだとか。だから五歳まで云々(うんぬん)のあの過保護な状況になるわけですよ。

特に女の子は危険がいっぱいとか、なにそれハードモード!

そりゃ父様も待望の女児って理由だけじゃなく溺愛するよね!!

まあそんなこんなで兄様も『妹なら気を遣ってあげるべきだ』ってあれこれ開発してくれたってワケ。愛されてるなあ、私。でへ。

おっといけない、デレデレしている場合ではなかった。皇女としてもアウト。

(ん?ってことはあれか? 私の持つ魔力は弱いから影響も少なかったってことか?)

生まれてからここまで病気らしい病気もせず、元気いっぱいに過ごしてきたけど……。

チートなくて良かったねパターンかこれ。逆に言うと健康っていうチートなのかもしれない?

いやでも待って。

(健康は確かに大事だけど……それより、これからの人生を切り開けるようなチート能力がほしかったなあ!?)

獣人騎士たちからは何故か人気だけど。そういうんじゃないのよ。

彼らはちっちゃいものや幼い子供が好きな性質だという。

おそらく庇護対象として見る本能のようなものなのだとか……だから帝国の市井では乳児院とか孤児院なんかで面倒を見てくれる人には獣人族が多いんだって。

獣人族は体質上多産な人も多く、子供の面倒を見るのが好きな人が多いからってことらしい。

ちなみにテトとグノーシスは夫婦になって長いらしいけど、今のところ子供はいないし二人でラブラブだからこのままでも全然オッケーだって話。ごちそうさまです。

でもそんな中で、ちょうど私が可愛い盛りなもんだから……さ。

護衛騎士たちにとって〝護衛対象〟であると同時に本能をくすぐる〝庇護対象〟にもなっているらしく、やたら大事にしてくれているんだよね……。

まあ、嫌われるよりはいいか。うん。

「それで？　シエルについては置いておくとして、そちらはどうなさるんです？」

「……うーん」

そう、実はずっと悩んでいることが他にもあるのだ。

部屋にいるとシエルの視線が気になってしまうのでこうしてテトを連れて外に出てきたのだけれど……お茶とお菓子と、そして二通の招待状。

一つは、第六皇子カルカラ＝ゼノン兄様からお茶会のお誘い。

そしてもう一つは、なんと先日嵐のように去って行った第三皇子パル＝メラ兄様からのものだ。

（どっちから行くべきかなあ）

どっちも日付は複数候補を挙げてくれているから、都合の良い日を教えてくれっていうお誘いだ。

だから私が好きに選んでいい、とのことなんだけど……。

アル兄様から聞いた兄たち情報を整頓してみよう。

長男ヴェルジエット＝ライナス兄様は私たち下の弟妹に対しては庇護すべき存在と見ているそうだ。若干父親目線のような気もすると苦笑していた。皇太子としてとても忙しい人。

次男のオルクス＝オーランド兄様はそこまで弟妹に興味はないように見えるものの、話しかければいつだってきちんと、丁寧に対応してくれる人とのこと。皇太子補佐をやっている。

五男のシアニル＝ハーフィズ兄様は掴み所がなくて自由人。芸術家？

で、六男のカルカラ＝ゼノン兄様は明るくて元気とのこと。騎士見習い。

アル兄様に言わせると『みんなちょっとクセが強いけど、いい人たちだよ』なんだそうだ。

そういうフォローを入れるアル兄様がいい人なんだよ……。

「まずはカルカラ＝ゼノン兄様にお会いしようかな。パル＝メラ兄様にはその後。デリア、父様とのお約束の日とは被ってないよね？」

「はい。お二方とも招待の日付は複数候補を挙げてくださっていますが、いずれも陛下や家庭教師の都合とはずれています」

「……気を遣ってくれたのかな？」

パル＝メラ兄様に関しては嫌われたものとばかり思っていたけど、違うのだろうか。

私は小首を傾げつつ、最短で二人に会える日を選択してたどたどしくながらも自筆で二人にお手紙を書いたのだった。

☆

そしてカルカラ＝ゼノン兄様とのお約束の日。

お庭でお茶をしようと約束をしたそこで、私はぼんやりとお兄様を待っていた。

私は約束の時間に到着しているし、カルカラ＝ゼノン兄様の侍女だという人たちが配膳をしてくれて待っているが……すでにお茶が冷めたからと交換してもらうのは何回目だろうか。

「……時間を間違えちゃったかなあ？」

「いいえ、お約束はこの時間で間違いございません」

私が後ろに控えるデリアに小声で尋ねると、彼女も困惑した表情だ。

周囲の侍女たちの様子からもそれは窺(うかが)えるのだけれど、じゃあどうしてと思ってハッと気づいてデリアを見て恐る恐る尋ねてみる。

「もしかして、すっぽかされた……とか……？」

「そ、そんなことは……ない、はず、ですが……」

段々とデリアの声が小さくなっていく。自信がないのだろう。

そう、約束の時間はとうに過ぎているのだ。ちょっとじゃない。かなりだ。

なのに一向に現れない第六皇子。何杯目かもわからないお茶は、またすっかり冷め切ってしまった。もう淹れ直してもらうのも気が引けるほどに。

（……カルカラ＝ゼノン兄様は私のことが嫌いなのかもしれない）

心の中でメモを取る。大事なことだ。これも前世のおばちゃんたちから教わった。

味方になる人、噂好きな人、害悪にしかならない人、そういう特徴を覚えて付き合いをどうしようもない時、どういう立ち居振る舞いをすればご近所付き合いがしやすいかっていうコツをだね。

まあ実践する前に私は転生しちゃったわけですけど!!

（ショックかって聞かれたら、まあ、少しだけ）

まだ会う前から拒絶は、寂しいかなって思う。でも傷ついたかと問われればそれはない。

アル兄様のように受け入れてくれるかも……という期待は勿論あった。

だけど、パル＝メラ兄様のように他の弟妹に対して態度があまりよくない人だっている。

話を聞いただけだけど、第二皇子もそこまで弟妹に興味がなさそうだし……第六皇子がそうだったとして、何も悪くないはずだ。

いつかは打ち解けられるかもしれないが、それがいつになるかなんて誰も知らない。

むしろ初日から上手く行ったアル兄様の方がレアケースなんだと思うべきだろう。

まあ呼び出しておいてすっぽかすのはどうかと思うけど！

「……そうよね。そうだわ。私、もう少しだけ待ってみる」

「姫様」

「デリア、お茶を淹れ直してもらっていい？」

「は、はい！　ただいま!!」

私の言葉にデリアが慌ててカップを下げてくれた。

振り返って、今日の護衛であるサールスを呼ぶ。何も言わず歩み寄ってきてくれた彼は無表情だけど、私にはサールスが今の状況を不満に思っているのが見て取れた。私が軽んじられたんじゃないかって心配してくれているんだろう。

そのことが、ちょっと嬉しい。

「サールス、悪いけど誰か人をやってカルカラ＝ゼノン兄様を探してもらってもいい？　無理そうなら、今日は帰るし……来てくださるなら、私は待ちますって伝えてほしいな」

「……承知いたしました」

私の言葉を受けてピクリと耳を動かした後、間を置いてから返事があった。

なんだか今にも唸(うな)り声(ごえ)が聞こえそうな感じのサールスに苦笑する。

私のことを案じてくれているのだろうけど、美形がそんな顔をしちゃだめだって……。

けれどサールスは私の指示を受けてその場から動こうとした瞬間、ピタリと足を止める。

「サールス？　どうしたの？」

「……第六皇子が来られたようです」

少し眉を寄せてから絞り出すように口にしたサールスを見て、首を傾げた。

なんでそんな不満そうなんだろう。第六皇子について、護衛騎士たちが良く思っていない……なんて話は聞いていなかったけど。

（むしろテトの話だと、好意的な雰囲気だったんだけどな？）

でもサールスの反応は微妙だ。

どうしたことだろうかと私が小首を傾げていると、その人はやってきた。

いいや、その人たちだった。

「……遅れて……すまない……。どうしても、どうやっても！　シアニル兄上を撒けなくて……」

クッと悔しそうにする青髪の少年。どうやら彼がカルカラ＝ゼノン兄様のようだ。

そんな彼の肩を抱くようにして微笑む金髪の美少年。こちらがシアニル＝ハーフィズ兄様らしい。

私は目を瞬かせて二人を見た後、ハッとして椅子から降りて淑女の礼をとる。

こういう時は目下の私から挨拶すべきよね！

「お初にお目にかかります、兄様方。末の妹、ヴィルジニア＝アリアノットです」

「うん。俺が第六皇子、カルカラ＝ゼノンだ。……親しく、カルカラと呼んでくれたら嬉しい」

はにかみつつもニコッと笑うその姿はスポーツ系の爽やか男子。うっ、眩しい。

私の手を取って「遅れて本当にごめん……」ってしょげる姿を見ると、喜怒哀楽の表現がはっきりしている人っぽい。

まあ、それが本性かどうかはわからないけど。

「ぼくはシアニル＝ハーフィズ」

カルカラ兄様を押しのけるようにして私の前に立ったシアニル＝ハーフィズ兄様は、ジッと私を見下ろした。その表情は無だ。思わず体が硬直する。

（ひぇ、絶世の美少年……）

シアニル＝ハーフィズ兄様はとんでもない絶世の美少年だった！

金髪碧眼（へきがん）で線は細く中性的、その姿はまるで女神様もかくやってこのことを言うのでは!?

ただその絶世の美貌の真顔は正直、怖い。

小心者の私の精神に激しいダメージを与えてくるので何か反応してほしいんですけど!?

「え、ええと……？」

「シアニル兄上、ヴィルジニアが怖がっているから……！」

慌ててカルカラ兄様が止めに入ってくれるけど、ナチュラルに第一の名前を呼んでますね？

いやいいんだけどね、ダメとは言わないけどそれって一応お互いに確認を取ってからが望ましいって私はシズエ先生に教わったんだけどな？

カルカラ兄様は距離感が近いタイプの男子なのかな！

そんなことを考える私をよそに、シアニル＝ハーフィズ兄様が手を伸ばしたかと思うと、私の両頬に手を添えて……なんと、モチモチとほっぺを触り始めたではないか。

「ふぇ」

おかげで変な声が出たわ！

無表情にいきなりモチモチされるとか誰が想像するのよ？

「っあー……もちもち。すごい。モチモチ」

そしてシアニル＝ハーフィズ兄様から出てきたのは謝罪でも、カルカラ兄様に告げる言葉でもなく、ただの感想だった。美少年の口からモチモチって言葉が出て二度驚きだわ。

いや？　うん？　まあ？　幼児と言えば確かにモチモチすべすべでございますがね？

ひたすらモチモチされるこちら側としては唐突な出来事に虚無ですよ、虚無。

美少年に無表情でモチモチされるこっちの気持ちを考えろ。

「うん」

そして満足したのか、シアニル＝ハーフィズ兄様は私のことを次は抱き上げたかと思うと頭を撫でて、カルカラ兄様に渡した。

なんだこの人、自由すぎないか？　アル兄様が『自由人』って言ってたのがよくわかったよ!!

どうしていいかわからない私に、シアニル＝ハーフィズ兄様はにこりと笑った。

とても優しい笑顔だ。思わず見惚(みほ)れてしまう。

「シアニルって呼んで」

「シアニル、兄様？」

「うん、そう。いいね」

シアニル兄様は、とても満足そうだ。私に名前を呼ばれたことが嬉しかったのか、背後にお花まで見えてきそう。本当に麗しいわあ……。目の保養、目の保養。

ってどこもかしこも今の私には目の保養だったわ。すごいね！

「よし、それじゃあ、ぼくは行くね。おかげで良い絵が描けそうだ」

「え？」

「またね、ヴィルジニア」

「え？　え？　は、はい！　また……？」

私の返事も聞かず、シアニル兄様はまるでスキップでもするかのように軽やかな足取りでサッとその場を後にする。

周りが盛大なため息を吐くのを見てどうやらあれが通常運転だと理解した私は、サールスが嫌そうな雰囲気を見せたのはそのためかと納得した。

生真面目なサールスからしたら、きっと理解できない類いの人に違いない。

(それにしても本当に自由人だな!?)

でも第一の名前で呼んでいいって許しをくれたんだから、シアニル兄様も私に好印象を持っている……って考えても、いいのかな？　いいんだよね!?

困惑する私を抱き上げたまま、カルカラ兄様が咳払いする。

「……それじゃあ、遅くなったけど。改めてお茶会をしようか、ヴィルジニア」

「あ、はい……よろしくお願いします、カルカラ兄様……」

挨拶を済ませた後に再開されたお茶会は、和やかで楽しいものだった。

カルカラ兄様は、本当に明るくていい人だ。

ちなみに、私をお茶に誘ってくれたのはアル兄様から話を聞いたからだそうだ。

「……なあヴィルジニア、お前は幼いけど賢いって聞いているから話すけど」

「うん？」

「もし、俺たちの母親を頼りたいなら……その、先に言っておかなければいけないことがあって」

「なあに？」

「俺の母上は頼れないと思ってくれ。それはアル兄上もそうだと思う。正直に言えば他の妃殿下に頼るのも、あまり……その、誰からもよく思われないかもしれない」

「……どうして？」

カルカラ兄様に言われて、疑問を返す。でもがっかりしたとかそういうんではない。

すでにアル兄様からも話を聞いているから、それぞれの妃の出身や順番とか、表向き穏やかだけど実情はそこそこドロドロしているらしいことをすでに知っているからね。

（父様に可愛がられている私を手にしたいと思う妃もいると同時に、それをよく思わない妃もいるってことでしょ？　しかもそれが愛情なのか権力欲なのかわかんないってのも厄介）

そんなもんに巻き込まれちゃたまんないわけですよ、こっちは。

ちなみにカルカラ兄様から見た感じだと、こう。

正妃は公正だけどそれだけに誰かに肩入れはしない。中立スタンス。

第三妃は外交を担当しているらしくとても忙しい。あまりそういうことは気にしない。

第二妃は第五妃の件もあるので、アル兄様と親しくする私のことは好まないだろうとのこと。

第四妃、つまりカルカラ兄様のお母様は権力争いから遠ざかりたいので、他の妃たちに目をつけられないように細々と暮らしているのだそうだ。

そして第五妃、アル兄様のお母様は出産後から引きこもっておられるとのこと。

第六妃は……シアニル兄様と同じようなタイプらしい。うん。

要するに誰のところに行っても不和が起きるから大人しくしていてほしいってことか！

クッ……幼女になんて厳しいところなんだ、宮廷ってやつぁ!!

「俺は六番目だし、もともと皇位とか政治とかには興味ないから今がちょうどいいんだ。俺の母君は属国の中でも小国の出自だし、重要視されないからさ。でもお前はそうもいかないからなあ」

「……父様が大事にしてくれているから？」

「まあな。それ以外にも理由はあるけど……でもまあ、お前が気にするようなことじゃないよ」

にっこり笑って頭を撫でてくれるカルカラ兄様は、それ以上のことは教えてくれなかった。

これ以上食い下がると五歳児らしくなさすぎて警戒されてしまいそうだから、諦めるのが無難かと私は話を切り替える。

「第四妃様の出身国ってどんな国？」

「海に面している国だよ。俺も一度しか行ったことがないんだけど……母上は人魚族なんだ」

「にんぎょ!?」

「そうだよ。周囲の人間は俺が人魚の形質を受け継いでいることを期待していたみたいだけど、残念ながらこの通り俺は中途半端なんだ。泳いでもヒレは出ないし溺れるし」

あははと軽く笑ってみせるけど、カルカラ兄様は少し寂しそうだった。

どうやらカルカラ兄様は、父の強い魔力と母の人魚としての能力の両方を兼ね備えていることを期待されていたみたいだ。だけど、そうはいかなかったらしい。

まあ子供は天からの授かり物だもの、なんでも上手く行くはずないのにね？

(勝手に期待して、勝手に落胆されたんだ)

それはまるで、前世の両親のように身勝手だと思った。

そう思ってしまったら、途端にズキリと胸が痛んだ。

「父上はそんなものは気にしなくていい、好きに生きる道を探せと言ってくれたから……俺は騎士になろうと思ってるんだ。人魚族ってタフなんだけど、幸いそこは受け継いでいるみたいでさ」

「そっか……兄様は、やりたいことを見つけたし父様はそれを応援してくれたんだ……」

ホッとした。

父様が、前世の父と違って良かったと心の底から安堵した。

前世のことだからぼんやりとしているはずなのに、記憶の中でそこだけはっきり思い出せてしまう……我が子をゴミを見るかのような目。

あんなに愛情表現を示してくれる父様を、前世の父みたいなクズと同列に考えたことを反省する。

気持ちを誤魔化すためにケーキにフォークを何度か刺してしまった。

「……ごめんな、ヴィルジニア」

「え？」

「俺は、他の兄上たちに比べると弱いから……お前を守ってやれる兄ではないと思うんだ。体が丈夫なこと以外、取り柄がなくて……何をやっても中途半端だからさ」

困ったように笑うのは、悲しい気持ちを誤魔化すためなのだろうか。

さっきまでお日様のように笑っていた兄を見て、私は思わず席を立って兄様の足元に縋り付いていた。そんな悲しい顔をしないでほしかったのだ。

「ヴィルジニア？」

「じゃあ、兄様は私とお揃いね！」

「……お揃い？」

「うん。私も魔力があんまりないの。取り柄がないの。だからお揃い！」

そうだ。私は笑みを浮かべた。きっと情けない笑みだったに違いない。

唯一の皇女だけど、母親の命と引き換えに生まれておきながら私には僅かしか魔力がない。

後ろ盾なんてものはなく、母の生家とやらももはやない。

父様の愛情がなければここで生きていくことすら難しいのではなかろうかってくらいだ。

「お揃い……そうか、な？」

「うん！　私ね、頑張る兄様を応援する。だから、兄様は頑張る私を応援して」

「……ヴィルジニア」

キョトンとしたその顔は、まだどこかあどけない。

当然だ。青い髪に、空色の目をした私の兄様はまだ十八歳だもの。

「ご褒美に、兄様が笑顔で褒めて？」

「……ああ、いいよ」

私の言葉に困惑しながらも頷(うなず)く兄様は、優しい。こんな荒唐無稽(こうとうむけい)なことを言い出す五歳児を気味悪がったっていいはずなのに……膝に縋るようにして抱きつく私の頭を、ただ優しく撫でてくれていた。ずっと、ずっと。

アル兄様もそうだけれど、私の兄たちはどうしてこんなにも優しいんだろう。

（シアニル兄様が私に触れたあの手も、とても優しかった）

抱き上げてくれた時も、頭を撫でてくれた時も。

よくよく考えたら、パル＝メラ兄様だってアル兄様に対して辛辣(しんらつ)だったけど、私に対しては何一つ酷(ひど)いことなんて言っていなかった。

「カルカラ兄様」

「うん？」

「抱っこ！」

私は抱きついていた手を離し、カルカラ兄様に手を伸ばす。甘えてもいい、そう思ったから。

そんな私に兄様は面食らった表情を浮かべたけど、すぐに微笑んでくれた。

「……しょうがない妹だなあ」

確かに自分勝手だと思うけど、考えるのに疲れちゃったんだもの。

まだ私って実際に五歳ですし？　幼女だもの、抱っこしてもらってここまで礼儀に則(のっと)った皇女らしさを保っただけでも褒めてもらっていいと思うんだよね！

まあ主張することはないけど……心の中でだけね！　自画自賛ってやつね！！

カルカラ兄様は躊躇いつつもこわごわと、そっと抱き上げてくれた。

そのまま膝の上に乗せてくれて、ケーキも食べさせてくれた。イチゴが美味しい。

「……あんまり頼りにはならない兄だけど、愚痴を聞いたりすることはできるからさ。そういう意味ではいつでも頼ってくれていい。連絡をくれたら、会いにも行くよ」

「はい！」

約束してくれたカルカラ兄様は、私の返事に嬉しそうに笑ってくれた。

私の夢であった兄妹関係の良好な構築、上手くいっているじゃあないか！

よきかなよきかな。

（でも、見えてきたぞ？）

兄たちは基本的に仲が悪いわけじゃない。

ただ、お互いの母親と、その派閥を気にしてあれこれ行動しているんだろう。

だとすればやはりキーパーソンは二人。

皇帝である父様と、皇太子である長兄のヴェルジエット＝ライナス兄様。

この二人の影響力ってものすごく強いんじゃないかと思う。

（となると……私の今後に関して、この二人が発言権を持つってこと？）

嫁ぐにしても婿を取るにしても、彼らの発言が私の自由度に影響を与えるかもしれない。

父様は私のことを溺愛している。それは間違いない。

カルカラ兄様の発言からすると、父様は兄様たちについてもそれなりに大事に思っているのだろうと推測できる。まあ父様ってば、基本的には子煩悩タイプだと思うし。

では何故それなり扱いかといえば、アル兄様のことを『あれ』扱いしたから。

すごく傲慢だからとかそういうことも考えたけど、まあ国のトップだし多少傲慢なのは仕方ないのかなあ……とも考えられるので、そこに悪感情はあまりないと思う。

ただ、父様が他の家族……つまり奥さんたちをどう思っているかは今のところ不明。

ちょっと前に『どうせだったら父様の仲良しな奥さんの庇護下に入れたらいいな』という打算のもと、それとなく探りを入れたことがあるんだよね。

その時は良い笑顔で『お前が気にすることはない』って言われちゃったからまったくもって皇帝とその妻の関係ってのについては不透明だ。

まあわかっているのは……あの言い様だと私と妃たちを会わせる気がなさそうってことくらい？

（うーん）

一番上の兄様に関しては、まあそのうち面会して考えてみればいいか。

皇太子って忙しいだろうし、まずは他の兄様たちと会って情報収集もしなくちゃね！

☆

そんなこんなで今日はパル＝メラ兄様との約束の日。

ちなみにカルカラ兄様からは、パル＝メラ兄様とアル兄様の確執についても教えてもらえた。

第五妃が同時期に妊娠したこともそうだけど、どうやら息子同士で同じく魔法の才能があったというのも第二妃にとっては気に食わないものだったそうだ。

そんな生まれ持った才能についてまで……って思うけど、複雑な心境なんだろう。

アル兄様は先祖返りの特性が今のところハンデになってはいるけれど、魔力の量も豊富で才能があり、本人の性格から研究職に落ち着いているけど……要するに万能タイプなのだ。

もしもアル兄様が前に出たがる性格だったなら、きっと皇子たちの立場的なあれこれが覆るんじゃないか……なんて噂されていたこともあるんだって。

だけど、パル＝メラ兄様も才能の塊なのだ。聞いただけでも『スゲェ！』ってなったもん。

通常一人につき一つか二つくらいしか属性魔法を使いこなせないのに対し、パル＝メラ兄様は複数の属性の攻撃魔法を、それも最大値で使いこなせるっていうから驚きじゃないか。

でも、攻撃魔法にしか適性がないらしい。

『戦乱の世なら、パル兄上の攻撃魔法は重宝されただろうな。皇帝陛下がそうであるようにね。だけど今は平時だからさ』

そうカルカラ兄様は言っていた。

ちなみにうちの父様は炎系のとんでもない魔法を使う人で、それはもう最上位とかそういうレベルじゃないおっそろしいものなんだそうだ。レベチってやつだ。

『……俺は正直、二人ともすごいと思うから競い合わなくてもいいと思うけど……パル兄上はそうも言ってられないんだろうなあ』

第二妃はいろんな意味で、二番手にしかなれていない現状に納得ができないそうだ。

自分が二番目の妃であることも、子供が三番目であることも。

その上、正妃である第一妃が生んだ第一皇子が、政治的手腕も皇帝家の血統魔法という特殊な炎の魔法も受け継いでいて、皇太子の座が揺るがないって事実もある。

だからこそパル＝メラ兄様には他の皇子に負けてもらっては困るのだ。

仲良しこよしじゃなくて、第二妃の息子は他の皇子よりも優れていると示してもらわなければ第二妃の矜持が許さない。

加えて歳まで同じ他の皇子に才能で負けているなんて認めたくもないから『第五妃の息子には負けるな、仲良くなんて絶対にするな』と常々言い放っているんだそうだ。

親の都合に子供が振り回されるのはよく聞く話だけど、とんでもねエ話だ。

おっと、皇女様だからこんな口調はだめだな！　反省!!

（……子供のどっちが優秀とか、やっぱ気になるのかなあ）

私からしてみれば魔法が使いこなせてるってだけですごいと思うんだけどね……。

シズエ先生も言ってたけど、魔力を持つ人はこの世界にたくさんいるけど、強い魔力を持ってなおかつそれを行使できる人は、ごく限られた一部の人間なのだという。

だからこそ、そういった人々に権力が集まって国が成立したと歴史で習った。

強い魔力と魔法、それから武力をもって国を平定し、守り、繋いできているのだと。

帝国が大陸で最大の国であるのは、全てにおいて最高のものを持っているからだ……と。

だから王侯貴族で能力を持つ人間は、それを使って民のために尽くすものなのである。

いわゆるノブレス・オブリージュ……要するに王侯貴族の義務だ。

贅沢するだけじゃなくて、ちゃんとその分働いて民に還元しろってことだね。

まあそんな感じのことを教わった。といっても今のところ私は五歳児なので、何か仕事が与えられるわけじゃないし……魔法も治癒系、それも弱いものなのでそっち方面での活躍は望めない。

なんせ私の治癒魔法、擦り傷を治す程度の力しかないんだよね……。

(ついでに魔力の使い方訓練みたいなのを始めたけど、私は散々な結果だったわけで)

それを考えると使えるってだけでスゲー!!ってなるんだけどな。

私の転生チートはどこに行ったんだ？　本当に可愛いだけなの？

訓練したら伸びるのかと思ったら、私の場合は期待するなって最初から言われちゃってもう落ち込む前に笑っちゃったわよ。

(それなのに……第二妃はこんな優秀な息子を持っても満足できないだなんて！)

みんなできて当たり前とか思ってるんだろうか？

皇子や皇女で素質があるからってゼロから勉強なんだぞ？　お？

重圧たっぷりに皇族だからできて当たり前みたいな空気出されるとこっちが辛いんだよ！

それは魔力がカッスカスの私に対するあてつけかってんだ！

まあ、生まれ持ったものについて文句を言ったって仕方ないけどね……。

「……来たか」

「お待たせいたしました。改めてご挨拶を、末の妹、ヴィルジニア＝アリアノットです」

「第三皇子パル＝メラだ、まあ座れ。……いや、座れるか？」

「座れます！」

失礼な！　椅子にくらい……ちょっとよじ登れば……いや、デリアの視線が痛いな……。

ちらりとデリアを見る。登るのなんて許しませんよという強い意思を感じた。

続いてちらりとパル＝メラ兄様を見る。

兄様は大きなため息を吐いたかと思うと、無言で私を持ち上げて座らせてくれたではないか！

「ふおお……!!」

「軽いな。ちゃんと食べてんのか？」

「はい！　食べてます！」

三食きっちりどころかオヤツまでもらってお昼寝までスケジュール組まれた生活だからね！

ちなみにシエルに添い寝をお願いしようとすると嫌がられるけど、お昼寝の時にはそれとなく近くにいてくれるのでなんともシエルはできるフクロウである。モフモフ。

「好きな菓子がわかんねえから、適当に集めておいた。ほら、好きなのを食えよ」

「わああ……!!」

クッキー、ケーキ、プリン、その他盛りだくさん。ふおお、こんなにいいのか！

今日はまだオヤツを食べていないので遠慮なく私は手を伸ばす。育ち盛りだもの！

「美味（うま）いか？」

「美味しい！」

「そうか。もっと食え」

ふっと目を細めて笑うパル＝メラ兄様は、この間の意地悪そうな顔とは違って優しい。

困っていた私を椅子に座らせたり、オヤツをこうして用意したり。

「今日呼んだのは他でもねえ。お前に言っておくことがあるからだ」

「……なあに？」

ここぞとばかりに子供らしく何もわからない顔で小首を傾げておく。

そんな私に渋面を作ったパル＝メラ兄様は、またため息を吐いた。

「……お前が俺たちを通じて母上たちとも接したいことはわかっている。もう他のやつに言われているかもしれねえが、止（や）めておけ。特に俺の母上はだめだ」

「どうして？」

「俺の母上は、隣国出身だ」

第二妃は第五妃や第六妃と違って、正妃である第一妃と同じく国同士の架け橋として嫁いできた姫君であり、二番目に嫁いで来たということからもその立場の高さが窺えるってもんである。

実際は我が儘姫として有名だったらしいけどね！

その苛烈さについては、伝え聞く限り相当なもんだと思う。

実子であるパル＝メラ兄様もそれを認めているんだから、なかなかの人だよね……。

「お前のことも、どう思っているかわかったもんじゃない。それに……誰かの母親にだけ気に入られても厄介だ。それもどうせ聞いているんだろ？」

「……」

「アルのやつと仲良くしようがどうしようが、お前の自由だ。ただし、目立つと妃たちから……ってよりもその派閥の連中からちょっかいをかけられるかもしれない。まだお前はそこんとこ立ち回るには難しいからな。だから大人しく動け」

アル兄様のことを第一の名前で呼んだってことは、パル＝メラ兄様がアル兄様のことを〝家族として認めている〟ことに他ならない。

（アル兄様を前にした時は『ケモノ』って呼んでたのに）

家族のことを蔑称で呼ばなきゃならないなんて、どうしてそんなことを自ら引き受けているのか理解できなくて……いやできるけど、だからこそ私はちょっとムッとしてしまった。

私のそんな気持ちをすぐに察したらしいパル＝メラ兄様は、苦い笑みを浮かべる。

「お前は馬鹿じゃなさそうだからな。カルカラよりはもう少し上手く立ち回れるだろ。……俺は無理なんだよ。隣国の目もあるし、実際攻撃魔法しか才能がねえからな」

「そんな！」

「母上がお前に目をつければ、俺を皇帝に押し上げるために隣国を通じてお前をどっかの国に売り飛ばすくらいしかねない。いくら父上の権力が強かろうと、他国の王女だった母上を軽んじることもできないからな」

「……」

「それに政策の一つとして、お前の婚姻に関しても大臣たちだって計算しているだろうしな」

「……」

確かに、その通りだ。

皇女である以上私の結婚には政略的なものがつきものだ。だから第二妃が隣国の都合がいいように進言をしてそれが帝国にも利があると判断されれば、父様が渋ろうがなんだろうが国益優先になるのは仕方がない……んだと思う。

前世の感覚と自分がまだ幼女のせいか、実感ってものはほぼほぼゼロだけど！

（とにかく、私が立ち回り方を失敗すると争いの火種にもなるってわけね）

いやだそんな難しいこと言われても困るんですけど!?

私はただ兄たちに甘やかされてキャッキャウフフした後に、政略結婚なら政略結婚で可能な限り穏やかな相手とお見合いさせてもらって、その人と恋愛をしていくっていう人生設計がですね!?

いや待て、待つんだ。まだ私は五歳。

さすがにまだ法律とかにまでは勉強の手が届いていないが、逆を言えばまだこれからだ。

妃たちを味方にできないことは理解した。だけど、私の目標である〝兄妹間で仲良くする〟ことについては全然イケるし、将来についてはこれからなんとかすればいい！

となれば、今すべきことは何か？　目の前のパル＝メラ兄様と仲良くなることだ!!

「……パル＝メラ兄様は、またこうやって一緒にお茶会してくれる？」

「……暇だったらな」

「ヴィルジニアって呼んでくれる？」

「……いいぞ」

私は椅子から降りて、パル＝メラ兄様の前に立つ。そして手を伸ばした。

片手で頬杖をついたまま、兄様は私を見下ろした。

兄様の綺麗な赤い目は、優しい。うん、怖くない。

きっとパル＝メラ兄様は私を拒絶しない。確信があった。

「抱っこ」

「仕方ねえなあ」

この人は、わざと悪い人を演じている。

お姉ちゃんと、一緒だ。やり方がとっても下手で伝わらない。伝えようとしない不器用な人。

「俺のことは二人の時だけ、パルって呼んでいい」

「パル兄様」

「……公式の場や外じゃ気をつけろよ。特にカルカラは腹芸ができるタチじゃねえから、あいつがボロ出しそうな時はフォローしてやれ。全部顔に出たら台無しだろ」

「うん」

「他の兄貴たちはお前にそう直接関わってこないだろうし、シアニルには会ったな？　あいつは言っても聞きゃしないが、カルカラよりは頭が回る。上手くやるだろ」

「……う、うん」

「でもし、兄貴たちに会うなら……何も気負うこたぁねえよ。だが、兄貴たちの近くには妃たちの目があると思って行動しろ。いいな？」

急にあれこれと忠告してくる兄様に、私は目を瞬かせる。

粗暴で厄介な兄とばかり思っていたけど。うん、うん、これは……。

「パル兄様、お世話焼きさんだったんだね？」

「あア!?」

すごまれても、もう怖くなんてないよ。

抱っこしながら口元にクッキーを持って来てくれる状況なんだからね！

私は今回のお茶会も大満足で、その後オヤツを食べ過ぎてデリアに叱られたのであった。

☆

さてさて、パル兄様も味方であるということがわかったのはとても喜ばしいことだけど、同時にうちの家族が相当複雑な関係であるということもわかった。

いやわかってたけど、わかっちゃいたけど！

(私が考えていた以上に複雑極まりないな？)

なんだよ隣国とか属国とか身分とかもう勘弁してよ……。お勉強することが多いよ！

とりあえず長男次男に関しては急いで会いに行くのもどうかなと思うので、今は兄たちから得た情報を元にシズエ先生の授業を真面目に受けることを優先した。

理由としてはあれだ、私が幼女ということもあってあまりにも情報が少ない。

パル兄様やカルカラ兄様は、私が幼いながらも賢いからってあれこれ事情を少し教えてくれたけど……ごめんね、それはあくまで中身が同年代だったからだよ!!

(しっかり勉強できるうちにしとかないと、後が辛そうだもんな)

とはいえ、今のままではよくわかんないままにいずれかの妃からの推挙で私の嫁ぎ先が決まりそうってことは理解できている。

それが果たして吉と出るか凶と出るかさっぱりわからないのが現状だ。

こういう時は、焦らずに知識を身につけろと前世で中学校の先生が教えてくれた。

毒親から逃げたくて、ただひたすらに〝どうやったら逃げられるか〟しか考えていなかった私に先生はそう教えてくれたのだ。

『いい? 勉強をしなさい。知識があれば、それを元に道を切り開けるわ。知らないままでは何もできないの。知っていれば行政に助けを求めることも、逃げるための道筋も、役所での手続きも、シェルターなんかも調べられるわ。知識があなたの武器になるのよ』

中卒でも仕事はできるけど仕事の幅は狭まること、高卒資格は後からでも取れること。

ただ漠然と逃げることしか頭になかった私は先生の言葉を受けて、ひたすらに勉強して、世間のルールを学んで、働きながら高卒資格を取ろうと必死になって……。

(まあ結局あいつらに見つかっちゃって、台無しになったけど)

きっとこの世界でも同じだ。

私は皇女だけど、何も知らないお馬鹿さんになってはいけない。

何もわからないまま、いいように使われる人生なんてごめんだ。

知識を得て、知恵をつけて、味方を巻き込んで自分に有利に物事を運ばなくては！

（婚約者についてはまだ誰にも相談しない方がいいかな。私が選ぶ立場じゃないとはわかっているけど、それでも私に優位に話を持って行けるようにならなきゃ……）

おそらく放っておけば妃か、あるいは妃の派閥の誰かから父様に上奏が出るに違いない。

そうなる前に、私は私の価値を作り上げておかなければいけないってことだ。

誰かにいいようにされるお人形さんじゃなく、発言権を自らの力で手に入れること。

これが大変だけど、かなりの重要課題だ。

父にとって〝可愛い娘〟という価値だけでは皇女としての婚約は自由にならないことくらい、私にだってわかる。

かといって父様に『よその国にお嫁に行きたくないな（はあと）』なんておねだりしたら、父様のお気に入りから相手が選ばれて、今度は父の顔色を窺う人たちとの生活になるのが目に見えている。いやだよそんなの！　そうじゃなくて、ちゃんと同等がいいっていうか、そういう相手をお願いしたいんだよ私は!!

（ううう……幸せな結婚とはほど遠い未来しか今のところ見えない……）

そもそも前世で彼氏がいたことないし！　私だってキュンとしてみたい!!

恋愛小説や映画みたいにドラマティックでなくてもいいから、前世の同級生が語っていたみたいな甘酸っぱい経験を送ってみたい。

そのためには、政略結婚でもある程度の選択権がほしいわけですよ!!

(とりあえず、『兄たちと仲良くなること』と『ペット』に関しては今のところクリア……と言ってもいいと思うし、割と前進しているようなしていないような?)

とりあえずは兄たちを味方につければ変な相手のところには嫁がされないと信じたい。

後は、自立。そう、これよね。これが大事だわ。

これこそ知識を身につけて、魔法の勉強かなあ。将来何かの役に立ちそうなものをとりあえず片っ端からメモしていってできることを見つけないと。

(魔法の勉強についてはアル兄様とパル兄様に聞いたらもっとわかるかな)

私の治癒系の魔法ってのがどう勉強していいのやらよくわかんないんだよね。

シズエ先生にも勿論聞いたけれど、どうにも治癒系ってのは謎が多いらしい。

主に神様に祈りを捧げるのが一般的で効果ありと認められているらしいけど……神様に祈るよりも先にすることがあるんじゃないのかってタイプの私からするともっとこう……具体的に!

何をしたら数値が上がっていくのかが知りたいのだ。最短ルートを教えてくれ!!

こういう時、敵を倒したらレベルアップするっていうゲームみたいなわかりやすさがほしい。

まあ学力と同じでコツコツやるしかないんだろうけど……。

とりあえずは治癒系だからパル兄様は専門外って言ってくるかな?

ならまずはアル兄様に相談してみてもいいかもしれない。

「そうだ。シエル、今度アル兄様に会う時にはシエルも一緒に行こうね」

「ほーう？」

「前にアル兄様のところに行った時、シエルご機嫌斜めになったもん。一緒に行けば安心だよ」

「ぼーうぅ……」

「えっなにその重低音」

お前そんな声も出るの!?　そしてそれはどういう感情なんだ。

むむ、フクロウって難しいなあ……。

☆

というわけで、シズエ先生にも相談してみたところ、兄様たち含め、多くの魔法使いたちから話を聞かせてもらうのは私の魔法教育のきっと良い刺激になると笑顔で推奨された。

まあ今のところ本格的に魔法を学ぶよりもずっと前の段階なので、いずれってことだけどね。

そんなこんなでアル兄様にもそのことをお手紙に書いて相談したら、なんと今回、特別に兄様の魔法を見せてもらえることになったのだ。やったね！

アル兄様は魔法を使った道具の研究を主軸にしているけど、行使する魔法として得意なのは結界や状態異常系なんだってさ。

それは攻撃魔法と何が違うんだ？って思ったが根源的に違うらしい。その辺りの線引きが難しいな……私からしてみると状態異常をかけている段階で相手に攻撃をしているような気がするんだけど……。だって異常を感じさせるんだよ？

それなのに攻撃としてはカウントされないのか……。この世界、不思議に満ちているなあ。

「あっ、ヴィルジニア……ッ」

そうしてまたとない機会を得たワケなので、これ幸いとシエルを連れてアル兄様のお部屋に行こうとしたら、何故か部屋で待っているはずのアル兄様が廊下にいるではないか。

ちなみにシエルは私が持てるサイズではないし乗っかられたら押しつぶされそうなので、今日の護衛であるグノーシスに籠ごと持ってもらっている。

外が怖いのか鳥籠には難色を示したものの大人しく入ってくれた辺り、やっぱりシエルは賢いなあ。不満そうだったけど。

「良かった、ヴィルジニア！　すぐに会えて嬉しいよ……！」

「アル兄様？　どうしたの？　ご都合悪くなったの？」

「いや、そうじゃなくて。でも、今日は都合が悪いっていうか、いや都合は悪くないんだけど」

「ううん……？」

なにかよくわからないけれど、あたふたしているアル兄様はとても困っているようだ。

そんな感じで慌てふためくアル兄様の珍しい姿に首を傾げていると、深呼吸をした兄様が私の頭を撫でた。

「ヴィルジニア、今日は部屋にいてくれないか。魔法はまた次の機会に――」

「それが末の妹か。なるほど、幼いな」

穏やかに部屋へ戻るように告げるアル兄様の声に被るようにして、酷く冷たい声が頭上から聞こえた。それを耳にした途端、兄様が私を庇うように抱きしめる。

私はアル兄様を見て、そしてその声の主を見上げる。

そこには見たことのない美人さんがいた。でも、男の人だ。

薄い水色のストレートなボブヘアをした男性だ。同じ色彩の、切れ長の目をしている。

表情がやや乏しい気がするが、そんなことが気にならないくらいの美人がそこに立っているではないか。そして直ぐに察した。この人は、私の兄だ。

「わたしの名前はオルクス＝オーランド。お前の、兄だ」

「……初めましてオルクス＝オーランド兄様。末の妹ヴィルジニア＝アリアノットです」

私を抱きしめるアル兄様の手が、震えている。私はそれを感じながら、挨拶をした。

オルクス＝オーランド兄様は弟妹にあまり興味がないと言っていたけど、それでも酷い扱いはしないと言っていたし……パル兄様も、会うだけなら特に問題ないって言っていたのに。

じゃあ、なんでアル兄様は私を部屋に戻そうとしたり、こんなに震えているのだろう。

「では行くぞ」

「え？」

「ま、待って！　オルクス兄上、お待ちください……!!」

「アル、お前はそこの護衛騎士と侍女、それからそのフクロウの世話を頼む」

「え、え？」

アル兄様の腕から取り上げるようにして、オルクス＝オーランド兄様は私をひょいと持ち上げた。見かけによらず強い力を持っているらしい。あっという間に腕の中だ。

みんな呆気に取られているにしても、動かないのはどうして？

そして何故か当たり前のように私を抱えたまま歩き出すオルクス＝オーランド兄様。デリアやグノーシス、シエルは置いてけぼりにしろと言い出すしわけがわからない。

（一体全体、何が起きたの!?）

事態に追いつけない私だが、後ろからはグノーシスたちの抗議の声が聞こえる。

それからシエルから聞いたことのないような声も出ていた。

だけどオルクス＝オーランド兄様はチラリと一瞬彼らに視線を向けただけで、歩みを止めることはなかった。

兄様が小さく何かを呟いたら私たちの前にモヤが出現する。

「案ずるな、兄上のところに連れて行くだけだ。帰りもわたしが送り届けると約束しよう。あいつらに関しては、我々が無事に移動するまで足止めしただけだ。危害は加えていない」

それだけ言うとオルクス＝オーランド兄様はもう振り返ることもなく、そのモヤに足を踏み入れたのだ。兄様がモヤに足を踏み入れた瞬間、風が吹いたような気がした。

景色なんてものは特になく、まるで雲の中にいるみたいな気分だった。

（パル兄様の風とも違うし、アル兄様が作った魔道具の風とも違う）

何かふわふわとしたところに入ったような、くすぐったさに私は目を閉じる。

でもそれは決して不快ではない。むしろ気持ちよかった。

『あら可愛いお客さんだわ！』

『本当、とても可愛らしいお客さんだわ！』

「えっ……」

クスクス笑う声が耳元から聞こえた。それこそ、鈴を転がすような声と言ってもいい。

驚いて目を開ければ、そこには私の手の平大の可愛らしい、羽の生えた女の子たちがいるではないか。ひらひらと飛び回ったり、私の肩に乗ったり……なんて可愛いのだろう！

これってあれか、妖精か!!

「ふわあ……ふわあ！　妖精さん？」

『まあすごい！　あたしたちが見えるんだわ！』

『うふふ、こんにちは！　私たちはねえ、精霊なのよ。仲良くしてね』

『それにすごく可愛いわ！　ねえオルクス、この子を精霊界に連れて行っちゃってもいい？』

「だめに決まっている。これはわたしの妹だ。……それにしてもお前、こいつらが見えるのか」

「う、うん、じゃなかった、はい、兄様……」

思わず彼女たちに声を上げてしまった私に、オルクス＝オーランド兄様が声をかけてきたものだから咄嗟に返事をしたけれど、思わずいつものようにアル兄様やパル兄様に対するような気安いものになってしまって大慌てで軌道修正する。

だけれどそんな私を見て、オルクス＝オーランド兄様は少しだけ驚いた顔をしてから渋面を作った。お気に召さなかったのだろうか。

「……そんなに畏まる必要はないだろう、兄妹なのだから」

「えっ……」

「もしかして、わたしが怖いのか？」

「あ……」

私は否定ができなかった。抱き上げる手は優しかったし、今も口調は優しい。

だけど初めて会ったばかりで、周りからいきなり切り離されて知らない場所に連れて行かれるこの状況で……私は、兄を兄として慕えるかって言われたらそこまで純真ではない。

だって無理矢理連れてこられて、他のみんなと離されて、まるきりオルクス＝オーランド兄様のペースでことが進んで不安に思うなって方が無理なのだ。

かといって普通のちびっ子のように怖くて泣くこともできないので、困るというか……。

言い淀む私の周りを、精霊さんたちがひらひらと飛び回る。

『それはそうに決まってるじゃなぁーい！　あんたったら表情乏しいもの！』

『ついでに言葉が足りないもの!!』

「うるさい。……ここは〝精霊の小径〟と言って、精霊と人間の世界の狭間だ。迷えば出られないが、精霊たちと親和性がある人間ならば利用することもできる。お前もそのうち使えるようになるかもしれないな」

「〝精霊の小径〟」

「さて、着いたぞ」

ケラケラ笑う彼女たちの声が、突如として遠ざかる。

そしてまたあのくすぐったい感覚に目を細めた瞬間、見たこともない場所に私はいた。

（ふぉお……？）

といってもオルクス＝オーランド兄様の腕の中には変わりないけど。

そこはどこかの書斎のようだ。

難しそうなタイトルの本、本、本、そして散らばる紙切れ。

（……紙切れ？）

「兄上。仕事の手を止めて、一度こちらへ視線を」

「……なんだ」

低い、声。まさしく地を這(は)うようなという表現が相応(ふさわ)しい感じの声だった。

不機嫌だと言わんばかりのその声に私は目を瞬かせる。思わず体が勝手に竦む。

オルクス＝オーランド兄様の視線の先に目をやれば、そこには黒髪に赤い目をした男性が少しだけ驚いた顔をして私を見ていた。

ヴェルジエット＝ライナス。おそらくこの男性が長兄に違いないと、私はすぐに理解した。

だって父様によく似ているのだ！　というかそっくりだ！！

美形だけど厳めしい感じで威厳たっぷり、父様を若くした姿って言ってもいい。

書類の山に囲まれて仕事をしていたところに私たちが来たようだけれど、周囲に人はいなかった。

（一人でこの量の仕事をしていたの？）

私のイメージだと偉い人が書類作業をしている横にはサポートをする人たちが複数いるもんだとばかり思っていたんだけど……この書類の山を一人でって、なんだかとても奇妙な光景だ。

そりゃ皇太子も眉間に皺がよるってもんである。

ワーカホリックなだけかもしれんけど。

（どうしよう、下ろしてもらって、私から挨拶をした方がいいの？　それとも何か言われるまで大人しくしておくべきなのかな？）

どうしていいのかわからず、私はただオロオロするばかりだ。

顔を上げたヴェルジエット＝ライナス兄様も、私が誰であるかわかったのだろう。

眉間の皺が、深く、深く刻まれていくではないか。

「……オルクス」

「どうせそのうち話をする予定だったでしょう。後にするか先にするかだけの問題です」

「……オルクス」

「ヴィルジニア＝アリアノット、我らが兄上、皇太子殿下ヴェルジエット＝ライナスに挨拶を」

「えっ、あの、おろし……」

「挨拶を」

頑(かたく)なだな!? 絶対に下ろす気ないね!?

本当は淑女らしくお辞儀もしたいところだが、オルクス＝オーランド兄様が下ろしてくれないので彼の腕の中からとりあえず頭だけ下げた。

「……末の、ヴィルジニア＝アリアノットです」

もうね、礼儀作法もなにも……抱っこされた状態からのご挨拶の仕方なんて知らないもの。

それについて咎められてもこれは私悪くないでしょ。絶対にだ。

(話をする予定だった……っていう表情じゃなさそうだけどな)

あからさまにいやそうな顔っていうんだよ、あれは。

眉間の皺はすごいし、私のこと睨み付けているというのが正しい気がする。

「はあ、仕方ない……いいだろう。座れ」

「はいはい。ヴィルジニア＝アリアノット、一人で座れるか?」

「はい」

「ああ、いや、いいか。わたしが座らせよう」

聞いた意味ィ! オルクス＝オーランド兄様もマイペースな人なのか!!

見ろよヴェルジエット＝ライナス兄様の眉間に、皺がさらに増えちゃったじゃないか!

(ヒィイ)

私のせいじゃないのに私の死亡フラグが立っている気がするのはどうしてだろうか。

しかしオルクス＝オーランド兄様は兄の眉間の皺や怯える私の様子など気にならないらしく、

淡々と、それでいて優しく私をソファの上に下ろした。

来客用らしく、素晴らしくふかふかなソファだ。対面に、兄様たちが座った。

なんだろう、圧迫面接かな……？

五歳児相手に大人が二人、しかも片方がめっちゃくちゃ恐ろしい形相(ぎょうそう)でこちらを見ているとか。

普通の幼女なら泣いてしまうシチュエーションだと思うんですけども!?

幸い私はメンタルが前世分あるので耐えられるが、それでも若干怖くて震えるわ……。

「ヴェルジエット＝ライナスだ。……お前に話しておくことがある」

初めに口を開いたのは、ヴェルジエット＝ライナス兄様だった。

眉間の皺が寄っているのを見ると、もしかして私と口をきくのもいやなのかもしれない。

そう思うと少しだけ胸が痛んだ。いや、傷つきはしてないけどね！

まだ初めて会ったわけだし、傷つくほどではない。……多分。

「皇女として生まれた以上、お前は早々に、然(しか)るべき相手と婚約するべきだ」

「兄上？」

挨拶もそこそこに、皇族の責任について考えろと言わんばかりの発言をしたヴェルジエット＝ライナス兄様のその言葉に、オルクス＝オーランド兄様が驚いた。

いやあんたが驚くのかよって思ったのは内緒だ。

私はどう反応していいのかわからず、ただ兄様たちを見つめる。

「陛下……父上に任せていたが、お前を可愛がるあまり手元に置いておこうとするからか、のらりくらりと婚約者の選定を先延ばしにするばかりで話にならん。しかし、今はそれで良くともいずれは争いの種になるだろう」

「……ヴェルジエット兄上、さすがにヴィルジニア＝アリアノットはまだ五歳です。もう少しわかりやすく話をしてやるべきではないかと……」

「……む、そうか」

そうだよ、オルクス＝オーランド兄様の言う通りだよ！

普通に考えたら幼女に説明するにはかなりわかりづらいと思うんですけど？

まあ、私は中身がある程度成熟してるからわかりますけどね!?

（しかも『初めまして』でも『よろしく』でもなく、婚約話って……他にないわけ？）

ただ、父様に任せたら先延ばしになるってのはわかるから、納得できてしまったのが悲しい。

とはいえ、争いの種だと言われてちょっとだけムッとしてしまった。

オルクス＝オーランド兄様もその発言はどうかと思ったのだろう。

「それにヴィルジニア＝アリアノットが悪いわけではありません」

「……わかっている」

咎めるような目線を兄に向けながら、私に責任はないと、そう言ってくれた。

ヴェルジエット＝ライナス兄様も少しは自分の発言について自分でも思うところがあったのか、咳払いを一つして私に向き直ってくれた。

だけどそれで私のムカムカした気持ちが収まるわけじゃない。

「確かに、結論から話しても仕方がないな。それに選択肢がないのも哀れとは思う。ヴィルジニア＝アリアノット、希望を述べてみろ。できる限り俺が口添えを……」

「……私が邪魔なら、そう言えばいいのに」

希望を聞いてくれるんだ？　へえ、そりゃ親切なことで！

そりゃあるさ、私だって幸せになりたい。その過程の一つとして、恋愛だってしてみたい。

でもさ、私は五歳なんだよ。まだ五歳なんだよ。

それなのに勝手に連れてこられてそんな風に言われたら、傷つくなって方が無理だ。

皇女なんだから当然だって、頭じゃわかっている。政略結婚だって覚悟はしている。

でも要するに私は、邪魔なんでしょう？　後ろ盾もなく、唯一の女児。

大きな権力を誇る皇帝に近づくための、体の良い駒。それが私だ。

私の存在が争いの元になるから、早々に婚約者を決めてしまえばいいってことも理解できる。

でもそれは私を思いやって言っているわけじゃないんだって思うと、腹が立った。

言われていることはきっと正しい。でも、わかっていても、ムカついたのだ。

「ヴィルジニア＝アリアノット、兄上は……」

「希望を言えばいいんでしょう？　アル兄様のように優しくて穏やかで、頭がよくて、パル兄様のように周りを見て、守ってくれる人がいいです」

オルクス＝オーランド兄様が何かを言いかけたけど、私はそれを遮って口にする。

浮かんだのは、私に寄り添おうとしてくれた兄たちだ。

「それから、カルカラ兄様のように私の気持ちに寄り添ってくれて、シアニル兄様みたいに綺麗だけど自分を持っている人がいい」

どうせこの人たちも、前世の両親と同じだ。私のことなんて、見ちゃいない。

妹だけど都合良く動かそうって、私自身のことなんてどうでもいいんだ。

（ここに、いたくない）

私が強くそう願うと、それに呼応するようにさっきの羽が生えた女の子たちが現れて『逃がしてあげようか』と囁いてくれた。

「お前たち、止めろ！　ヴィルジニア＝アリアノット、違う。落ち着け！」

そうオルクス＝オーランド兄様が言ったけれど、私はもうこの二人の前にいたくなくて一も二もなくその子たちに頷いてみせる。

「お話は終わりでしょう？　お邪魔しました！」

もういい。

仲良くなれないなら、せめて嫌われないようにしよう。

（この場から私がいなくなればいいんだ）

あのモヤが出た瞬間に私は飛び込んで、駆け出す。

飛び出した先では、パル兄様とアル兄様が言い争いをしていた。

でもそんなことは関係ない。

私は二人のところに行って、パル兄様に抱きついた。別に意味はない。近かったから。

「にいさま……っ」

「……ヴィルジニア？」

「にいさま、私ここにいたくない」

「どうした？……ヴィルジニア？」

「やだ、やぁなの……っ」

涙が零れる。これではまるで本当に、ただ小さな子になってしまったかのようではないか。

いや、私が小さい子なのは事実だけども。だって五歳だし。

(悔しい)

それが上手く表現できない。ただただ、その感情が爆発して涙になってしまった。

ただ、悔しかったのだ。

(まだ私は何も示せていないのに)

できること、できないことを何も……それこそ一つだって示せていないのに、あんな風に言われてしまったことが悔しい。そして言い返せないことが悔しかった。

私がいるだけで邪魔だなんて思われていることが悔しくてたまらない。

あの二人以外の兄様たちの優しさに触れた後だから、私は期待していたのだ。

きっと今世は、大丈夫だなんて。だから余計に。

(そんなことないのに。あんなに期待しちゃだめだってわかってたくせに)

甘ったれた自分が、一番情けなくて悔しい。

ちょっと優しくされたからって、世界はやっぱり厳しいんだ。

涙がボロボロ、ボロボロ止まらない。それがみっともなくて、また悔しくて泣けた。

兄様たちは顔を見合わせてから、厳しい表情を（アル兄様は布箱を被っているのでわからないけれど）浮かべて、何かを話している。でも私はそちらを気にする余裕はなかった。

「……追ってきてるな、仕方ねえ。お前の部屋に行くぞアル」

「うん。パルはそこに足止めの魔法を張って。僕は部屋の結界に全力を注ぐから」

「おう。……大丈夫だヴィルジニア。俺たちがお前を守ってやるからな」

「ごめんね、ヴィルジニア。僕がもっと強く言っていれば良かったね」

二人の兄に撫でられて、私はようやく息をする。

先ほどとは違う涙が出て恥ずかしかったけれど、二人の声が優しくてささくれ立った心が少しずつ落ち着いていくのを感じる。

でもまだ泣くのが止められなくて、しゃくり上げるばかりで、少し息苦しい。

「大丈夫だよ。僕らがいるからね」

思わずしがみついてしまった私を、優しくアル兄様が抱き上げてくれた。

「ヴィルジニア＝アリアノット！」

私の名前を呼ぶその声に、びくりと体が竦んだ。

声の主と顔を合わせたくなくて、私はアル兄様の服に顔を押し付ける。

「お前は何故精霊たちに……いや今する話ではなかった。ヴィルジニア＝アリアノット、聞いてくれないか。先ほどの兄上の言葉は……」

「それこそ後にしろよ、兄貴」

「……今、この子には時間が必要なんです。申し訳ありません」

必死にオルクス＝オーランド兄様が何かを訴えている。それがわかっていても私は何も聞きたくなかった。そしてそれを感じ取ってくれたらしい二人の兄様が、私を守ってくれている。

その代弁する言葉があまりにも頼もしくて、また涙が滲(にじ)んだ。

ぶわっと風が強く吹く。窓の外から吹き込んでいる。

だけど砂混じりのそれは、私たちの髪一つ揺らさない。

すぐにそれがパル兄様の魔法だってわかった。

精霊たちがオルクス＝オーランド兄様の周りを守るように風を巡らせたけど、私たちの間には砂(すな)埃(ぼこり)の小さな壁ができていた。魔法ってすごい！

「待て、待ってくれ……！」

その間にアル兄様が走り出す。私を抱いたままだけど、とても安定していた。

遠くにオルクス＝オーランド兄様の声が聞こえる。

でも私は、それを聞きたくなくてぎゅうっと目を閉じて、聞こえないふりをするのだった。

第六皇子から見た、妹という存在

俺に妹が生まれたと聞いた。

聞いただけで、会えなかった。会いたいかと問われると微妙だったから、特に気にはしていなかったけれども。

『第七妃が命と引き換えに生んだ娘だってさ。……可哀想にね』

そう教えてくれたのは、すぐ上の兄だった。

俺には兄が五人いて、その子が生まれるまでは俺が末っ子だったわけだけれどもそれは別にどうでもいい。

（……妹、妹かあ）

しかも母親違いで十三歳差となれば、どう接していいのか悩みどころだ。

他の兄たちはもっと困惑しているかもしれないけれど。

（弟なら遊んでやれたんだろうけどな）

可哀想に、そう兄は言った。

兄たちも俺も、みんな母親が違う。だがみんな元気だ。第四妃である俺の母や、第五妃様は政争とは無縁でありたいから引きこもりがちではあるけれど……他の妃方が元気でお過ごしであることは知っているし、兄たちに何くれとなく構っては面倒くさがられていることも知っている。

（特に第二妃様は権力欲が旺盛だっていうしな。兄上も大変だ）

何かと突出した才能を持つ兄たちを前に、自分は六番目でもあるし、健康以外の取り柄はそうないと自覚している俺はただ剣を取る。

今日も今日とて素振りをし、騎士としてせいぜい次の世を担う一番上の兄の役に少しでも立てたらいいなと思う程度だ。

その道すがら、ちらりと例の妹がいるという宮の方へ視線を向けた。

別に、わざとこの道を通ったわけじゃない。

今日はそういう気分だっただけだ。ただ、それだけ。

妹の宮近くの庭園を、侍女が乳母車を押しながら散歩しているなんて、どうでもいい。

（……いた）

たまたま通りかかっただけ。

そこに庭以外の何かがあったから、視線が自然とそちらに向いただけ。

乳母車なんて俺の近くで使っている人間なんているわけもなく、物珍しかったから、つい。

そう、物珍しいだけだ。だから視線を奪われただけだ。

（ちっちゃい）

俺は、この城で生まれて育った。

俺は、俺より小さい人間を見たことがなかった。

俺は、六番目といえど皇子だったから多少比べられることはあっても、大事にされたから。

(……あの子には、母親がいないんだよな)

母上は表舞台に立つのがいやなだけで、俺のことを大事に思ってくれている。

乳母も、侍女も、騎士たちも、幼い頃から俺を大事にしてくれた。

でも伝え聞いたところによれば妹は……あの侍女と、騎士たちしかいないという。

(後ろ盾がないから)

それでも父上が、この国の皇帝が庇護(ひご)するならば、大事ないだろうけれども。

自分の手に視線を落とす。

(ちっちゃかった)

遠くに見えた乳母車、そこから覗(のぞ)く小さな手。

あんなにも小さく、弱々しい手があるんだと思った。

「ちっちゃかったねえ～」

「う、わ！」

「はは、カルカラったらぼうっとして。そんなに我らが妹に会いたかったの？」

「シ、シアニル兄上！」

戻っていく侍女の背を見つめていたら、護衛騎士がこちらに視線を向けた。

それが微笑(ほほえ)ましそうなものだったから、つい慌てて踵(きびす)を返したところにシアニル兄上がいて驚かされてしまった。兄上はとても満足そうだ。

「……まだぼくらは直接会えないからねえ」

「……会ったからどうってことはないですよ」

「そうかな？……あの子には母親がいない。ということは、父上とぼくらしかいないってこと」

反論しようと思って、兄上の言葉にグッと何かが喉を詰まらせた。

そんなことはわかってる、だけどだからなんだって言うんだ。

（……小さかった）

五人いる兄たちは、シアニル兄上を含めて俺によくしてくれた。

母上たちの問題があるから、目立たないようにだけれど。

「……俺に何ができるって言うんですか。母上は表に出ることもなく、俺自身も望まれた能力も秀でた部分もない。あの子に何もしてやれませんよ」

「ぼくだってそうさ」

驚くほどの美貌を持つ兄のその言葉にこそ反論してやりたかったが、きっとこの兄には笑い飛ばされてしまうのだとわかって口を引き結ぶ。

シアニル兄上は、そんな俺を見て笑った。そして頭を撫でる。まだ俺の方が背が低いから。いつだって自由な気風で芸術家として成功しているシアニル兄上は、何故だか俺によく構う。

「でもきっとお前なら、あの子の良い兄にはなれるだろう？」

「……なれるでしょうか」

「なれるさ、ぼくの自慢の弟だもの。あの子はぼくの妹なんだから、絶対に可愛いよ」

なんだその理屈。そう思ったけれど、同時になるほどと納得もしてしまった。

俺には誇れるものがない。ただ血縁者というだけの話。

だけど、もし。もしもだ。

「……妹が、俺に構ってほしいって言ってくれるなら。その時は、考えます」

シアニル兄上が笑う。

でも、嘘はついてない。俺なんかに構ってもらわなくても、末の妹には他にも兄がいるのだ。

だけど、宣言した通り。もしも必要としてくれるならその時は。

（そんな時が来るかわからないけれど）

少しでも頼りにしてもらえる兄になれるだろうか。

俺は、持っていた練習用の剣を強く握りしめるのだった。

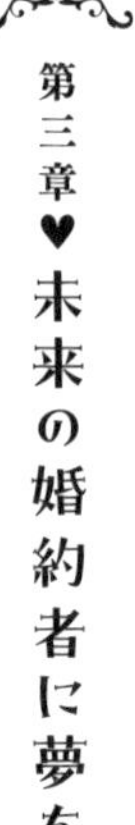

第三章♥未来の婚約者に夢を見る

長兄と次兄に拉致されて『邪魔だからとっとと婚約者を見つけて争いの種になってくれるな』と言われてから数日が経った。

あの直後、パル兄様とアル兄様に連れられて自室に戻った私は、二人によって出入り口と窓に強固な結界を張ってもらった。私の許しがないと入れないっていう特殊なその魔法にこれまた目を丸くしたけど、おかげでオルクス＝オーランド兄様があの砂埃の壁を片付けて私の部屋に来ても諦めざるを得なかったようだ。

扉越しに謝罪と、あの言い方は語弊があっただけで本当はもっと別の意味があるんだって言ってたけれど、私は決して扉を開けなかった。

意固地になっていたと、さすがに私も反省している。

でも……中身が前世の記憶に引っ張られているとはいえ、私は五歳なのだ。

そのためどうしても精神的に弱く、ショックを受けるとすぐに泣いてしまいたくなるし感情に振り回される傾向にある。気持ちを落ち着けて向き合うには、どうしても時間がほしかったのだ。

（……これからの目標も聞いてもらえないのに腹が立つって、ただの八つ当たりだよね……でも、何もできないって最初から決めつけなくたっていいじゃない）

おそらくそれは前世の記憶からあの両親を思い出してしまったことが響いているのだと思う。

ここまでトントン拍子に兄たちに受け入れられていたから、なんだかんだ上二人の兄もいけるだろうとタカを括っていたんだと思う。無意識に。

だけどそうじゃなくて、いきなり前置きなしに現実をドーンと突きつけられたもんだから裏切られたような気持ちになって、ああそうか私は邪魔なのかって思ってしまったのだ。

それこそ勝手な話だけど『ここでも家族に邪魔者扱いされるのか』って……感情が暴走した。

（……何もできないって、決めつけられたわけでも、ないのかもしれないけど）

本当にただ、私の身を案じてくれていた可能性だって……少しは、あるのかも。

でもまだ私の感情はあまりにも不安定で、何が正しいのか確認するのも怖くて動けずにいる。

その間、愚痴を聞かされていたシエルには大変迷惑をかけたと反省している。

ちょっと羽毛が私の涙と鼻水でガビガビになっていた気がしないでもないが、シエルはいやそうな顔をしつつ許してくれた。と、信じている。

しかしこのままではいけない。

（……そろそろ、ちゃんと向き合わなくちゃいけないよねえ）

あの日、オルクス＝オーランド兄様は私に対して婚約の話だのなんだの、皇女として必要な話をするつもりだから連れて行くって事前にアル兄様に宣言していたらしい。

それでアル兄様としてはまだその話をするのは早いって反対し、私に部屋から出るなと伝えに慌てて来てくれたわけだ。

しかしながらオルクス＝オーランド兄様はあの特殊な道みたいなものを使ってショートカットで

私のもとに来て拉致をした。精霊を使って、周囲を足止めまでして。

しかも運悪くその場面を見てしまったパル兄様が事情を聞いてアル兄様と言い争いになってあの場で騒いでいたところに、今度は私が泣いて戻ったというわけである。

まあなんというか……悪循環って言葉が雪だるま式に膨れ上がったみたいな状況だ。

そのせいなのか、ただいま三男から六男が長男次男に対して絶賛『末っ子を虐めた兄を許すな』みたいな空気になっていて大変申し訳ない。

そういうわけで、兄妹仲良し計画は現在ちょっぴり停滞中だ。

（……さすがに、幼女だからって泣いて喚いて閉じこもる……は、だめだよなあ）

皇女として私に求められているもの、それは能力は別として他の兄たちと同じだ。

国のために尽くし、国家の安寧と繁栄に貢献すること。

その中には政略的な結婚だって含まれているわけで……むしろ、これについて私も理解していたからこそいずれは覚悟を決めなくちゃと思っていたのだ。

実際、考えていたからこそ人生設計の中で一方的に政略結婚を押し付けられないよう、私の意見も取り入れてもらえるように頑張ろう……なんて思っていたわけだからさ。

（わかっていたんだけどな……）

だからこそまだ何もしていない状況で、ああやって言われたことがショックだったたっていうか。

かといってあの反応が正しかったとは、冷静になった今は思わない。

兄様たち……いや、ヴェルジエット＝ライナス兄様が言っていた内容は、正しい。

皇太子以外、なんだったら実務に関係している次兄を除いて、私たち皇帝の子供たちは全員、国のためになる婚姻を結ぶべきなのだ。実際、そう習う。

その中で、母親の存在は子供たちにとって大きい。価値や発言力に大きな影響を及ぼすのだ。

私にも理解できるってことは、周囲の人たちはもっとわかっているはずだ。

まだ物のわからない幼女だから言いくるめられるって思う悪い人は世の中にいくらでもいるだろうし、そういう人たちが私の身柄を巡って争えばそれだけで迷惑を被る人がどれだけいるのだろうかと考えると頭が痛いと思う。

それが回り回って兄様たちにも危害を及ぼすかもしれないし、派閥の争いが激しくなればその被害は広まって、最終的にはまったく関係ないのに巻き込まれる一般市民もいるかもしれない。

冷静になればそこまできちんと理解できるし、反省だってした。したけども。

(でもあの時は……そういう説明もなしにいきなり『さあ婚約者を決めるぞ！』みたいに言われて、私が邪魔なんだなって思っちゃったんだよなあ)

あの二人に謝るべきなのだろうが、勝手に怒り出した身としてはとても気まずい。

幼女とはいえ大変気まずいのである！　私はお気遣いができる幼女なもんだから余計に!!

しかもアル兄様とパル兄様が手を取り合って私を守るために協力しちゃって、長兄と次兄を私に近づけないようあれこれ手を回しているようなのだ。

しかもカルカラ兄様は父様にあの二人が私を泣かしたらしいって話をしたみたいだし、シアニル兄様はふらっと現れたかと思うと「あの二人は自業自得。……ヴィルジニアは今日も可愛いね」とかなんとかさらりと褒めながら、またどっかに行ってしまった。自由だな。

まあそんな感じで時間が経てば経つほど謝りにくい状況ができてしまっていて、私はどうにも打開策を見出せずにいた。

（いや、素直に謝りに行けばいいんだろうけどさ……）

あの二人だって大人だし、私が謝りたいって言えばきっと受け入れてくれるに違いない。

でも……私は臆病だから。嫌われたかもって思って踏み出せずにいる。

「どうしたもんかなあ……」

『手伝ってあげようか？』

『オルクスのこと怒ってないのお？』

『あたしたちが仕返ししたげるよお？』

私の小さな呟きに、精霊さんたちがポンッと姿を現してそんなことを言ってくる。見た目は可愛いけど、とんでもないことを言ってくるから苦笑するしかない。

「しなくていいよ。……オルクス＝オーランド兄様は別に私のことをいじめたわけじゃないもの」

ヴェルジエット＝ライナス兄様もそうだ。

ただ真実を述べただけだし、それを兄としての甘さ関係なく話してくれただけだ。

私が、私の感情に追いつかなかっただけで。

（いや五歳児だからそういう意味では私の方が正しいんだけどな!?）

ちなみにここに現れたのは風の精霊さん。特に個体としての名前はないそうだ。

オルクス＝オーランド兄様の母、第三妃はエルフ族の女性でそのため精霊魔法というものが使えるらしく、彼女たちはそんな第三妃たちの傍が心地いいからこの城にちょくちょく来ているらしい。

そもそも精霊ってのは世界中にいるので、見える見えないの問題以前に、私たちと会話したいかどうかってのが一番重要らしい。そんな中でエルフ族は種族的に精霊に好かれやすくて大半が彼らと会話できるそうだけど……ごく稀に、人間族でも精霊に好まれるパターンがある。

つまり、私みたいにね。見える目を持った上に、好かれる性質。

精霊たちに協力をしてもらえれば、精霊魔法も夢じゃない！……魔力の問題は別として。

そしてオルクス＝オーランド兄様が使っていたあのよくわからないショートカットは〝精霊の小径〟という、精霊たちが使う道？　を私たち用にカスタマイズ？　したものらしかった。

精霊魔法の一種？　というか精霊の好意っていうか、そんな感じ。

説明を受けたがさっぱりわからんのでそんな感じでいいんだと思う。多分。

精霊は私のことが好きだから、あの日は協力してくれたってわけ。

「うーん」

とりあえず、婚約者については前向きに考えるべきだ。

ついでにいうとあの日述べた理想についてだけど、割と正しく〝理想の相手〟だよね。

アル兄様みたいに優しくてパル兄様みたいに気遣いができてカルカラ兄様みたいに寄り添ってくれる人がいたらパーフェクトじゃない？　あとシアニル兄様みたいな美形。

パーフェクトすぎて私が釣り合わないとかそういう問題じゃなくて、理想の男性としてね！

で、仮にそういう人を兄たちが見つけてきたとして、その時に私が無能な小娘では困る。

少しでも皇女としての知恵と礼儀を身につけておかないと、釣り合わないじゃないか。

釣り合わないってことはつまり、相手から飽きられたり皇女っていう地位でしか見てもらえず、それってイコール私が望むような夫婦関係は築けないってことになるのでは!?

魔法の力が中途半端で後ろ盾もない以上、今の私にはそのくらいしか方法がない。

せめて結婚相手として望まれる淑女……レディーとして魅力ある皇女にならなければ！

とりあえず私はまだ五歳。伸び代しかない年齢だ。

ほかの兄様たちみたいに将来のことを考えるにはまだまだ余裕があるはずだ。

「よーし、頑張ろう！　ね、シエル!!」

「ほー」

シエルに向かって気合いを宣言してみると、あらぬ方向を半眼で見ながら返事をしてくれた。

最近、打ち解けてきたからなのか、私に対するシエルの態度が適当なんだよなあ！

☆

あの日以来、アル兄様に魔法を見せてもらう話は頓挫したままで、私はシズエ先生に勉強や礼儀作法を教わるだけの日々を送っている。

相変わらず長兄と次兄には会えていないし、会いたいと願い出ることもしていないし、なんだったら早く謝らないと機会を失うとわかっていてもやっぱり一歩踏み出せずにいる状況が続いた結果、より悪化して今やどうしていいかわからない状態になってしまった。

とりあえず勉強を頑張って、まずその努力を認めてもらってから……とかなんとかいろいろと自分に言い訳をしつつ、他の兄様たちから二人の話はちょこちょこ聞いている。

あちらも私のことは気にしているようだけど、他の兄様たちがガードしてくれているおかげで触れてはいけない話題みたいになっているようだ。

それはそれでどうなのかって思うけど!!

ちなみに皇帝である父様は例の件以降、私を気遣っているのか週の半分は会いに来てくれて、なんだったら半日以上いることもあるんだけど……暇なのか？　いや、暇じゃなさそうだけども。

だってよく廊下で泣きそうになっている侍従さんがいるから……。

「アリアノット様、先日もお話しいたしましたが、我が国は大陸でも一番大きな領土を保有しております。それも偉大なる皇帝、並びに皇帝家の方々がお導きくださった結果です」

「はい、先生」

「特に我が帝国は強大な軍隊を保持し、経済面でも他国を圧倒しております。それゆえに威光に縋るべく、陛下の足元に縋る者が大勢います」

「……」

「列強からは常々恐れられることもありますが、同時に頼られる存在でもあります。陛下とお妃様方がご尽力くださっているおかげで、大陸は今日も安寧の日々を送れるのですよ」

「そう、なんですね。父様は素晴らしいですね！」

「はい。ですので、アリアノット様も陛下のご息女として周囲から多くのことを求められるかもしれませんが、恐れることはございません。どうぞ安心して学んでくださいませね」

「ありがとうございます、先生」

シズエ先生がおっとり微笑みながらそう教えてくれる内容は、言ってしまえば……帝国がどこよりも強いから、婚姻関係を結ぶことで諸外国は安心材料としてきたってことでしょう？

逆を言えば父様は……皇帝は、周囲の国に対して侵略する気がないことを示すために各国からの妻を迎える必要があったし、それぞれの国に対して平等に接する必要もあるってことなんだろう。

（……こんな内容が授業に組み込まれるのは、元々のカリキュラムなのかな。それとも……）

皇太子からの指示なんだろうか。私に、立場を自覚させるための。

いや、疑って掛かるのはよくないよな。私は思い直した。

いずれにせよ、皇族の一人としてそこは学ばなきゃいけないことには違いないのだ。

遅かれ早かれってやつだよね。

（『ようじょだからむずかしいことよくわかんなーい』ってできたら良かったんだけどね……）

まあ現実問題、そうはいかないよね。

賢い兄たちからしてみたら凡人な末っ子なんて、それこそ狼の群れの前に子羊を差し出すようなものなんだろう。私だって自分が権力争いの種になる可能性があることは理解できている。

それには対策が必要で、それが長兄からすれば婚約が手っ取り早いってことだったんだろう。

なら、反発するばかりじゃなくて知識を身につけるのが大事だとも思うのだ。

（……でも、結婚、結婚ねえ……。婚約者にしろなんにしろ、実感が持てないなあ）

シズエ先生の授業を受けながら、私はぼんやりと考える。

頭では理解しているのだ。政略結婚は仕方ないから、その相手といい関係を築いて恋愛をしようってシミュレーションまでしているけど……でもやっぱり実感がわかない。

（前世の感覚があるからかなあ、全然わかんない）

兄様たちはそれぞれ帝国においての自分の価値を示して、他国に婿入りしない方向でまとまっていると聞いた。じゃあ、私はどうだろうか。

今の私にとってどっちの方が、国として価値が高いと見てくれる？

国内貴族が皇室と縁を結ぶ？　それとも諸外国？　みんなは私に対して何を望んでいる？

（うーん）

それを理解できれば、特にこう……功績がなくても意見を聞いてもらえそうな気がするんだけど……いずれにせよ、私が希望するような相手を選んでくれってお願いするには、やはり私の立場が弱すぎるんだよなあ！

ちなみに皇太子であるヴェルジエット＝ライナス兄様には婚約者がいて、他の兄様たちもそれぞれ候補という形でほとんど決まった相手がいるって話。

それを耳にしているから、私もいつまでもウダウダ言ってらんないなあって思うのだ。

私の希望を聞いてもらうためには、二の足を踏んでてもしょうがないってわかっちゃいるのだ。

わかっているけどなかなかどうして、行動できないんだよなあ……。

（それにしても、今日のシズエ先生の授業はしんどかったなあ）

皇族の婚姻、各国とのこれまでの関係。

なんていうか自分でも考えさせられることが多いんだけど、それ以上に眠たかった！

真面目に聞かなきゃってわかってるんだけど、私って歴史系の授業は年号だのなんだの見てると昔から眠くなるからさあ……これってどうしたら耐えられるのかしら。

「ねえ、どう思う？　シエル」

「ほー」

「何言ってるかわかんないけど今のは絶対に適当な相槌だった!!」

わかってる、わかってるんだぞうシエル！

私の方をチラッと見た後にそっぽ向いて羽繕いを始めるあたり、笑いたいんだな!?

フクロウが笑うのかわかんないけど!!

「ヴィルジニア」

「アル兄様！」

そんな中で今日はアル兄様が私の部屋に来てくれた。

兄様たちが、私の部屋を訪れてくれるようになった。父様のいない時にね！

万が一、長兄次兄が来ても私の部屋には結界が張ってあるから会うならそちらの方が安全だろうってことらしいんだけど……なんか、いろいろごめんなさい。

長兄次兄にも申し訳ないし、あまり部屋から出たくないはずのアル兄様にも負担を強(し)いているようで私としても心苦しい。

だけど、やっぱり嬉(うれ)しかった。

思わずぎゅうっと抱きついてしまったけれど、アル兄様はただ優しく抱き留めてくれる。

うう、うちの兄様やっぱり素敵。布箱で表情は見えないけど尻尾ブンブンしてるの可愛い。

「ごめんね、魔法の勉強がしたいって言ってたのに……遅くなっちゃったね」

「ううん、いいの。あの……あれから、兄様たちってどうしているの？　私が泣いちゃったりしたから、父様に叱られなかった……？」

「いいんだよ、あれは兄上たちがいけないんだから。ヴィルジニアはまだ小さいんだから、いきなりいろんな話をされてびっくりしちゃったんだろう？」

「うん……」

「父上から話があった上でヴィルジニアが我儘(わがまま)を言ったなら兄上たちが意見するのも理解できる。だけど兄上たちがそれを飛び越えていきなり話をしたのが悪いんだし、ヴィルジニアが気にすることはないよ」

そう言ってポンポンと私の頭を撫(な)でてくれる、アル兄様。

うう、優しい。優しさの化身……。

約束通り私と一緒の時は被(かぶ)っている布箱も外して、モフモフもさせてくれるし。はあ、癒やし……。

室内には護衛としてロッシもいるけど、もうなんか兄様も諦めたみたい。

ちょっと我が儘すぎるかとも思ったけど、みんな慣れちゃえばいいんだよ！

（ハッ……‼）

アル兄様のモフモフに癒やされていたら視線を感じた。

思わずそちらに視線を向けると、じとっとした視線を向けるシエルがいるではないか。

「シ、シエル、これは、あの……」

ちょっと待て、私は何故にペットのフクロウに言い訳をしようとしてるんだ。

貴方以外をモフってごめん？

いやなにそれ浮気現場を押さえられたみたいな台詞だな？

けどなんか謝らないといけない雰囲気じゃないコレ⁉

「ああそうだ」

「は、はい！」

あわあわする私をよそに、アル兄様がポンと手を打った。

正確には肉球のおててがポフンって。ポフンって‼

「ヴィルジニアの勉強もなんだけど、シエルに関してもちょっと気になったことがあってね」

「え？　シエルのこと？　ですか？」

「ホーウ？」

首を傾げる私をよそに、のんびりとした口調でアル兄様はそう言ってシエルを見た。

シエルも驚いて同じように首を傾げている。

そんな私たちに、アル兄様は笑ってから咳払いを一つ。直ぐに真面目な表情になった。

「考えていたんだけれどね、シエルは鳥人族じゃないかなあと思うんだ」

「鳥人族？」

「ホォーウ？」

「ンッフ……！」

同時に首を傾げる私たちに、ロッシの笑いを堪えきれていない声が聞こえた。

あとでグノーシスかテトに言って叱ってもらおうそうしよう。

思わずジト目でロッシを見てしまったが、私は悪くない。

彼が懇願するような仕草を見せたとしてもきっとそれは気のせいだ！

「そう。鳥人族。獣人族に一応分類されているけれど、まるで違う生態を持ち、魔族に近いと言われている種族だよ」

そしてアル兄様はそんな私たちのやりとり全部が見えているだろうに、何も気にすることなく話を続ける。強い。

「獣人族は僕のように先祖返りで獣要素が多く出てしまう例外を除いて、基本的には人間族とほぼ近い姿だろう？　でも、鳥人族はまた違うんだ」

「どう違うの？」

「鳥人族は、人間族と見た目がまるで同じなんだ。他の獣人族と違って体内に豊富な魔力を有しているのが特徴かな。そして、その魔力を使って変身する」

獣人族は魔力が少ない代わりに強靭(きょうじん)な肉体や五感に優れていること、そしてなにより耳や尻尾が特徴だ。だから鳥人族の魔力が多いというのは獣人族としては風変わりなのだろう。

それよりもなによりもすごい単語が出てきた。

「へんしん……！」

なにそれかっこいい！

私は厨二病(ちゅうにびょう)を患ってないし魔法少女に憧れることもないけど、なんだそれさすがファンタジー！

魔法が使えるだけでもすごいのに変身もあるんだ!?

「そう。それも完全に鳥の姿になっちゃうから希少種と呼ばれるんだ。だから遺伝子上は獣人族よりも魔族の方に近いんじゃないかって言われているんだけど、まだそこは詳しくわかっていなくて……あ、魔族については学んだかな？」

「はい。海を越えた大陸に住む、魔素の濃い土地で生まれ育った方々ですよね！　そしてその中でも強い魔力を受け継ぐ方が王として君臨する、魔法国家を築いているって……」

「そう。ヴィルジニアはよく勉強しているね、お利口さんだ」

「えへへ……」

撫でられるとすごく嬉しい。

前世での私は、幼い頃にあまり褒めてもらった記憶がない。

頭を撫でてもらったり、抱っこしてもらったり……憧れだった。

だからついつい『抱っこ！』っておねだりしちゃうんだよね。

今世で、シズエ先生はよく言葉で褒めてくれるけど、アル兄様もパル兄様もいっぱい撫でてくれるのだ。カルカラ兄様は最近ようやく抱っこに慣れてくれた模様。

シアニル兄様？　唐突に来て抱っこしたりほっぺにちゅーしてきたり、相変わらず自由人ですが何か。本当に自由人過ぎて、予測不可能な兄だよ……いい人だけど。

父様は私が息をしているだけで褒めてくれるので、あれはどうカウントしたらいいのか。

いや、家族がくれる何もかもが全部嬉しいからいいんだけどもね！

おっと、話が逸れた。

「それでね、ここからが本題なんだけど……シエルは何かの理由があって変身して、そのまま人の姿に戻れなくなってしまったんじゃないかな？　どうだい？」

「ホホホホーウ!!」

「うわびっくりした」

アル兄様の問いかけに大きな声で鳴いた上に首をぐりんぐりん回すシエル。

ちょっとそれどういう反応なの……？

「うん、落ち着いて。やっぱりそうかあ」

「兄様？」

シエルの反応を見てアル兄様が大きなため息を吐いた。

それはあまり良いものではないように思えて、私は思わずドキリとする。

「あのね。鳥人族ってそういう珍しい能力を持っているものだから、迫害されたり珍しがって人身売買の憂き目に遭った過去があってね……種族そのものが今では幻って言われるくらい少なくなっていて、正確な人数は把握できていないんだ」

見た目が人間族そのものだから、彼らは自分たちを守るために種族欄を『人間』として提出しているため、どれほどの数の鳥人族がどこの国にいるのか……まったく把握ができないのだそうだ。

そのため種族としての性質も、情報が少ない。

しかも、今でも鳥人族とわかると高値で奴隷にしようとする悪い人がいるらしく、この帝国でも頭を悩ませる問題の一つなんだとか。

「そういう珍しい種族だからこそ、近くに教えてあげられる人も頼れる人もいないんだよね。鳥に変化できるということは、諜報活動なんかにも重用されるから……国に囲われてしまったケースもあって、彼らはあらゆる意味で他人を信頼しないいって話なんだ」

「うわあ」

「しかもそんな背景もあってなのか、本人たちも変身できることを知らないまま生涯を終えるなんてこともあるみたいで……自分が鳥人族だと知らないままだったなんて話もあるよ」

「うわあ」

なんということだろうか。種族として自分たちを守るために秘密にするあまり、自分たちのことがわからなくなってしまうだなんて！

だがなるほど。そういうことならいろいろと納得ができた。

「シエル、自分が鳥人族だって知ってた？」

「ほーう」

「いやどっち!?」

異常に賢いことも、やや（?）普通のフクロウよりも大きいところも。

食事を選り好みするところも、お風呂に一緒に入るのを嫌がったり、私の言葉に対していいリアクションを取るところも、元が人間なら当然の反応だよね！　どうりで生肉は嫌がると思った!!

よかったー、無理矢理テトが生肉を口に押し込もうとした時に止めておいて……!!

「シエル。もし君が鳥人族だったとしても、ここは安全だ。少なくともヴィルジニアと僕は君を害するつもりはない。それはもうわかっているね？」

「ほう……」

「それに、ヴィルジニアが望む限りは皇帝陛下も君に無理を強いることはないだろう」

「……ほーう」

「それを踏まえていくつか質問するのだけれど」

アル兄様が少しだけ困ったように、私を見た。

うん？　その視線はどういうこと？

だけど兄様はすぐに真剣な眼差しを、シエルに向けていた。

「危ない目に遭って追われて、鳥になってしまったんだね？」

「……ホーウ」

「姿を戻すことを恐れているのかな。それとも……戻りたいのに、戻れない？」

「ホーウ」

「そうか……」

ふるり。シエルが意を決したようにアル兄様の言葉に、首を左右に振って応える。

なるほど、アル兄様が私に気を遣ったのはそういう人狩りみたいなことを幼女に聞かせていいか迷ったからなのか。なんて優しいんだ！

だけど、それ以上に問題があるらしい。兄様は大きなため息を吐いて告げた。

「実はね、シエル。本当に申し訳ないのだけれど、鳥人族があまりにも秘匿された種族すぎて……この皇城にほとんど情報がないんだ……」

「くるっぽう!?」

なんということだろう、シエルがショックを受けて鳴き声が鳩に戻ってしまった！

☆

その後、私とシエルはアル兄様から『鳥人族』についてわかっていることを教えてもらった。

魔力で体を変化させるとされているけれど、その理屈は今のところ不明。

そして変化できる鳥は一人に一種。サイズも人それぞれ。

シエルの場合はフクロウだ。

知能や嗜好は人間のままだけど、言葉を喋ることができなくなるらしい。

ちなみにその変身した鳥の鳴き声になるので、その種族を操れるとか操れないとかそんな噂もあるそうだけど、そこについては真偽不明だそうだ。

「えっ？　じゃあなんでシエルは鳴き声が安定しないの？」

だってフクロウなのにくるっぽーって鳴くよ？

笑いを取るためにわざとやってるのかと思ってたんだけど！

それについてはアル兄様も首を傾げていたね。いやあ、謎だわ鳥人族。

やっぱりどうしても情報が少なすぎるんだとか。

とりあえずシエルにイエス・ノーで答えてもらったところ、自身が『鳥人族』であることは知らなかったようだ。

それからシエルは十歳の男の子。私の五つ上だった。

なるほど、だから私が抱きついたりするのをいやがってたのか……。

ごめんね恥ずかしかったんだよね!!

美幼女とはいえ女の子相手にどう接していいのかわかんなかったのかあ。なんて紳士。

って違うな、おそらくは正体がバレた時に溺愛する娘が抱きつかれていたとかそういう理由だけで父様が断罪とかしそうだからだな。

うん、あの溺愛方向はいろいろやばいからね……。

(私も軽率に抱きついちゃったりしたしなあ)

よくよく考えると乙女としてあり得ん言動とかもあったな……。

それからあれこれ愚痴を言ったり未来の婚約者に求めることや自分は可愛いからいける！　とかシエルの前で言った気がする。

（これはいけない）

アル兄様はロッシとデリアにも口止めをして、帰って行った。

確かに鳥人族がそこまで希少な種族なら、たとえこの城の中であったとしてもあまり公にするべきじゃないと私も思う。

まああの二人も父様が問い詰めれば答えるだろうけど、基本的に私のペットについては誰も気にしていないから念のためだろう。

「デリア、ロッシ、もう今日は休むから下がっていいよ」

「……アリアノット様」

「大丈夫。シエルのことは、内緒ね？」

「……かしこまりました」

まあデリアたちからしたら大きなフクロウが実は十歳の男の子だったたってだけで、皇女様と同じ部屋にいさせていいのかとかいろいろ複雑だとは思うけど、私がにっこり笑って大丈夫だと言い募れば引かざるを得ないのだろう。

これまでのシエルが大人しかったからってのもあるだろうけどね！

でも本当はこのままじゃいけないんだろうなあ。

（どうしたらいいのか、まだわからない。わからない、けど……）

とりあえずデリアたちが部屋を出て行ったのを確認してから、私はベッドの上に座ってクッションを置いてからそこをポンポンと叩いた。

「シエル、ここ」

「ほーう」

「こ、こ！」

多分自分にとってあまり良い話ではなさそうだと思ったんだろう。

シエルは知らんぷりを決め込もうとしたけどそれを私が許すとでも？

私が引かないとわかったのだろう、シエルは渋々と言った様子で、止まり木から下りてクッションの上に乗っかった。でも視線は逸らしたままだ。わかりやすい。

「シエル。いーい？　ちゃんとこれからについて、話をしよう」

「……ほう」

「……これまで勝手に抱きついたことはごめん」

「……。……ほう」

「沈黙が長い！　ねえ、怒ってる……？」

「ほほっほう」

それは……どういう意味の鳴き声なんだ……わからない。

表情が変わらないままこっちをじっと見つめて鳴かれると、判断に困るんだけど!?

とりあえず、シエルが私を否定しているという空気はないので、私は膝の上でグッと拳を握りしめて真剣に要望は伝えようと心に決めて口を開く。

そう、これだけは譲れないのだ!!

「でも時々でいいからモフりたい」

「……」

「そこは応じて!?　お願い!　おーねーがーいー!!」

必殺!　駄々っ子!!

手足をばたつかせて訴えるこの方法は私のメンタルにも効くんだぜぇ……!

「……。……ホーウ……」

しかしさすがにコレは効いたのか、それとも諦めただけなのか。

シエルはかなり間を置いて応じてくれた。

いや、もしかしなくても渋々って感じでしかないけど!

一応これまでのことを考えると、シエルも一宿一飯(?)の恩を感じているんじゃないかな。

十歳ともなればあれこれ考えていたっておかしくないし、苦労しているみたいだし……。

「ありがとう!　私もシエルが元の人間に戻れるよう頑張って調べるからね!」

「ほっほーう」

「期待しないで待ってる的なこと言ったでしょ」

今のはわかったぞ!　傷つくなあ!!

いやまあ、アル兄様が獣人族の国にまで問い合わせてくれた上でわからないことが多いっていうのに、それを私がちょっと調べただけでどうにかなるとはさすがに思っちゃいない。

だからシエルの反応は当然っちゃ当然なんだろうけどさ……。

「コホン。……それでね、あの」

「……ほう？」

「あの。シエルが人間に戻れたらね？　兄様たちのお話や、私が婚約者に夢見てる発言してたの、みんなには内緒ね……？」

言っていて大変恥ずかしい。

だって兄様たちがかっこいい、素敵だったたって散々言っちゃったんだよね。

その上あの兄様たちの妹なんだから私だってやればできる子！　とか。

いつか婚約者ができたら、いっぱいおしゃべりしたいな、とか。

まさしく夢見る乙女がごとくデートプランなんか語っちゃったこともあるんだよ！

今思えばシエルが不思議な子だとわかっていてもフクロウだと思って油断した!!

是非、忘れていただきたい。

「……」

「シエル？」

私のお願いに、何故かシエルは無反応だった。

それどころかジト目ではないか。

「えっ、なぁに？」

私はそんなに変なことを言っただろうか？

いやそりゃ幼女だって夢くらい見るってば。むしろ子供なんだから夢一杯だぞう！

「ゆ、夢見たっていいじゃない……」

ぷうぷうと文句を言ってみるものの、相変わらずシエルは無反応である。

お前皇女のくせに何夢見ちゃってんだとでも思っているんだろうか？

甘やかされて育った幼女はお気楽でいいなとか思ってたりしないよね!?

「いいもん、立派なレディーになって婚約者に溺愛されてみせるもん……」

「……」

「あっちょっ、何！　なによう、シエルぅう」

不貞腐（ふてくさ）れてシエルに対抗するつもりでレディー宣言をしたら軽く噛（か）みつかれた上に、のし掛かられた。痛くはないしモフモフで気持ちいいけど、とても重い。しかもぐりぐりされた。

なんだか叱られているみたいな雰囲気なんだけど、なんで怒ってるの？

まったくわかんないんだけど！　ああーこういう時言葉が通じないって不便！

「シエル、怒ってるの？」

「……」

「重いよう。ねえ、どいてよシエルぅ……」

「ぷぎゃー」

どうしよう。すごく馬鹿にされた気がした。

私たちはその後揃って眠くなるまでおしくらまんじゅう（?）をする羽目になったのだった。

シエルが鳥人族とわかったところで今のところ解決策はなく、アル兄様と私は書物に手がかりがないか、獣人族の中で情報はないかと小さく行動をしていた。

さて、そんな最中ではあるが最近私には悩みがある。

父も兄も私のことを『可愛い』と毎度べた褒めをしてくれるし、前世の自分の感性から言うと私自身も『美幼女』だと思っている。自画自賛って言うな。鏡の中の私は今日も可愛いんだよ!!

ただまあ、うちの家族って大変カラフルなんだよね。この世界、色彩がどうのという迫害はないのだが……ない、のだが。

（……美幼女は美幼女だけど、地味だって言われたら確かにそうなんだよなあ）

私の髪は焦げ茶色に、目の色はとても濃い青だ。明るいところで見ると青いってわかるんだけど、暗くなると黒に見える。家族に比べると地味は地味なんだよね……。

私は綺麗だと思うし不思議な色で気に入っているけど。

「うーん」

どうしてこんなことで悩むようになったかと言えば、皇城の中を歩き回るようになったため、人の目に晒されるようになったからだ。

天才美形集団（カラフル）の中に、平凡地味目の美幼女がいたらそりゃぁ目立つよね。

おかげで地味姫として口さがない人たちに噂されるようになってしまったのだ。

ぐぬぬ……この現状、なんとかしなくては！

勿論、父様や兄様がいるところではそんなことはない。

デリアや私付きの護衛騎士たちは可愛い可愛いって心から言ってくれているから、そんなことをコソコソ言う人たちに対して憤慨していたのでおそらく父様に報告もしているんだと思うけど……

いや、本当にありがたいよね。みんなありがとう。

（でも、みんながみんな優しい人ってわけじゃない）

感じ方は人それぞれ。父様たちが厳しく取り締まれば、一時的に悪口は収まるだろうけれど……その分、彼らの不満は溜まって今度は気がつかれないようにまた陰口を叩く、それだけだ。

私は大切な皇女だけど、同時に、体の良いサンドバッグにもなり得る存在であると残念ながら自覚しなければならない。そして、できうる限り自衛しなければならない。

父様たちを頼るのは簡単だけど、それでは周りを敵にするばかりなのだ。

（……そういう意味でも、婚約者を早く見つけろって意味だったのかな）

婚約者次第では、父様以外にも強い後ろ盾が……味方になってくれるってことでもあると思うし。

やっぱり、いつまでもこのままってわけにはいかないんだろう。

相変わらずヴェルジエット＝ライナス兄様とオルクス＝オーランド兄様と話せていない。

パル兄様が当分話さなくていいって言ってくれてはいるが、それでいいのだろうか。

（いや、だめだよな。やっぱり）

あれから考えれば考えるほどに、確かにあの場では私を『妹』として甘やかさなかったヴェルジエット＝ライナス兄様だけど、おそらく誰よりも正しく『皇女』として扱ってくれたんじゃないのかなって、最近ではそう思うようになった。

あの時は正論だけをぶつけられて感情が追いつかず、つい腹を立ててしまったけど……時間が経てば経つほど、冷静に考えることができていた。

オルクス＝オーランド兄様の考えはわからないけど、抱き上げてくれたあの手は優しかった。

あの二人が、ただ私を嫌って行動したなんて、どうしても思えない。

「私に、婚約者かあ……」

「ほっほう？」

「うん……あのね、私には後ろ盾がないでしょ？　ヴェルジエット＝ライナス兄様は私の婚約者を誰にするかで争いが起きるって言ってたけど、やっぱりそうなんだろうなあ」

「……」

シエルは私の言葉に、そっと寄り添ってくれた。

もふっとした羽毛が気持ちいい。

それをそっと撫でながら、私は自分のとりとめもない考えを言葉にしていく。

「婚約者を決めれば後ろ盾問題も解決するし、そうしたら私を軽く見る人たちも……きっと、ちょっとだけ落ち着くだろうし、いろいろ丸く収まるんだよね。多分」

「……ほーう」

「相手が、いい人なら。ううん、ちゃんとお互いを尊重できるような人だといいんだけど。きっと私の希望なんて二の次で、さっさと決めてもらっちゃった方がいいんだよね……」

私は、私が選べる立場になりたかった。

人から押し付けられた人生ではなく、もっと……自分の手でもぎ取るまではいかなくても、納得したかった。前世で得られなかった、未来を掴（つか）みたかった。

（でも、それは前世の私の願いであって……今世の私は、皇女という責任がある）

家族と仲良くして、自分の人生を生きたい。幸せな結婚がしたい。

そんな人生設計に今の現状を当てはめて、考える。

別に婚約者がいたって、家族に甘えることはできるのだ。婚約者イコール即結婚じゃないし。

いつかは結婚するけど、兄様たちだってお嫁さんをもらうけど。

それまでは、甘えていいだろうし。結婚したって、きっと甘えてもいいと言ってくれる。

でも皇女として甘えてはいけない部分と、幼女として許される部分をはき違えちゃいけない。

私は、間違っていた自分を認めなくちゃいけない。まずはそこから始めなければ。

幸せってのは、まず今あるものを大事にしてこそだ。

そして自ら掴み取っていくものなんだから！　私はそれができるはずだ!!

（そういう意味で、ヴェルジエット＝ライナス兄様は……正しい）

でもあの時の私にはまだ自分に『皇女』の自覚なんてなくて。

ただ妹として兄を前にしたつもりでしかなかったから、あんな態度を取ってしまった。

ヴェルジエット＝ライナス兄様は兄ではなく皇太子として、私に向き合っていた。

お互い、それ以上でも、それ以下でもなかった。要するにただ認識が違っただけの話。

（兄に、これ以上期待するな）

もう十二分に愛情はもらっているではないか。

私はいつからこんなに欲深くなってしまったのだろう。

（違う、私はヴィルジニア＝アリアノット。いつから、じゃない。最初から兄がいて、兄たちの愛をもらっていた）

アル兄様、パル兄様、シアニル兄様、カルカラ兄様、それから父様も。

そして死んでしまった母様だって、私の誕生を心から楽しみにしていたという。

私は、ちゃんと愛されている。大事にされている。

その愛情を、なんでも許してくれることだと思い違いをしていたのは、いつからだっただろうか。

愛情ってのは、そういうもんじゃないって私は前世、家族以外の大勢から教わったのに。

「全員から愛されるなんて思いこんだらいけないって、最初のうちは弁えていたのになあ」

「……ぴい」

「ありがと、シエル」

何に対してなのかはわからないけど、シエルが慰めてくれているのはわかる。

シエルは時々意地悪だけど、でもやっぱり優しい。

事情はわからないけど、追われて辛い目に遭ってフクロウになって、戻り方もわからない。きっとシエルの方がずっと辛い。なのに、私が辛い時はこうして寄り添ってくれる。

私よりも年上だっていうプライドがあるのかもしれない。

もしかしたら、手の掛かる妹だって思っているのかもしれない。わかんないけどね！

（言葉が話せるようになったら、もっとシエルの気持ちもわかるのかな）

その優しさに今だけ許してほしいと甘えることにして、私はシエルの羽毛に顔を埋めるのだった。

☆

しかしながら覚悟を決めたといっても次は会いに行く覚悟が決まるかって話はまた別問題！

幼女の心は繊細なのよ!!

「ニア」

「父様？」

「なんだか最近悩んでいるようだが、ヴェルジエットとオルクスのせいか？　罰を増やしてお前の気が晴れるならば、そうしてやるが」

「……イイエ、違イマス」

ものすごい晴れやかな笑顔でそんなことを聞いてくる父様に、背中がヒヤリとした。

ここで私が『そうだ』と頷いたら、兄二人がどんな目に遭うことか！

さすがに息子を盛大に罰して、皇室から放り出すなんてことはしないだろうけど……それでも容赦がなさそうで恐ろしい。

「それではお前の顔を曇らせている原因は何だ」

「ええと……あの、本当に大したことじゃないの」

「余には相談できないことか？」

「ううん！……あのね、私は父様にも母様にも似ていないなって少し残念なだけ」

小首を傾げながら可愛さアピールも忘れずに！

でも今告げた内容は割と本当に悩んでいることでもあるから、嘘じゃない。

（最近、地味姫って言われるだけじゃ済まなくなってきたんだよね……。陰口がさ！）

こんな幼気な子供にまで陰口叩くとか容赦ねえな……って乾いた笑いが出たわ。

あんまりにも皇帝に似てないから、いっそ哀れに思えるって声が聞こえた時は胸が痛んだよ。

後はなんだっけ？　皇帝が可愛がってくれているから地味っ子でも安泰でいいご身分だっけ。

（後ろ盾がないから言い放題って、幼女に対して酷すぎない？）

ちなみにそれを聞いたテトが即座にその発言した人を威嚇した上で報告したらしいので、きっともう父様はご存じなのだろう。

っていうか、聞こえていたテトにびっくりだよ。私は誰が言ったのかもわかんなかったのにね。

大勢に紛れて誰かが言っている声がするってくらいで、聞こえるようにやってはいるんだろうけど私の視点からだとまるでわからなかったのにさ……、獣人って本当に聴力ハンパなぁい。

あれっ、それだともしや私が室内でシエル相手だからって兄様たちの素敵行動について萌え語りしていたのも実は廊下で警護している際に聞こえていたとかそんなまさかね。

（……考えないようにしよう）

さて〝地味姫〟問題だけど……私の母は絵姿で見た限り、私よりも少し明るい茶色の髪に、鮮やかな緑の目だった。父様は言わずもがな、黒髪に金色の目だ。つまり、両親共に色彩が私と違う。

顔立ちは成長してみないとなんとも言えないかなって感じ。

ちなみに容姿でいうとヴェルジエット＝ライナス兄様が一番父様似だね！

母の面影を残しているとはいえ、私は兄たちに比べると両親に似ている点が少ない。

さすがに亡くなった母が浮気をしていたとかそういうわけではないのだが、もはや祖父母がいない母方の生家について私が知る方法もないし。

そもそも私はこの城で生まれて外に出たことないし、どうしようもないな、ハハッ！

その状況下で疑われようもないっていうか、多分調べるならとっくの昔に調べは済んでいると思うからこれはただのやっかみっていうかね。

私は、皇女としての役割を求められていることを理解した上で、お互いを思いやれる人を婚約者に迎えて平穏な家庭を築きたいので、そういうのは本当に困るんだけど！

そういった声もなにもかも、成長と共にこれからの努力次第で認めてもらえると信じたい。

（……それって欲張りなのかなあ）

せめて父譲りの金色の目であったなら、なんてつい思ってしまう。

皇帝の色を持つ末娘ならばきっとどこに行ったって、それこそ嫁ぎ先でも『あの皇帝の』っていう影響を与えること間違いなしだもの。

地味な能力とか容姿だって言われても、その色彩さえあれば後ろ盾になろうって人はたくさん現れるんじゃないかなって、つい思ってしまったのだ。

（全体の色味が見事に地味だから全体的に地味って言われがちだけど、顔は整っている方なんだからね!!　まだ五歳だからこの後どのくらい身長が伸びるのかとか、お胸がおっきくなるとかその辺はわかりませんけどね。母の絵姿を見る限りは期待してもいいんじゃなかろうか!!）

よし。決めた。

牛乳飲もう、そうしよう。

「ニアは確かに色彩こそ余には似ておらんが、その愛らしい面差しは母譲りで間違いない。お前は確かに余の愛しい、なによりも大切な宝。誰ぞに何か言われたか？　罰しようか？」

「いえ、大丈夫！　父様が可愛いって言ってくれるから私は大丈夫です!!」

「おお、なんと愛いことを言うのだろう。余のニアは健気で本当に愛らしい。余の可愛いニア、お前がこの世界で一番可愛く、愛しい存在だ。お前が望むならば世界のどのような宝石でも、絵画でも、人だろうと獣だろうとこの父が集めてみせよう。どうだ？」

「あ、ありがとう父様……お気持ちだけ受け取っておきマス……」

笑顔で返事はできたはずだが、口元がひきつっていなかっただろうか。

いやあ、すでに報告してすぐ罰せられたから安心してねってテトから言われているので、そこにさらに罰が下るとかはさすがに行き過ぎ！

それにしても父様の溺愛がだめ方向に相変わらずぶっちぎっている。

私は前世が前世だけに庶民根性が染みついているっていうか、さほど贅沢は求めてないっていうか……。愛してもらって衣食住が満たされていて、オヤツや昼寝までし放題、勉強だってし放題ってこの環境に満足してますけど!?

読みたい本は城の中にある図書室に山のように存在していて、いつか来る責任はともかくとして今は子供らしく過ごさせてもらっている。それって実に素晴らしいことじゃないか。

勿論、そこには妬みとかそういう理由から大人げない人たちの陰口とかもあるけど、そんなの前世の両親を思い出せば可愛いもんよ!!

そもそも物理的に殴られないなら、今の私には味方が大勢いるんだから、気にするだけ無駄なのさ！　そりゃ我が儘も言わずイイコでいるよ。だって生活面は満たされてるもん。

まあ思いっきり我が儘を言ってみたい気持ちはちょっとくらい、ある。

どこまで許されるのか試してみたいって気持ち。前世では許されなかった、姉に対して両親が『仕方ないなあ』って笑顔で許していたあれを……私も享受できるのかなって。

(でも、それはだめなやつだ)

私はちゃんと愛されている。家族に、大切にされている。

前世のことで疑り深くなっている部分は、どうしても拭えないけれど……それはあくまで前世の話。現在の家族を疑っていい理由にはならない。

ただそういった気持ちと前世の年齢から来る行動の結果が現在に繋がっているのだけれど、そのおかげで一部の偉い人たちからはとても高い評価を受けているらしい。

特に宰相とか、騎士団長が喜んでるんだってさ。時々お礼の品が届くようになったの。

なんでだと首を捻っていたら、デリアがこっそり教えてくれたんだ！

私がいつまでも部屋に居座られたくなくて「お仕事頑張る父様は素敵です！」って言ったことがあるんだけど、その日はめっちゃくちゃお仕事捗ったんだってさ……。

他の兄様たちもよくわかんないけど、妹にかっこいいところを見せたいとかなんとかで担当している仕事？　に精を出しているらしく、国家の安寧がどうたらってことらしかった。

えっ、存在しているだけで褒められるってどういうことなの。

私としてはただ自分が自分らしくいられるようにしているだけなので、罪悪感があるんだけど！

前世の姉よ、貴女はこの状況を涼しい顔で受け止めていたけど普通じゃないよね、どういう心境だったのか今なら問い詰めたいところ。

(……そういや、お姉ちゃんって駆け落ちしたんだっけ)

もしも前世のあの時、私もあの人たちの手から無事に逃げ果せていたら。

そうしたら、いつか姉と和解することもできたんだろうか。結婚おめでとうって、あの人たちからお互い逃げ出せて良かったねって笑い合えたんだろうか。

そんなことを想像したけれど、首を振ってその考えを追い出した。

(……いくら考えたって、どうにもならないことだ)

でもきっと前世の姉なら、たとえ質素なドレスだろうとたとえばブーケだけだろうと、きっと……きっと、誰よりも綺麗な花嫁さんになったことだろう。

好きな人と歩む人生を手に入れた美しいあの人の笑顔は、誰よりも輝いていたに違いない。

「私もいつか素敵な花嫁さんになれるかな……」

「うん？　そうだな。花嫁か……ニアの花嫁姿はさぞかし可憐であろうな」

「えっ」

やばい口に出してた!?

思わず零れた言葉はあくまで前世の姉妹的なあれこれから出てきた言葉であって、今の五歳な私からすると随分ませた発言だったんですけども!?

「ヴィルジニアにはこの父が必ず良い相手を見つけよう。皇帝の名にかけて、誓ってもよいぞ」

「えっええ……？」

「まあ大きくなるまでは何も考えなくていい。余がお前を誰よりも幸せにするのが先ゆえな」

「あ、ありがとうございます……」

父様ったらすっごく楽しそうだ〜〜〜!!

なんかこれはこれで良かったのか悪かったのか、相変わらず皇帝の七光りって感じになっちゃいそうでどうなる私の婚約者！

ただまあ幸いにも今すぐに決めようとは思っていないようだから、そこだけは一安心かな。

（そういえばヴェルジエット＝ライナス兄様にも希望を伝えたんだっけか。そっちから伝わっているという可能性もあるのかな……？）

あれは希望を伝えたっていうか、正直なところ兄様たちに対して他の兄様を褒めるあてこすりだったっていうか。

まあ兄様たちの良いところをブレンドしたハイパースパダリ連れてこられるもんなら連れてきてみせろとか挑戦的なことを思ってしまった部分は大きい。

なんとも生意気だな、私。

まああの時は頭に血が上ってたんだよ……。

（いつまでも拗ねてたら、本当にただの子供だもんね）

って私が悪いんだけど。いい加減、父様や兄様たちに守られてばかりで申し訳ないし私が悪かったって反省もしっかりできたし、対面する覚悟はできたつもりだ。

ここは一つ、私が大人になって謝りに行こうじゃないか！　いや五歳だから子供ですけどね!!

いけるいける。

だって私ったら可愛い幼女ですし、妹ですし！

対外的にはやはり兄妹で仲直りは必須だと思うので、兄はきっと私の謝罪を受け入れるだろう。

だってどう考えたって五歳児が謝りたいって言ってるのに大人が許さないなんて心の狭いことはないでしょ、普通だったらね！

……そんな風に思っていた時期が私にもありました。ええ、この部屋に来るまでは。

（き、気まずい……）

パル兄様に相談して一緒に来てもらって訪れた皇太子の執務室。

あの日と同じく書類の山が置かれているのがやはり気になるところだけど、前回と違うのは最初からお茶とお菓子がてんこ盛りだったことだろうか。

歓迎されている。そう思ったのも束の間だった。

「……」

「……」

長兄も次兄も私たちの前に座ったまま黙っているのだ。

会話なんてものはない。ないのだ。これっぽっちも！

かれこれ十分ほど誰も喋らず沈黙のまま、お茶のカップは持っているけれど……気軽にテーブルの上のお菓子に手を伸ばしてもいいのかわからないこの状況は辛すぎる!!

「あ、あの……ヴェルジエット＝ライナス兄様、オルクス＝オーランド兄様……」

「……なんだ」

「その、この間は申し訳ありませんでしたあ！」

ええい、ここはやはり私から行くべきか！　行くべきだろう！

そう意気込んで思いっきり頭を下げる。

テーブルに頭をぶつける前にパル兄様が襟首を掴んで止めてくれた。

ひえっ、意気込みすぎた……幼児の頭の重さ、すげえ。

「あ、ありがとう兄様……」

さすが気遣いのできる男は違う……!!

私がホッとしつつお礼を言うと、パル兄様はにやりと笑った。

「勢いよすぎだろ。頭ぶつけてこれ以上馬鹿になったらどうすんだ？」

「馬鹿じゃないもん！」

この間は頭が悪くないって褒めてくれたのに!!

見事なまでの手の平返しに私は思わず頬を膨らませてしまった。

それを指で潰しつつ、パル兄様が笑う。

「なあ兄貴たちもさ、こんなチビに頭下げさせたかったわけじゃねえんだろ」

パル兄様は困ったように眉尻を下げて笑った。

その表情はなんだか……とっても複雑だ。呆(あき)れているとか、悲しそうとか、だけど安心しているみたいな笑顔だ。どういう感情かは、わからない。

「あんたらはいつもそうだ。頭が良すぎて俺らじゃわかんねえことを考えてるんだろうし、言っても無駄だと思っているのかもしれない。だけど、言ってくれりゃそれで済むことだってある。それを省くから誤解されるんだよ」

「言っても無駄だとは思っていない。それに、誤解など……」

オルクス＝オーランド兄様がパル兄様の言葉に反論するけど、それをパル兄様は鼻で笑い飛ばした。そして私の頭を撫でて、二人を睨(にら)むようにして見る。

パル兄様かっこいい。ものすごく頼りになる！

「そうは言ってもこの通り、ヴィルジニアに誤解されてんじゃねえか。それも思いっきり」

「む……」

「二人はいい加減オトナなんだし、そこをわかってなんかアクション起こすかと見守ってりゃ、こいつのご機嫌取りにぬいぐるみだの菓子だのを用意するなんて父上と同レベルじゃねえか」

「えっ、そうなの!?」

「おー。ちなみにそのプレゼントは父上が片付けた」

「そ、そうなの……知らなかった」

兄様たちからの面会申し込みがあったとは聞いていたけど、贈り物については知らなかった。

まさか父様がそれらを処分させていたとは……。

それにしてもぬいぐるみやお菓子をこのコワモテ長兄が持ってきたのかと思うと、それはそれで見たかった気もする。

「相手の好みも考えないで貢ぎゃあなんとかなるって考えは良くねえと思うんだよ、教育上」

「そういう問題!?」

「当たり前だ、後ろ盾の家門がないせいで父上がお前になんでも買い与えようとするのを窘める人間がいねえんだし……。まあ、父上がプレゼントを渡さなかった理由はお前に贈り物をするのは自分だけでいいとかそんなどうでもいい理由だとは思うけどな」

「……デリアとシズエ先生がちゃんとそこは教えてくれるもん」

「あの二人が父上のすることに反対意見なんて言ってみろ、物理的に首が飛ぶぞ」

「ひえっ……」

確かに普通に考えたら『母親を亡くした娘にできる限りのことをしてあげたい父親』が、溺愛する娘に対してなんでもかんでも与えるってのはよくない典型例だよね。

今のところ私が前世の記憶持ちだから自制とか、やりすぎだなあって父様を諫めることができているだけで……そうじゃないただの子供だったらと思うと確かに困るかもしれない。

シズエ先生とデリアが後で注意を促してくれるけれど、これが本当にただの五歳児なら理解できていなかった可能性だってあるわけだしね……なんたって父親である皇帝が味方なんだもの。

そう考えると確かにパル兄様の教育云々の発言は納得だ。

「ヴィルジニア＝アリアノット」

「はい!!」

それまでお茶を飲んでいたヴェルジエット＝ライナス兄様が、その重い口を開いた。

オルクス＝オーランド兄様とパル兄様の会話についてはスルーらしい。

しかしながら大変お顔が怖い上に低く唸るような声だったから、思わず肩が跳ねる。

なんだろう、返事が遅れちゃいけないと思って答えたら、思った以上に大きな声で返事をしてしまった……恥ずかしくて顔が上げられないよ……。

「……何故怯える」

でもそんな私の反応をヴェルジエット＝ライナス兄様は怯えと取ったらしい。

いやまあ普通の五歳児ならそれが正しい反応か？

ただ恥ずかしくて顔が上げられないだけですけど!!

「兄上、顔が怖いことになっているからかと」

長兄が睨むような目でこちらを見ているもんだから『やっぱぁい☆　顔が怖ぁ～い☆』というふざけた感想しか出てこない。頭の中はどう挽回するべきかでいっぱいだ。

そんな私を見かねて、オルクス＝オーランド兄様が間に入ってくれた。

「……ヴィルジニア＝アリアノット、数々の誤解を招いた件、謝罪をさせてくれ。すまなかった。……お前のことを邪魔だなどと思ったことは、一度もない。どうか親しくオルクスと呼んでくれないだろうか。そして、わたしもヴィルジニアと呼んでもいいかな？」

「……はい、勿論です。オルクス兄様」

「兄上はヴィルジニアのことをずっと気にしているのに動こうとなさらない。だから直接連れて行けばと思っての行動だったんだが……妹に無理を強いたことを今はきちんと反省しているよ。わたしもヴィルジニアと親しくしたかったんだ」

ちゃっかり他の兄様と同じく『妹を可愛がる兄』スタンスを取ってきたオルクス兄様、こいつぁ侮れないぜ……と思いつつもここまで来て頑ななのもおかしいので、頷いてみせる。

「兄上ときたら他の弟たちがお前と仲良くなっている姿を見てずっとやきもきしていて、正直鬱陶し……いや、心配で、なかなかわたしも傍を離れられなくて」

「おい、オルクス……」

「しかしだからといって強引にことを進めていい理由にはならなかったね。すまない」

「えっと、もう大丈夫だから謝らないで……」

「ヴィルジニアは優しいね。どうかわたしともだけれど、兄上とも仲良くしておくれ」

おやおや？　なんだかおかしいことになってきたぞ？

今なんて言ったのかな、私の聞き間違いかな？

「可愛い妹、よく聞いて。ヴェルジエット兄上はこの通りの見てくれで図体はデカいし顔つきも恐ろしく、眉間の皺が多くて老け顔だけどそう恐ろしい人ではない」

「おい！」

「んん？」

なんだ、急激なディスリが始まった!?

真横で眉間に皺を寄せるどころか血管が浮き出始めたと同時に濃い魔力が室内をぶわりと包む。

少し息苦しいくらいのその魔力は、なんとなく熱かった。

「それに魔力が多すぎてだだ漏れなために大半の人間に避けられるタイプなんだが、中身はとても小心者で人見知りでとても可愛らしい人なんだ。だからどうか兄上のことを怖がらないでほしい」

「おい……オルクス、お前!!」

「ほら兄上、ここまでお膳立てしたのだから後はご自分で話されるべきですよ」

真顔でとんでもないディスりを始めた次兄のその言葉を聞きつつ、私はヴェルジエット＝ライナス兄様に視線を向ける。どこか居心地悪そうだ。そりゃそうか。

（あ、目が合った）

だけど直ぐに逸らされる。でも、もうあの濃い魔力はなりを潜めている。

相変わらず顔は渋面だし歓迎されているとは思えない雰囲気だけど、でもあまり怖いとは思わなかった。だってその耳は、真っ赤だったから。

それから僅かな沈黙の後、ヴェルジエット＝ライナス兄様は大きなため息を吐いてから私を見た。表情は落ち着いていて、お耳はまだ少し赤かったけど。

兄様は私をジッと見つめてから、口を開いた。

「……お前が、生まれた日……俺は、お前のことを、見に行った」

「え」

ぽつりと零すように、ヴェルジエット＝ライナス兄様がそう言った。

それは、誰も教えてくれなかった話だ。

「二十以上も歳が離れた、初めての妹。気にならないという方がおかしいだろう」

コホンと小さく咳払いする顔はまたしかめっ面になったけど、それが照れ隠しだということはもうこの場にいる全員が理解していた。

「名付けをすると張り切る父に連れられ、俺は……お前と、第七妃のもとへ向かった」

だけれど、私のもとへと訪れた兄様を待っていたのは……誕生の祝福に満ちた和やかな空間などではなかったのだ。

医師と侍女の必死な呼びかけが行われていることに気づいて、兄様は察したそうだ。

「……皇女は無事に誕生したと、その連絡を受けてから父上と共にやってきたのだ。お前が危ういわけではないと、すぐにわかった」

隣にいた父様は、静かだったという。

皇帝はどんな時も取り乱してはいけないらしい。でも父様は、静かに私の母の手を握り続けて最後の最後まで名前を呼んでいたと聞いて、胸が痛んだ。

「そんな重苦しい空気の中、お前は……暖かな布に包まれて、ベビーベッドの上にいた」

元より後ろ盾のいない第七妃。

皇帝だけが頼りだった彼女の命が失われる中で……生まれたばかりの私は、兄様の目にどれほどちっぽけな存在に見えたことだろうか。

二十二歳といえば前世でも早い人なら子供がいる年齢だもの。思うところはあったに違いない。

兄様はその光景を思い出しているのか、またため息を吐いた。

「……父上はお前を絶対に守るだろう。それこそこの国を挙げて。だが、それがお前のためになるかと問われたら俺には良いこととは言えないように思う」

（ああー……あの性格だものね！）

だからなのだろうか？

父様が言い出すよりも先に、私の婚約者を決めようとしたのは。

「だから他の妃たちが権力をもってやりたい放題にならないよう、調整をして……ようやく実を結びそうと思ったらお前が他の連中と仲良くしていると知って……その」

（んんん？）

段々と小さくなっていく声。

父様は各国から妻を娶るめとることで、勢力が偏らないようにした。

だから妃たちに対しても平等でなければならない立場で、正しいかどうかではなく、誰か一人に肩入れをせず、子供たちのやりたいようにやらせている。

ははは、これもあくまで兄様たちがこれまで教えてくれたことや、シズエ先生が上手に噛み砕いて皇族についての歴史を教えてくれたから辿たどり着いた答えなんだけどね！

実際にはもっと複雑だと思うし、私が考えている以上に〝勢力が偏らない〟というのは厄介な問題で、わかるのは……皇族の間でもトラブルの種になるのだろうってことだけだ。

（つまり兄様は）

「つまり兄上は自分はこんなにも妹のために頑張っていたのに、すっかり弟たちに出番を奪われて功を焦っていきなり婚約の話を切り出してしまった挙げ句、名前も他人行儀にフルネームで呼ばれて落ち込んでいるんだ。割と現在進行形で」

「オルクスぅぅ!!」

しれっとオルクス兄様、容赦ない。

パル兄様も私の肩をポンと叩いたかと思うと、至極真面目な顔をして続けた。

「まあここまでわかったと思うが、ヴェルジエット兄上は家族に対してポンコツで、オルクス兄上は空気が読めない」

「ポンコツと空気が読めない」

「パル！　お前も変なことをヴィルジニアに教えるな!!」

必死に威厳たっぷりに弟たちを叱ろうとするものの、長兄、形無しである。

いや的確よ、ほんと。つまるところ何？

私があんだけ悩みに悩み抜いたここ数日の心配は無駄であったと。

そういうことで、いいんだよな？　じゃあ、怖がらなくても……いいんだよね？

「……わかりました。では」

「……ヴィ、ヴィルジニア？」

すっくと立ち上がる。幼女の心を弄んだ罪は重いのよ!!

いや、兄様はこの場合悪くないいんだと思うけど。

「ヴェルジエット兄様」

「な、なんだ」

「しゃきっとしてください」

「……？」

背筋を正す兄様。うん、よろしい。

私はお行儀が悪いことを百も承知で、よじ登る。

そう、ヴェルジエット兄様の膝に、だ。

「……!……!!……!!」

「はーい、ヴェルジエット兄様じっとしててくださいねえ」

固まる兄様をよそに、パル兄様は呆気にとられていたかと思うとすぐに笑い出して、テーブルの上にあるクッキーを摘まんで私に向かって差し出した。

「ほらヴィルジニア。あーん」

「あーん」

高さが出てちょうどいいな、これ！

背後で『無理……柔い……壊しそう……』とか呟いてるのが聞こえるけど、知りません。

だって私、幼女ですから!!


とりあえずその後は普通に和やかなお茶会になった。

ヴェルジエット兄様、名前が長いのでヴェル兄様と呼ぶことに落ち着いたんだけど……めっちゃ喜んでくれたので可愛い人だなって思った。口に出すと多分拗ねるから内緒ね。

とにかく、ヴェル兄様が裏でずーっと頑張ってくれてたってことは事実。

ヴェル兄様の暗躍のおかげで、妃たちの争いから子供たちは切り離される……まではいかなくても、干渉度合いが減ったんだって。

その影響から、兄弟同士も表立って親交を深めても勘繰られたり干渉されにくくなって、パル兄様もこれまでに比べてずーっと楽になったそうだ。

とはいえ、これまで作り上げた『乱暴者で自分勝手な第三皇子』というスタイルを捨てるつもりはないらしい。

「品行方正とか真面目な皇子ってのはアルとかカルカラがいるんだから十分だろ」

「確かに。あの二人は真面目だもんね」

性格的な面でいえばパル兄様も真面目だと思うけど、でも紳士で丁寧な喋り方のパル兄様はちょっと想像できない。思い浮かべたら口元がによによしてしまった。

「ん？　なんか変な想像しやがったな」

「いひゃーい」

「おー、伸びる伸びる」

「パ、パル！　妹の頬をそんなに引っ張るな！　戻らなくなったらどうする……!!」

「兄上、人間の体はスライムではないから戻りますよ。子供同士のじゃれあいです」

「そ、そうか……」

オルクス兄様は空気が読めないとパル兄様に評されたけれど、多分わざと『読まない』タイプの人だと思う。じーっと見てたら、人差し指で「しー」ってされちゃった。ウッ、色気が。

このお茶会で、兄様たちから見た妃たちについても教えてもらえた。

前にカルカラ兄様からも聞いたけど、今度はもっと詳しい話だ。

正妃は人間族の国の姫。公平といえば聞こえはいいけれど家族には無関心。

第二妃は正妃とは別の人間族の国の姫。気位が高く、外交や政務には不向きな人。

第三妃は少し離れた友好国の姫。エルフ族ということもあり、感性が人とは異なるそうだ。人間族以外の種族との交渉の場によく参加しているらしい。

第四妃は属国の、人魚の姫。厭世的(えんせいてき)なところがあり、基本的に表に出てこないが息子のことは大事に思っている人で特に仕事は担っていない。

第五妃は属国の姫で獣人。周囲の目に怯えて引きこもっている。同じく仕事はしていない。

第六妃は少し離れた人間族の国、そこの豪商の娘。芸術家気質でサロンなどを定期的に開き、この国の芸術分野でめざましい活躍を見せるであろう若者を発掘しているんだそうな。

実際に政務に携わっているのは正妃と第三妃、だけれど逆に言えば野心的な妃とも取れるし、そういった側面から擦り寄る面子がいるのも事実。

政務に関わらない残りの四人は体の良い神輿にするのにちょうどいいとも言える、らしい。

（……平和そうに見えても、やっぱり物騒なんだなあ）

自分たちの母親の話をするのに兄たちがえらく淡々としているのが気になったけど、まあそういう親子関係ってのも存在すると前世の私が訴えるので気にしない。

とりあえず、私の婚約者は皇帝が決めると宣言したおかげで表面上落ち着いているのだとか。

「各国からの推薦合戦がこれから始まるだろうけどな、そこんとこどうなんだよ兄上たち」

「父上は国内貴族を推すだろうが、国内は筆頭公爵家からの姫が皇太子である俺と婚約しているからな……それ以外でヴィルジニアと年近い子供のいる高位貴族は他国に限られるんじゃないか」

「ふーん。となると、うちの母上を通じて打診がくるかもな。正妃の生国とエルフ族がどう出るか……そこんとこどうだよ、オルクス兄上」

「エルフ族は基本的に求められなければ応じない。母上が嫁いだのも各国が姫を差し出す流れで、足並みを揃えただけだ。……だが、ヴィルジニアが精霊と言葉を交わすとなれば向こうが態度を変えてくる可能性はある」

「ふええ」

ポンポンと出てくる兄様たちのなんだか不穏な空気を孕(はら)んだ言葉に、私は情けない声を上げるしかできないでいた。

私はただ幸せな恋愛結婚がしたいんですけど!?

そんな厄介そうな状況に雁字搦(がんじがら)めなのはごめんですよ!!

☆

「ってことがあったの。びっくりでしょう?　シエル」

「ほっほーう」

「ヴェル兄様の婚約者ってね、まだ十六歳なんですって！」

この国では成人に該当する年齢は、はっきりとは定まっていない。

ただなんとなく、十五歳くらいを境に……っていう感じらしくて、それを待って輿入(こしい)れしてから皇太子妃として少しずつ政務に携わっていくようになるんだとか。

早婚が望ましいというわけではないけれど一般市民だと働き手として考えるケースも多いし、貴族家で言えばやはり跡継ぎ問題がある以上、本人たちが若いといろいろ助かるんだそうだ。

まあおそらくは家の業務の引き継ぎと、子育てなんかの問題だろうけど。

とはいえ私がそうであるように裕福な家庭だと乳母や使用人がいるから、その分貴族としての業務？　を優先的に行えるってことなんだろうか。

権利分だけ義務があるなら、広大な領地だとちゃんと運営するのも大変だって話。

（それにしてもヴェル兄様の婚約者ってことは私にとって将来の義姉になるわけよね）

十一歳違いなので下手をしたらヴェル兄様たちよりも姉妹っぽくみえるかな？　なーんて……。

そんなこと言ったらヴェル兄様が落ち込みそうなので言わないけれど！

「……私の、婚約者かあ……」

あの後、私も兄様たちが話す内容で推察してみたんだけど……私のことは国外の王族に嫁がせるのが一番なのだろうなって思った。政治的には。

だけど父様は私を外にやって、特定の国に力をつけさせるつもりはない。

無論そこには親としての心情とか諸々（もろもろ）個人的事情も含まれているんだけど……。

（帝国は今のところとても強いけれど、大きな国土を持つ分、苦労もあるみたいだしね）

でもメリット・デメリットで考えて、将来的に国にとって有益な結婚が皇族には求められている。

だから現時点では父様の意向を元に、国内外限らず、婿を取るという形が今は一番穏やかに落ち着くんじゃないかってことで話を進めているらしいんだけど……。

らしい、らしいばかりだけど私にわかるのはそんな程度なのだ。

なんでも決まったり、そう考えている人がいる……という話を聞いたよっていう兄様たちの話を聞いているだけで、直接関与はひとっつもしてないからな！

まあ五歳に直接話を持ってくる人もいないだろうし仕方ないけど!!

(私に話しかけるのでさえ、父様のご機嫌を伺ってから……ってところに加えて最近じゃあ兄様たちの壁があるからな……)

そうなのだ、私が『兄妹仲良く』『家族仲良く』を目標に掲げたことは成功した。したんだよ。

成功したら今度はどうやら彼らも末っ子が遊びに来てくれるのだから大歓迎!

どころか『あれっ、末っ子って構っていいんだ!?』みたいな解釈になったらしく、毎日のように誰かしらが連絡を寄越(よこ)すのだ。いや嬉しいんだけどね?

構われすぎても人って疲れるんだなって、初めて知りました。はい。

(あ、でもシアニル兄様は前触れなしで唐突にやってくるな)

シアニル兄様はもうフリーダムだもんね。さすがにデリアも騎士たちも慣れたもんだけど。

テトは同じように気まぐれなところがあるから共感できるところがあるみたいだけど、きっちりした性格のサールスなんかは苦い表情を浮かべているからちょっとだけ面白い。

「そういえばね、シエル」

「ほーう?」

「今度ね、魔国からのお客様が来るんだって。ほら、地図のここ」

魔国……そう、魔族が治める国だ。シズエ先生にも習った、海を越えた大陸にあるという多くの偉大なる魔法使いが生まれ育つ地とも言われている魔法大国。

この国ではアル兄様のように魔道具を駆使して生活を潤わせようとしているけれど、魔国の人たちはそんな道具を必要としないくらい生活のほとんどに魔法を使うんだって。

(私みたいに貧弱な魔力量じゃ暮らせないな……ははは)

魔法の国！　行ってみたい！って思ったけど夢は夢のままが一番ってことだね。

まあ帝国では私の魔力は割と平均的なものなので、どこの国も魔国と政略結婚をする場合はあちらから来ていただくのが一般的なんだそうだ。その方がお互い楽だから。

最近じゃあ魔力の弱い人や、元々魔力を持ち合わせていない人が暮らしやすいようにといろいろ工夫を凝らしているってシズエ先生が教えてくれたけど……実際はどうなのか誰も見たことがないからなんとも言えない。

「鳥人族と知り合いの人だといいね！　まあ、アル兄様がそれとなく聞いてくれるって話だから。上手(うま)くいくとは限らないんだけど……」

「……ほーう」

「あれ？　シエル、嬉しくないの？」

「ほほほほーくるっぽー」

「それどういう感情？」

シエルの〝鳴き声〟がおかしくなるのはどうやら感情に左右されるためではないかとアル兄様は言っていた。今のところ普段は「ほーう」「ぴぃ」「くるっぽー」の三種類を使っているけれど、それ以外の鳴き声については出せていない。

いろいろ試してみようってことで本人も努力してくれていることは伝わった。

あれは演技じゃない。ものすごく頑張っていた。

でも、頑張ってくれているのは伝わるんだけど「ホーホケキョ」と私が言ったのに続いて試そうとすると「ほー……ほー…」までは上手く出たのにその後が「ほほほほほー」となって二人してずっこけたのは、今となってはいい思い出である。いい思い出にしとこう。

まあそれはともかくとして、シエルの鳴き声が変ってことは何かしらあるってことだ。

「もしかしてシエル、魔国の人が怖いとか？」

「……ほぅー」

なるほど？　わからん。

でもシエルが嫌がっていることを、私は無理強いしたくない。

「わかった、シエル。魔国の人が信頼できるかどうかはまた別だもんね。そこについてはオルクス兄様に相談するよ！」

軽く体を震わせるシエルを見て、どうしてその人たちはきっと大丈夫なんて言えるだろうか。

私だって会ったことのない相手だし、シエルが怯える理由はわからない。

だけど嫌がっているなら、私が守らなくてはいけないと心の底から思った。

「絶対に、シエルのことは秘密にしてもらう。魔国の人がいる間は、ちょっと退屈だろうけど……この部屋にいてもらって、アル兄様に結界も張ってもらおうね」

たまに私の部屋からすぐのお庭を散歩するのは、シエルも大好きだったのだ。

おそらく元々人間だった頃は外にいるのが好きな子だったんじゃないかな？

状況が状況だけに閉じこもってはいたけれど、やっぱり外に出られないのはストレスだと思って時々お散歩に行っていたけれど……それもしばらくは控えるべきだろう。

「ほーう……！」

私の言葉に、シエルがどこか感動したような表情を浮かべていた。多分だけど。

私は対外的には彼の主人なのだ。なら、ペットのためにも最大限の努力はするべきなのだろうと思う。無責任な飼い主にだけはなってはいけない。

いや、そもそもシエルは男の子でその主人っていうとんでもない誤解を招きそうだけど！

これも彼が人間の姿に戻れるまで守るため、それだけだ。

「退屈しないように、私もなるべくお部屋にいられるようにするからね！」

まあ本来、他国のお客様が来ているのにおもてなしもせずに閉じこもっている皇女がいるってのはあまりよろしくない状況だとは思うので……最低限は出ないといけないけど。

でも私は末っ子の皇女様だもん。

このくらいの我が儘は、許されるはずだ！

「ほーう！」

シエルは私の言葉が嬉しかったのか、大人しくモフモフさせてくれたのだった。

言われなくても知っている

オルクス＝オーランド。

第二皇子にして、皇太子補佐官。常に冷静で表情を崩すことがなく、冷然とした美しさと誰を前にしても変わらないその態度から貴婦人たちから『麗しの皇子』などと呼ばれ、憧れの対象として見られがちである。

母親であるエルフ族の姫君の血を濃く受け継いだ彼は精霊と言葉を交わし、数多のことを知ると言われ、学者たちにも一目置かれる存在であった。

「そういえばご存じですか、オーランド殿下」

「なんだ」

ぺらぺらと書類の確認をしながら、彼は顔も上げずに秘書官の言葉に相槌を打つ。

傍らにいる彼の秘書官も忙しそうに手を動かしながらの雑談で、その様子を見るだけで二人の付き合いが長いことは見て取れるほどだ。

実際オルクスもこの秘書官に対し、二つあるうちの名の一つを呼ぶという、この国では〝親しい友人〟呼びを許しているのだ。もう十年ほどの付き合いになる。

「最近、末姫のヴィルジニア＝アリアノット殿下が積極的に庭園を散歩なさっておられるとかで、その姿を見た侍女たちに愛らしくてたまらないと評判ですよ」

「ほう」

「姫殿下のお姿を拝見できた日には良いことがあるなんて噂まで出ておりますよ」

「そうか」

「まったくみんな本当に調子の良いことですよねえ、姫殿下が誕生の際はあれやこれやと言っていたくせに……今じゃあ手の平返しして是非に第七皇女殿下の宮にお仕えさせていただきたいなんてわざと目に留まりたくてウロウロしているって話です」

オルクスの手がその言葉にピタリと止まる。だが、すぐにまた動き出した。

秘書官はそれを『珍しいこともあるものだ』と横目で見つつも、特に何か言うことはなかった。

「……まあ、あの子が正式な披露目を迎えた後には人員を増やす予定ではあるからな。その選別には父上が御自ら采配をすると仰った。問題はないだろう」

「そりゃまた、驚きですね」

「何を今更。父上もヴィルジニアのことは目に入れても痛くないほどに可愛がっておられる」

「陛下だけではなく、兄皇子殿下方もそうじゃないですか」

「そうだな。否定はしない」

オルクスはそれだけ言うとくすりと笑った。

彼はずっと、ヴィルジニア＝アリアノットが生まれた時から彼女のことを知っていた。

兄として知らされる情報以上に、精霊たちが教えてくれるのだ。

可愛らしい子だ、優しい子だと。

精霊たちは嘘をつかない。悪戯者で、時に厄介な問題を引き起こす存在ではあるが、オルクスにとって生まれた時から傍らにいてくれる、なによりも信頼できる存在だ。

その精霊たちが常日頃から可愛い妹について教えてくれるのだ。

可愛いことなど、誰よりも早くから知っていたと自慢してやりたいくらいだが……さすがにそれはしないでいる。

なにせこのことが知れると、父親と兄が面倒くさくなることをオルクスはよく知っているからだ。

「ところでさっきから何の書類を見てるんです？　俺には明日の会議で使う急ぎの書類をまとめさせて、他に大事な案件ありましたっけ」

「ああ、ヴィルジニアの披露目に向けての書類をいくつかかな」

「えぇっ!?　姫殿下の披露目式は来年じゃないですか！　しかも皇太子殿下や補佐官の業務じゃないでしょう!!」

「可愛い妹のことだからな」

精霊たちを介して、ずっと見守ってきた。

寂しがる姿も知っていた。傍にいてやりたかったと思うが、慣例は守らねばならない。

だから弟たちが妹と接しやすいよう、あれこれ手を回した。

その結果、自分も少しばかり遅れを取ったことに焦って失態を犯したが……それも今となってはいい思い出だとオルクスは微笑む。

「……さて、悪いがわたしは少し出る」

「えっ？　どちらに？」

「可愛い妹がどうやら茶に誘ってくれるようだ。出向いて驚かせてやろうと思ってな」

精霊たちが教えてくれる。仕事が忙しいオルクスを労(ねぎら)うために、準備をしてくれている。

あの子にとっては何人もいる兄の一人かもしれないが、同じ精霊に愛される者として、たった一人の妹として、オルクスは末っ子を大事に思うのだ。

「さて……他の兄弟たちも誘ってやるとするか」

第四章♥魔国からのお客様

さて、私は現在五歳児である。

五歳にしては賢いと言われるのもまあ当然、それは前世の記憶があるからであって……元から天才とかそういう話ではない。むしろ自分で言うのも悲しい話だが、凡人である。

シズエ先生の話す内容を理解できるのも、あくまで前世の義務教育の賜物(たまもの)であってだね……。

そこから自分の理論を展開するとか学者が定義するような内容まで網羅するかって問われたら、そんなことは一切ないのだ。兄たちのように期待されても困るのだよチミィ！

とはいえ、皇女という良い身分を得ての転生なので、ある意味チート。

その上、継承権争いなんてないくらい兄妹仲は良いとかもある意味チートでいいのでは。

ただ、ねえ……。兄様たちが歳(とし)の離れた妹を可愛(かわい)がってくれているのはわかる。わかるんだよ。

「兄様」

「この予算案はだめだ、突き返せ」

「兄様」

「……そうだなこの治水工事に関しては一度現場に人をやるべきか……アルの魔道具が役に立つだろう、あいつに行かせろ」

「ヴェル兄様！」

何故私の定位置がヴェル兄様の膝の上なんだよオ!!

そう、長兄の頑張りのおかげで妃たちとその取り巻きによる権力争い(?)が少しばかり穏やかになって、兄妹間で頻繁に会えるようになったことで私への評価も変化したらしい。ほら、兄様たちが構ってくれるから後ろ盾がなくて何をしてもいい相手から、守られている皇女様にランクアップしたみたいな?

ついでにいうと兄様の婚約者、十六歳の美少女と会うこともできて関係が良好になったのでそちらの方向でも守ってもらえているっぽい?

(将来の義姉様、人見知りなところがきゃわわだったぜ……!)

そんな中で兄たちが私を構い倒す日々なんだけど、兄は兄でも長兄と次兄はまあ忙しいわけ。だって皇太子とその補佐だからね! だから二人とは過ごす時間が少ない。

とはいえ他の兄様たちだって暇ってわけじゃないのよ?

お仕事の割り振りがあったり、行事とか皇族が足を運ばなきゃいけないところへの慰問とか……でもまあそれらを統括すんのが皇太子の役割らしくてね。

で、そんな兄様たちが、隙間時間を縫って私に構ってくれるのは嬉しい。正直とても嬉しい。可愛がってもらえる妹ポジション最高。

だけどそんな私の喜びと反比例するように、ヴェル兄様の不機嫌度が増していくらしいのだ。

理由はまあ、前述のように忙しくて他の兄たちに比べて私に構えないから、らしいのだけど……。

そうなると可哀想なのは魔力が漏れ出た影響をモロに受ける側近の方々! というわけで、最近の私は度々オルクス兄様に拉致られて、何故かヴェル兄様の膝の上で歓待を受けるという恥ずかしい事態に陥っているのである。

側近の人たちにも最近は微笑ましいからなんだかありがたがられているようだ……私が来るとヴェル兄様の機嫌がいい、イコール怒ったりなんかして漏れ出る魔力もないし平穏な仕事環境が守られるってことで重宝されているんだろうけど……なんだろう、とても微妙な気持ち。

「姫様ったら今日もなんて可愛らしい」

「いつもありがとうございますー姫君がいらっしゃると皇太子殿下が優しくなるんです」

「いてくださるだけでとっても助かりますからね！　あ、お菓子食べますか？　これ今帝都で流行っているんですよ～うちの妹も大好きなんですよ～」

やめろ餌付けすんな！　もらうけど!!

くっ……。幼女の体は素直にお菓子を欲してしまう……!!

兄様もそれを羨ましそうにしないの！　私にお菓子を食べさせるのは部下の人たちの前では威厳がなくなるからダメだって約束してるんだから!!

（……溺愛されてるのって嬉しいけど、もしかしなくても結構大変だな……？）

だがおかげでわかったこともある。

兄様のように政治的なことは私には無理だなってことがわかった。だって面倒くさいもん。

かといってオルクス兄様のように秘書的な役割と同時に、皇子として皇太子の代行をやるような能力もなければ、パル兄様みたいに盗賊の掃討戦も無理。

それにアル兄様のように開発するような頭脳と魔力もないし、シアニル兄様のように芸術センスがあるわけでもない。

カルカラ兄様は今のところ騎士を目指しているという点で、私と同じくまだこれからってところなんだろうけど……それでも何歩も先を行っている。

少なくともなりたいもの、なれるもの、自分の能力を把握できている段階で私なんかよりもずーっとずっと先を歩んでいるのは事実だ。

（……あえて役立つとするなら、パル兄様の討伐についていって騎士団の怪我の手当てをさせてもらうとか、そういうのくらいかなあ）

治癒魔法についても擦り傷程度しか治せなかった以前からは少し成長したのだ。といっても弱いけど……。でもないよりましだよね！

（一度提案はしてみたんだけど、パル兄様から『あんな連中のところに連れて行けるか！』って言われたんだよな。あんな連中って……兄様の部下だろうに）

まあでも騎士たちも見知らぬ子供が治癒するって言っても不安になるだろうなとも思ったので、カルカラ兄様の応援ついでに挨拶をしようなんて作戦を考えたのだ。

やっぱり治癒魔法も日々の鍛錬が大事なんだと思うのよ！　うん、知らんけど!!

でも訓練場へ足を運ぼうとしたらカルカラ兄様に『ヴィルジニアによからぬ考えを持つやつが現れたら大変だろう？』ってよくわからない圧をかけられたんだよね……。爽やか笑顔で。

我、五歳ぞ？　どういう心配してるんだ、本当にもう！

（過保護ってレベルじゃない気がしてきた。溺愛ってこういうものなの？）

ううーん、前世での家族関係がマイナスすぎて標準値がわからない弊害がまさかこんなところに出てくるなんて……いやでも、普通の家族にしては過保護だと思うんだよね。

（でもそれも皇女だから仕方のない話なのか……？）

まあ誘拐とかそっち方面の心配はわかるけど……最近、兄様たちが私の婚約者候補を定めるにあたって父様に『自分より弱いやつは候補に入れるな』とか言っているって噂を耳にするもんだから、それが心配でしょうがないんだよなあ！　兄様たちよりって相当よ!?

私の婚約問題についてはいろいろと思惑があるのは当然ながら、まずは必須条件としてあげることが複数ある。その中で最も重要なのは『後ろ盾になる』だけの力がある家柄ということ。

私は末っ子の皇女だが、七番目の皇位継承者なのだ。この事実は覆らない。

ちなみに言っておくがこの皇位継承権、放棄できないらしい。

いいじゃん、立派な皇太子であるヴェル兄様がいるんだから放棄で……と三番目以降は思っているわけだが、一応これ、法律で決まっていることなんだってさ！

だってヴェル兄様は皇帝が継ぐ血統魔法を操るだけの魔力も器も持っていて、実は照れ屋さんだけど政治的なことだってやりきれるし父様にとっても似ているしで、皇帝になるべくして生まれたんじゃないかって兄妹間共通の認識ですよっと。

父様似って言うとヴェル兄様の眉間の皺が三割増しになるのでそこは口に出さないお約束！

過去に帝国内を揺るがすほどの継承権争いがあった記録も残っているけど、それでも皇帝とその一族に関しては継承権の放棄を許さず、男女問わず上から順に数字を振っている。

何かあった時のスペアなんだろうな。

ほら、若くして不幸にあったり子供に恵まれなかったりとかね、そういうことってあるじゃない。

そういった時に弟妹に順番を回したり、その子供に……って考えて作られた法律なんだと思う。

私はあまり前世でもそういったことに詳しくなくて周囲の人に助けられてばかりだったけど、今世でもこんなに悩まされるとは思わなかったな……。

まあ魔力の量とか後ろ盾とか、結局そのあたりも絡んでくるので順番だけがすべてじゃないんだろうけど……私の場合はもういろんな意味でカッスカスだし、心配してもしょうがない。

「……ふむ、なかなか良い者が国内にはいないな。父上も呆れるわけだ」

「なあに？　どうしたの？」

「お前の婚約者候補についてだ。お前の希望を最優先に、なおかつ家柄もあって帝国に対する野心がない者と絞ってはいるのだが……」

ふう、とヴェル兄様がため息を吐く。

その姿だけなら色っぽくて大人の魅力に溢れてるんだけどなあ。

（ものを見る時は目を細めたり、考え事をすると眉間に皺がよったり、ちょっと都合悪くなるとすぐ魔力がだだ漏れたりなんかするからみんなに誤解されちゃうんだよなあ！）

美形でそれだからもはや魔王チックだもん。

私にもそう見える時があるくらいだから相当だぞ、このポンコツ兄め……。

「気遣いができて頭が良く、寄り添えるような男か……弟たち並みとなるとやはりそういない。我が弟ながら、あいつらはなかなかいい男に育ったからな」

うん、誇らしげにそんなこと言っちゃう長兄、ブラコンかな？

いや私もいるのでシスコン？　そもそもこれ親目線的な？

まあ私の婚約についてあれこれと文句が出てこない一因としては、最近、父様とヴェル兄様のご機嫌取りには私が有効と思われているようなのだ。

（まあ実際、二人とも私を膝抱きしてお仕事するとご機嫌いいんだよなあ……こちらとしては暇だけど。おかげで重臣たちに重宝されるようになったから、私にとってもいいことではある）

ただそれで陰口が減ったのもどうかと思うけど。みんな現金だよね！　手の平くるくる。

ちなみにお妃様たちに関しては、未だに会ったことがない。……それでいいのか？

父様からは『公式行事で顔を合わせることもあるだろうが、現時点では目が合ったら挨拶をする程度でいい』って言われている。

でもその公式行事も子供たちと妃たちでは座席の位置が違うので、殆ど関わり合いにならないってことをシズエ先生から教えてもらったからなんだかなあって思っている。

図も描いて見せてもらったけど、顔は見えるけど会話するにはほど遠い距離だなって感じ。

なんか徹底してるけど、これまで何か母子問題でもあったのか？

このまま皇族の歴史を深く学んでいけばわかりそうだけど、わかりたくない気もする。

「ねえ兄様、いつか私も公務に行くんだよね？　どんなのかな、できるかなあ？」

「ん？　ああ、お前の公務か。そうだな……父上に法案を通させたい時はお前に持って行かせるとか、どうだろうか……」

「アウトだよ兄様」

娘溺愛な皇帝相手には確かに有効かもしれないけど、それで通るようならみんな私に持って来ちゃうでしょうよ。

良いも悪いもあるでしょ、法案って!!　五歳児でもわかるわ！

さすがにヴェル兄様も自分の発言に思うところがあったのか、咳払（せきばら）いを一つ。

「……まあ、当面のお前の仕事は学ぶことだ。そういえば魔国からの客人が明後日に到着する。お前はなるべく会いたくないと言っていたが、挨拶だけはきちんとするんだぞ」

「はい、兄様」

「今回来るのは魔国の王女とその伴侶だ。夫君の方は宰相補佐職に就いている。……まあ、有り体（ありてい）に言うと貿易をするための外交のようだ。あちらで開発した魔道具を披露するとのことだから、アルに担当してもらわねばならんが……交渉ごとについては文官を別につけねばならんな」

挨拶はともかく、アル兄様は相変わらず基本的には自分の容姿が原因で相手に嫌悪感を与えることに対してとても慎重だからね……。

外交となると対話がメインになるから、どうしてもアル兄様にしてみたら大事な賓客に不快な思いをさせないかってストレスを感じていると思うのだ。

その点をヴェル兄様も心配しているのだろう。

適材適所って言葉もあるし交渉は得意な人にお任せしちゃって、アル兄様はその持ち込まれた魔道具が帝国にとって有用かどうか判断することだけに注力してもらえればいいと思う。

（それにしても魔国から来るのは私と同じお姫様なのかあ！）

まあ相手は既婚者だってんだから、私よりもずっと上の年齢なんだろうしオトモダチってわけにはいかないな……それにしても夫婦で公務って、随分仲がよろしいことで。

私は父様が公務で外出の際、妃を連れて行ったって話を聞いたことがないので新鮮だ。

いやもしかしてうちが特殊なのか……？

（とりあえずシエルのことがバレないようにしなきゃ）

あれだけ嫌がっていたのだから、魔国の人に対して何か思うところがあるはずなのだ。

アル兄様が意思疎通をするためにあれこれ手を尽くしてくれて、文字カードなんかも用意してみたんだけど……シエルは『話せるけど書けない』っていうタイプのようだ。

あまり難しい言葉は使えなくて『はい』『いいえ』は書けるけど他は無理、みたいな？

くちばしでちまちまカードを摘まむ姿が可愛かったとか言えない。

そのため未だ意思疎通が完璧とは言えないから、何故魔国の人がいやなのか、その原因がわからないけれど……私としては人間の姿に戻れず焦りだってあるだろうシエルに、これ以上精神的負担をかけたくないのだ。

とりあえずわかっているのは、帝国生まれの帝国育ちってことくらいか。

（この世界は識字率が高いってシズエ先生は言ってたけど……）

特にこの帝国はそういったことに力を入れていると誇らしげだったことをよく覚えている。

なんでも数代前の皇帝が、これからの世を担う若者たちの教育に熱心だったそうで……。

それもあって帝国はよその国より強い力を得ることに繋がったんだそうだ。歴史で習った。

そして、海を渡った土地である魔国も似たような感じらしい。

魔法国家ということで魔力の強いことが物を言うって感じではあるものの、あちらも国土は広く豊かな資源と魔素で人々の生活は潤っているんだって。

(行ってみたいなあ、魔国オルフェウス！　名前もかっこいい!!)

どんなところなんだろう。魔法で満ち溢れた国！

かつて見たファンタジー映画とか、そういう世界がそこにあるんだろうか。

帝国もそうだろって言われたらそうなんだけど……お城の中にいるだけじゃわからないことってたくさんあるじゃない。

まずは国内を見て回りたいけどさ。いつかは外国も行ってみたいよね。

いつか、外交かなんかでついてっちゃだめかな？

(今はまだ無理だけど)

兄様たちやシエルと一緒に行けたら素敵だなと、私はそう思うのだった。

☆

そしてとうとう、魔国からのお客様を迎える日がやってきた。

この日は、父様と兄様たちと私がお迎えした。

どうして妃たちがこの場にいないのか。それは魔国の人たちが魔力に満ち満ちていて、それを圧として女性は受け止めやすいらしい、とのことだった。

「あれ……じゃあ私はなんで……？」

「お前はそもそも魔力量が多い父上やヴェルジエット兄上と一緒でも平気だし、問題ないと判断された。母上たちのように無駄に気を遣わなくていいし、お前がいてくれるとわたしも嬉しい。どうだ？　兄上は普段きちんと優しくしてくれているか？　最近様子を見に行けていなかったからな」

「魔国に対し末姫のお披露目も兼ねているからな。それから、俺は元々ヴィルジニアには優しい!!」

オルクス兄様の言い様だと私が魔力に鈍感だから大丈夫みたいに聞こえるんですけど？

ヴェル兄様もそこで妙な反論の仕方はしないでもらいたい。

他の兄様たちはそんな私たちのやりとりに笑っている。

でもシアニル兄様は窓の外のチョウチョを見てるな、あれは。相変わらず自由人……。

「お前たち、客人が来たようだ。静かにしろ」

父様の声に、みんなが姿勢を正した。

かと思ったら父様が何故かにこーっと笑って私に手を差し出すではないか。

「ニアは余の膝の上でよかろう。お前の披露目でもあるしな！」

（ええ……それはちょっと……。他国のお客様の前で……？）

マジで？　そう思ったけれど、父様の近くにいる侍従長さんも宰相さんも首を横に振っている。

その目は死んだ魚のようだ。もう諦めているのか『早く陛下のもとへ』って口パクまで!!

（諦めるんじゃないよ、そこは頑張ってよ！）

とはいえもうお客様はすぐそこに来ているというし、父様のご機嫌を損ねるとそれはそれで面倒だし、仕方がない。

ここは幼女が一肌脱いであげようじゃありませんか。

スンッとした表情をしていたのだろう私に、カルカラ兄様が「ヴィルジニアがいい子で本当に助かるよ……」と小さな声で言ったのがなんとも。

私が大人しく父様の膝の上に乗ったのを見て、宰相が頷いた。

そしてラッパが鳴って……って、膝乗り待ちだったのかい！　結局お客様待たせてるのかよ!!

（……いや、この場合は待たせることができるくらい国として力の差があるってことか）

最近、勉強を頑張ってるからそういうことも学んだ。

大陸が違うとはいえ、双方共に大きな国家だ。国土面積は同じくらいのはず。

でも面積が同じとはいえ魔国は今も開拓できずにいる土地がある分、現時点では帝国の方が物理的な武力と人口で勝るそうだ。

魔法に関しては……正直、どこがどうとかそういうのは今のところ私にはまだよくわからないけど、理屈とかルールとか、なんかいろいろ複雑なことがあることはわかっている。

ただその中で、私は他人の魔力が見えるということに最近気がついたのだ。

最初はなんだか光っている人がいるな？っていうのが始まりだった。それが魔力だとわかったのは、魔法を使おうとしている時だったり、もしくは感情の迸り(ほとばし)と共に光が漏れ出るのが見えてそうじゃないかと思ったからだ。

たとえば父様やヴェル兄様だと溶岩が流れ出るみたいだし、アル兄様は穏やかな包み込むようなもの、パル兄様はパチパチ弾(はじ)ける、みたいな？

ただ、シズエ先生の授業や書物から察するに魔力というのは基本的に見えるものではないらしいのだ。ということはこれが私のチートなのか？

（でもこれ、どう活(い)かしていいのかわかんないんだよなあ）

具体的にこれが良いことなのか悪いことなのか、それも判断できなくて黙っているっていうか。

シズエ先生に聞いてみようとは思ったんだけど、これが悪いことだったらいやだなあって二の足を踏んでいたらお客様が来ちゃって聞きそびれて今に至るっていうか。

「ようこそ、魔国からの客人よ。ふむ……貴殿とは初めて言葉を交わすかな？」

「……うふふ、歓迎ありがとうございます。以前に一度お目にかかったことがございますが、これを機に覚えていただけると嬉しいですわ」

（のっけから親しげに見えて棘(とげ)のある挨拶の応酬……これが社交……!?）

ちょっと私には無理だと思った瞬間である。

無理無理無理、私の頭じゃいい切り返しなんてこれっぽっちもできる予感がしない。

ちなみに父様の言葉に応じたのは、ボンキュッボンな美人さんだった。例の王女様。豪奢な金髪に赤い瞳、そしてそのスタイルを引き立てるセクシー系で美しい装飾の施されたシックなワインカラーのドレス！　私もいつかあんな感じになりたい……！！

今のところはぷくぷくもっちもちですけど。五歳だもん。

しかしながらこのもっちもち具合、そろそろやばい気がする。

最近兄様たちが私にオヤツをやたらと食べさせようとするんだよなあ。断るとションボリするから最終的に食べているんだけど……そろそろ本格的に対策を考えなくちゃいけないなってデリアと頭を悩ませているんだよね。

勿論ダンスの練習を増やしたり、乗馬をしたり、ストレッチだってやってるけど！

助けて牛乳！　食べたカロリーを身長の方に持って行って！！

まあそれはさておき、とりあえず父様の言い方はまず間違いなく失礼だった。

多分だけど、あの人のことについてきちんと事前情報を頭に入れた上でわざとあの態度を取っているんだと思う。でもそれって、皇帝として必要な行動だと判断したからこそ。

（……魔国からの訪問を、よく思ってないっぽいな）

勉強した内容だと、決して両国の関係は悪くなかったはずなんだけど……どうしてだろう？

私の疑問を察知したのか、オルクス兄様が何か指を軽く動かしたと思ったら精霊さんが現れて私の肩に乗った。

最近知ったのだが、精霊さんは特定の波長の合う人にしか見えないので、こうした秘密のお話をしたりする時はとても便利なのだ。

特に魔国の人たちや父様、兄様たちのように〝魔力が強い〟人たちは精霊と波長が合わないことも多いから、今は私とオルクス兄様にしか見えていない可能性が高い。

ちなみに、私には魔力と精霊力の違いというのがまだよくわからない。まあ、精霊がその人を好いているかどうかってのがとにかく最重要らしいんだよね。なんとも曖昧な話だ。

『こんにちは、可愛い子！　オルクスからの伝言を伝えるわね？　ええとねえ、魔国はつい最近、権力争いがあったみたいでえ……それの関係で人を探しているらしいんだって！』

（人捜し……）

思い浮かんだのは、怯(おび)えたシエルの様子だ。

魔国の人たちと聞いて、嫌がっていた。関係あるのだろうか？

（でもシエルは帝国生まれの帝国育ちだってアル兄様の質問に答えていた……）

『それでねえ、探しているのはあそこで今喋(しゃべ)っている女性の弟の、お嫁さん？　なんだって。今もまだその権力争いは落ち着いてないから、皇帝は厄介ごとに帝国を巻き込まないでほしくて怒ってるらしいわぁ～』

（……なるほどね）

そりゃ父様も歓迎しないだろう。

とはいえ友好国ではあるし、力関係でやや帝国(うち)が勝っているにしても外交を前面に出されたら断れないってわけだ。

王女様の弟のお嫁さんってなると、シエルは該当しない。少しだけホッとした。

そんな中、王女様は一歩前に出る。私と視線が合った。

彼女は優美な笑みを浮かべて淑女の礼を見せてくれた。どこまでも完璧だ。

思わず私が見惚れる中、王女様は口を開く。

「改めて偉大なる帝国の長にご挨拶させていただきます。わたくしは魔国オルフェウスが第一王女、クラリスと申します」

そしてちらりと視線を向け、大勢いる中の一人を一歩前に出させる。

クラリス様のほんの少しだけ後ろで深く頭を下げている男性は、少し肌の色が浅黒い。日焼けだろうか？　着ている服は文官のようだけれど、帝国のものとは随分デザインが異なる。

「そしてこちらはわたくしの夫であり、魔国が宰相補佐の一人であるウェールスと申します」

「偉大なる帝国の皇帝陛下、並びに殿下方にご挨拶できること、栄誉の至りにございます」

「此度は我が魔国において開発された魔道具をご覧いただきたくてまいりましたの。是非技術者たちからの説明を聞いてお試しいただきたいと思っております」

どうやら説明役は他にいるらしい。

父様はつまらなそうな表情のまま、鷹揚に頷いてそれを許した。

そこからはウェールス様が立ち上がって指示を出すと、更に後ろに控えていた人たちがいくつかの品物、そして設計図などを広げ始めた。

そして専門的な話は、どのように使われて効果がどのくらいで、どの程度の魔力が必要で……といった話がされたわけだけど……正直半分もわかんなかったね！

とりあえずわかったのは、今回売り込みに来たのは〝魔力が低い人間でも使える〟魔道具。

いくつかの魔道兵器、そして魔国で魔力の少ない人間が生活するための、それを補う道具。

それらは確かに魅力的だなと私でも思ったけれど、なんだかやけに興味を持ってもらおうと必死な様子でそれに違和感を覚えるほどだ。

「……というもので、ですから……」

おそらくそれはこの場にいる帝国の人々だって気づいているはずだ。

政治に疎（うと）い私でさえ感じることを、父様や兄様、それに宰相たちが気づかないはずがない。

だからだろうか？　冷たい雰囲気すら漂っているような……。

（まあ、軍事的なことは帝国の方が上だしね……正直、魔道兵器って魔力の高い人が使うものだけに魔国の人からしたら省エネなのかもしれないけど、この国で使える人がどのくらいいるのやら）

従来のものに比べてかなり消費魔力が少ないっていうのは確かにすごいことなんだろうけどね、それはあくまで魔国の水準だからさ。

（あればあるに越したことはないけど、別に無理に買う必要はないよね？）

なにせ人海戦術プラス血統魔法が我が国の強みなのだから。武の面において大陸最強よ！

勿論、魔国には魔国のあれこれがあると思うので、だからこそこの兵器を売りつけても余裕があるんだと思う。自分たちの国には魔力を使ったもっとすごい兵器があるから大丈夫ってね。

（なら……なんであんなに必死なのかな）

人捜しをするのに自由に動く許可がほしいとか、そんなところかな？

でもそれにしたって投げ売りするかのように技術を公開して好感を持ってもらおうとする明け透けなやり方はどうかなと思うけれど、それこそ焦りの表れなんだろうか。

そんな風にぼんやりと考えていると、ウェールス様と目がパチリと合った。

「皇帝陛下、失礼ながら麗しきご令嬢にご挨拶する栄誉をいただけませんでしょうか？　麗しき花を前に緊張のあまり礼を失しておりました。そのことについて挽回させていただければ」

「……ふむ、殊勝な心がけであるな。妻の失態を夫が担うか」

（父様、それは何か間違ってます！）

私に挨拶しないからすげない態度をとっていたとかそんなことないよね!?

さすがにそれは一国の主としていかがなものかと幼女でも思います!!

しかしパッとクラリス様もウェールス様を見て悔しそうな顔を一瞬見せたから、やはりそこがポイントだったのか。

思わず私が宰相さんに目を向けたら小さく首を横に振られたよ！　お願い頑張って!!

帝国の威信は一体どこに行ってしまったのやら……幼女だって胃がキリキリするよ！

決して謁見直前にシアニル兄様から餌付けされたからではない。

あのパウンドケーキ、美味しかったな……。

「先ほど紹介に与りましたウェールスと申します。猛き炎が宿る帝国の、新たなる灯火となるであろう輝きの姫君に、ご挨拶を」

帝国の血統魔法は強大な炎。

だから私のことを〝新たなる灯火〟と表現してくれたのだろう。

実際には蠟燭の炎のごとしって弱さですけどね！　ホタルの光並みかもしれない。

（いやいや、ホタルだって綺麗なんだからいいのよ）

何と張り合っているんだ、私。

改めてウェールス様を見る。随分ひょろりとした印象のある、のっぽさんだ。その声はとてものんびりした雰囲気があって少しだけホッとしたのも束の間、優しい笑みとは裏腹に、その目からチカチカした魔力が漏れ出ていることに気づいて思わず目を逸らした。

それを人見知りととったのか、父様がそっと私の耳元で囁く。

「ニア、皇女なのだから怖がってばかりいてはならんぞ」

「……はい、父様」

しっかりとそこは注意するんだねと感心したが、抱く手はがっちり私を摑んだままだったので膝の上から挨拶をしろと……？

上がった好感度が下がるよ、父様！

しかしここでそんな攻防戦を繰り広げても仕方がないので、私はさっさと諦めて顔だけウェールス様に向けて小さくお辞儀をした。父様の膝の上から。

「ご挨拶ありがとうございます、ウェールス様。第七皇女、ヴィルジニア＝アリアノットです」

「わ、わたくしからも！　帝国の新たなる灯火たる姫君にご挨拶申し上げますわ！　大変可愛らしい方ですのね、是非滞在中にお茶などご一緒できたら嬉しいですわ！」

「クラリス様もありがとうございます。お時間が合えば、嬉しいです」

そして父様の許しが出ればね！　いや、父様が許す前に兄様たちがどうかな。

最近過保護が増している気がするし、私があまり魔国の人たちと関わらないようにしたいと言ってしまった手前もあるし……まあ表面上は上手いこと言って誤魔化しておけば、大人たちがなんとかしてくれると信じている。

「……さて、子らが疲れてきたようなのでな。魔道具の披露目は済んだであろう。我らは下がるゆえに後は宰相と話すがよかろう」

「お、お待ちください！　まだ、話が……!!」

父様が話を切り上げようとするのに、クラリス様が食い下がる。

その必死な顔を前にしても、父様の顔色は何の変化もなかった。

「……そうですね、これ以上の茶番は陛下もお望みではございますまい。単刀直入に申し上げます。どうか我らをお救いくださいませ、皇帝陛下。代わりになるかはわかりませんが、我らが技術と知恵の結晶を皇女殿下にお渡ししますゆえ」

「ほう？」

のんびりとしたウェールス様のその提案に、ようやく父様が小さく笑う。

えっ、待って？　私に何か技術と知恵を渡すとか言った？

面倒そうなものをもらっても困るんですけど!?

「皇女に捧ぐ技術と知恵がどのようなものかにもよるな。まずはそれを示すがいい」

「寛大なお言葉、ありがとうございます。では……失礼ながら皇女殿下はあまり魔力の保有量が多いとは言えないようにお見受けしました」

「続けよ」

ピクリと父様の腕が動いた。

ああ、やっぱり見る人が見れば私の魔力量が少ないことなんて一発でわかるんだなあ。

魔法が当たり前の国の人からしたら当然のことなのかもしれないけど、帝国では魔道具を使って検査をするから見ただけでわかるっていうのはすごいなと思った。

「現在魔国では、周囲の魔素を取り込み装着者の魔力を増幅させる魔道具を用いることで、他国からの客人にも生活に不便がないようにしております」

差し出されたのは箱に入った、綺麗なブレスレット。

銀糸を編んだようなデザインのそれは決して太すぎず、とても繊細だ。

そして所々に淡い色の宝石があしらわれていて、特別に作られた品なのだろう。

宝石や貴金属の価値がよくわかっていない私でもわかる。

（うわあ、なんて綺麗なんだろう……！）

私は皇女だけれど、これまでリボンや小さい子向けのデザインのアクセサリーしかもらったことがない。それも当然だ、五歳だもんね。

でもだからこそ、目の前にあるブレスレットが余計に素敵に見えた。

「殿下に献上させていただく品は、特別品となります。従来のものよりも魔力を通しやすいミスリルを使い、魔素との融和値を高めることにより装着者の魔力負担をより軽減できるものとなっております。加えて魔力を宿した石をあしらうことにより、装飾と補強を兼ねております」

「ほう……」

「装着者に肉体的、精神的な影響が見られたという報告例は一つもございませんので、安全性については認めていただけるかと」

「……皇女以外の人間が使った場合はどうなる？」

「使用者を限定する仕組みもございますが、その際は皇女殿下のお手に触れなければなりません。こちらの技術者を信頼していただけるかが焦点になるかと」

「ふむ」

「また、まるで魔力がない方には効果がなく、一定以上の魔力をお持ちの方が使用した際は壊れることもご理解いただければと思います」

「なるほど、あくまで補助の品としてであって悪用するものではないと言い張るわけだな？」

「はい。皇女殿下の御身(おんみ)を守る道具の一つとしていかがかと。また、他意がないことを示すためにもこちらの魔道具の技術を提供させていただきたく思います」

なるほど、強い人が使うとそれに比例した魔素を必要とするから、いずれにせよ道具の方が保(も)たないってことでいいのかな。

膨大な魔力と魔素に耐えられる魔道具……そんな兵器が開発されたら、世界が変わりそうだなあ。

まあそんなつもりはないから仕組みを明かすんだって言っているんだろうけど。

正直、一朝一夕ではその技術について帝国が真似できないと思っているからこそ、ウェールス様も堂々とこの品の仕組みを明かした上で贈ってきたのだろう。簡単に作れるような品だったら今頃魔国はもっと他国の人間を迎え入れることができていたはずなのだから。

父様は使者が差し出したブレスレット型の魔道具に視線を落として、私をちらりと見る。

そしてニコッと笑った。

「ニア、あれがほしいか？」

「ほしい！」

即答である。

だって、魔力がカッスカスな私には喉から手が出るほど有用じゃん！

「ふむ……今は誰もが使える状態であるのだな？」

「はい、さようで」

「では試させてもらおう。パル＝メラ、どうだ？」

「承知いたしました」

兄様が前に進み出て指先に炎を点し、それを蝶に変えて私の前に飛ばす。綺麗だ。

思わず「うわあ」と歓声を上げてしまったが、まあ幼女だから許された。

次いで兄様がブレスレットを受け取って、握るようにして持ってから同じように指先に炎を点すと先ほどよりも大きな炎が立ち上り今度は鳥になったではないか！

「……なるほど、確かに自分の負担は感じずに威力を増大させているようです」

「うわあ……すごーい！」

パル兄様のお墨付き、目の前で実際に炎が大きな鳥になったのだ。

つまりあれがあれば私の弱っちい魔力量でもアル兄様が作った防御用の魔道具とか使いこなせるようになるってことでしょ!?　そりゃほしくもなるって!!

魔力を注いで展開すると結界を張ることができる魔道具をアル兄様がくれたんだけど、私の魔力だと維持する時間がね……ごめんよ弱い魔力で。

注がれた魔力量で結界の強度も変わる代物(しろもの)なので、護身のことを考えると持続時間よりも強度優先だったのだ。だが、弱い魔力では時間が掛かるのも問題だった。

更にいうと注いで展開するだけではなく、維持するにも魔力は必要なのだ。

要するに、魔道具を使うには魔力量があればあるほど望ましいというのが現実だ。

魔法を使えなくても魔力があれば誰でも使える代わりに、そこのバランスが難しい問題である。

（万が一なんてないと思いたいけど、そういう場面になった時に魔力切れで結界が維持できませんでしたじゃ笑い話にもならないもんね）

残念ながら我が帝国は大きい国だからこそ、皇族は格好の的だろう。

幸いにもこれまで生まれた皇子たち……つまり兄様たちは強いけれど、末っ子の私は残念なことにどこもかしこも平凡で守ってくれる後ろ盾もない。

かなり前の話だけれど、カルカラ兄様も何度か暗殺者が来たって言ってたし……そう考えると私

にだってその魔の手がいつ及ぶかはわからない。

（勿論、護衛のみんなのことは信頼しているけど）

兄様たちもたくさん私の安全に対して配慮してくれているし、父様もちょくちょく顔を見せてくれているのでそこは大丈夫だと思うけど……世の中何があるかわかんないからね！

どんな時でも油断は禁物だよ!!

（そうだよ、前世であれほど苦労していろいろ対策をとっていたにもかかわらず、私はあの馬鹿親どもに見つかった。それを考えれば常に何があるかわかったもんじゃない。危機管理、大事！）

前世も周囲の大人が手助けしてくれたからなんとかなったけど、今世はもっと身近な存在である家族が手助けしてくれるのだ。心強いではないか。

だからといって甘えっぱなしになるつもりは毛頭ない。それじゃあ危機管理能力は育たない。

利用できるものは利用したいし、もらえるもんはもらっておきたい。

幸い人捜しが目的だとわかっているのだから、もらっても問題ない。……はずだ。

（これが権力争いのための戦争に手を貸せとかそういう内容だったらお断り案件だけどね！）

ありがとう事前情報。

精霊さんたちはもう飽きたのかどっかに飛んでいっちゃったけど。

「……よかろう。皇女が望むならば受け取るとするか」

「ありがとうございます」

ウェールス様が深く、深く頭を下げた。

クラリス様含め、魔国のお客様たちが父様の言葉に喜びの表情を浮かべるのを見ると、どうやらよほど追い詰められているようだ。

「それで？　我が帝国で客人たちは何を望む？」

私がブレスレットを欲しがったなら、そりゃまあ相手方に協力する姿勢も見せる必要があるのだろう。父様は片肘をつきながら彼らを見下ろしていた。

だがその雰囲気は先ほどまでの冷たさがやや和らいでいて、どことなく満足げだ。

（うーん、これは……私のことが紹介できたし、貢ぎ物はもらえたし、おそらくこちらの優位に外交が進むから、ってことでいいのかな？）

想像しかできないこの歯がゆさよ！

もうちょっと政治系のお勉強をしたら、こういう機微も理解できるようになるのだろうか。

でも勉強ができるからって腹芸ができるのかとか先を読んで会話をするのかとか、そういう能力が元々備わってないと意味がないのかもしれない。正直、私には無理な気がしてならないね!!

まあ、今回みたいに事前情報がなかった場合、そういう政治的なやりとり？　交渉？　ができないことが原因で厄介事が増えることもあり得るから、今後は気をつけないと……。

（兄様たちに甘やかされているだけじゃ、やっぱりだめだ）

転生してからどうなることかと戦々恐々としたものの、末っ子として大事にされて、まあちょっとだけすれ違いもあったけど……結果を見れば家族は仲良し、楽しい暮らしの完成だ！

ただ、最高には違いないけどそれに甘んじていてはこれからの幸せが摑めない。

自立した女になるためには、最低限相手の言葉の裏を理解できるだけの知識を身につけておかないと自分の身すら守れないのだ。

（……そういう意味では幼女だからなんにもわかりませんって顔して、しれっと父様や兄様の執務室にいて観察できるのってある意味チート授業だったのかあ……）

兄様たちはそういうつもりじゃないと思うけどね！

今後はシズエ先生に教わったことをしっかりと思い出しつつ、父様たちの仕事っぷりを見学することにしよう。参考になるかはまた別として。

そんなことを考えつつ、私はウェールス様を見た。

オルクス兄様が事前に情報を手に入れていたなら、父様も知っているに違いない。

（いくら娘を溺愛しているからって、娘の機嫌と引き換えにこの国にとって不利益になることを受け入れるほど父様は甘い皇帝じゃないはずだ）

そういう安心感と信頼があるからこそ、小さな我儘（わがまま）を言ったわけだけど！

（どうしよう、何も考えてなかったら！）

最終的に力で解決！　とか言い出さないよね？

たまーにだけど、父様ったらとんでもないこと言い出すから心配になってきた!!

「我々はとある女性を探しております。それこそ、もう……十年ほどになりましょうか。その女性がこの帝国にいるという情報を摑み、馳（は）せ参（さん）じたのでございます」

「ほう？」

「……すでに皇帝陛下はご存じのことでしょう。我が国の国王は病に伏して長くなります」

クラリス様がそっと目を伏せる。

ああ、親が病で苦しんでいることに悲しんでいるんだなと思うとちょっとだけ胸が痛んだ。

今の私ならその気持ちがわかるから。大事な家族が、私にもできたから。

「我が国には豊富な魔素と、それに影響を受けた魔法を主に使う人々が暮らしています。王は護国のため魔力を使う。今では王家の直系のみがそれをできるだけの魔力を受け継いでおります」

「ああ、知っている」

「国王陛下は、近年では……もう、自力で起き上がることもできずにおります」

「そうか……そこまで弱っておられるか」

父様がそっと静かに目を伏せた。その声は、どこか気落ちしている。少しだけ寂しそうな顔をしていたから、魔国の王様と仲が良かったのかもしれない。

「ここからお話しすることは、誠にお恥ずかしい話で申し訳ないのですが……」

クラリス様は沈痛な面持ちでそう言葉を一度切ると、大きく息を吐き出した。

そして次に顔を上げた時は、その綺麗な顔は怒りに染まっているではないか。

「現在、王家で直系と言えるのはわたくしと弟の二人だけ。その弟の想い人が、帝国に……帝国に、奴隷として売り飛ばされていたことが発覚したのです」

（えええええ!?）

大声を上げそうになったがなんとか耐えた。

というか精霊さんが私の口を塞いでくれたんだけどね！

パッと見たらオルクス兄様が唇に人差し指を当ててた。いろっぺえ。そしてありがとう!!

ちなみに私の他にもカルカラ兄様がシアニル兄様に口を塞がれていた。

あちらはあちらで鼻も塞がれているので別の意味でやばそうだ。

「誤解をしないでいただきたいのは、我々は帝国が関与しているとは思っておりません。だからこそ、情けない話ですが技術を代償に皇帝陛下の温情にお縋りしに参りました」

ウェールス様がクラリス様の言葉を遮るように補う。どうやらクラリス様は感情が高ぶっていて、今は落ち着いて話せないようだ。そのくらい腹立たしいことが起きたということなんだと思う。

一見、厳しい顔で口を噤んでいるだけのように見えるクラリス様は何かに耐えている風情だけれど……でも私の目にははっきりと見えていた。

パチパチと爆ぜるような、火花にも似たクラリス様から迸る彼女の魔力。

それを目の当たりにしてぞくりとした。綺麗で、そして怖い。

怒りを抑えているのだろうけれど、いつ暴発してしまうのだろうとハラハラする。

父様は、微動だにしない。兄様たちもだ。

彼らにはクラリス様のあの火花のような魔力は見えていないのだろうか？

怖くないのだろうか。それともただ表情に出さないだけで、それが皇族として当然なのか。

ぶわりと火花が広がった。

僅かな熱風が、私の頬をくすぐる。

クラリス様の魔力がそうさせているんだと思った時には、彼女が大きく声を上げていた。

「魔国に奴隷制度はございません。ですが、帝国にはある……彼女の身柄をすぐにでも見つけなければ、両国の関係に大きな影を落とすのです……ッ！」

クラリス様の魔力が、再び集まるのが見えた。

兄様たちの雰囲気もだんだん厳しいものになる中で、父様だけは何も変わらない。

ただ、どこか冷めた目でクラリス様を見ていた。

「……父様」

この中で私は何をしたらいいのか、どうしたらいいのか。

正解があるわけじゃないんだろうけど、なんだか怖くなって思わず父様の服を摑んでしまった。

幼児としては正しいんだろうけど、ちょびっとだけ照れくさい。

だけど父様はこの状況でもいつもと同じように、私にだけ甘ったるい笑みを浮かべてみせる。

そして私の背中を優しくさすってくれた。

いつだって父様は私の味方だ。その事実が私の心を穏やかにしてくれる。

(前世にいつまでも縛られているつもりはないけど)

それでも、こうして助けを求めて伸ばした手を……家族が、取ってくれることが嬉しい。

かつて私と知り合ったたくさんの大人たちが、手助けしてくれたけど。

でもやっぱり前世の私はどこかで実の両親が改心してくれることを願っていたのかもしれない。

「どうした、ニア」

「父様……」

「この場に飽きたか？」

いやこの状況でそんな質問する？

明らかにその質問は間違ってるよ、父様！

でもなんだか逆にホッとしてしまった自分もいた。だってあまりにも父様が通常運転だから。

言葉がなくても、父様の私を撫でる手が大丈夫だから不安になるなと言っているみたいだ。

「……ふむ、クラリス殿、ウェールス殿。貴殿らの言う女性について我らは何も関与しておらんと思うが、確かにそれは気が逸るのも頷けるというもの。国内の捜索について直ぐにでも許可は出そう。ただし帝国民に危害を与えるようなことがあれば、貴殿らも捕縛対象となると心得よ」

「感謝いたします」

「事情を明かす気があるならば、聞いてやるが？」

つまり父様も相談に乗れるなら乗ってやろうってことか。

まあ自国内に無理矢理売り飛ばされた奴隷がいるっていうのは、帝国の長としても取り締まらないといけないものね。

「お言葉に、甘えさせていただきたく」

ウェールス様が深くお辞儀をし、クラリス様は何も言わずに軽く頭を下げる。

いろいろ思うところはあるんだろうけど……優先順位ってやつなのかなあ。

（外交問題とか複雑なことがあって自分の感情を抑えなきゃいけないとか、大変だなあ）

皇女という立場からすれば、私もいずれはできなきゃいけないんだろう。

今は許されても、そのうち……特に自立したいと思うなら、こういう時にヘラヘラ笑って誤魔化すようじゃきっとだめなんだ。

父様や兄様たちみたいにはなれなくても、しっかり自分を持たなくては！

「我が国としても捨て置けぬ事態ゆえな」

（いけない、また自分の考えに没頭しちゃった）

父様の低い声にハッとする。

確かに奴隷制度がうちの国にあるからって、率先して奴隷として買った……なんて疑われて、いい気はしない。そもそも帝国での奴隷制度ってどういうものだっけ？

（……あとでシズエ先生に教えてもらおう）

制度として認めている以上、そこを妙につっつかれて国民に迷惑がかかるのも困る。

でも事情があって非合法に奴隷として売られた人なら、助け出すのも人として正しい行いだ。

そこで他国の人にどこまで許すかっていうのが、為政者の立場からしたら難しいんだろうね。

「それでは、お恥ずかしながら説明をさせていただきたく思います」


そこからはウェールス様の独壇場だった。

正直、私は幼女なので途中から限界もあってうつらうつらする場面もあったんだけど……仕方ないじゃない、普段はお昼寝する時間帯だったんだもん！

まあとにかく、要約するとこうだ。

ウェールス様は、平民の出自でありながら魔国の宰相補佐官にまで上り詰めた努力の人。

そしてその姿を見初めたクラリス様からのお言葉で二人は結婚に至ったそうなのだ。

逆シンデレラストーリーっていうのかな？　とにかくいいお話だよね。

それだけならば魔国は実力でのし上がれる、いい話で終わったことだろう。

ところがここで一つ、別の物語が生まれてしまった。

二人の関係を周囲が祝福する中、クラリス様の弟……つまり王子が義兄となる人に興味を持った。

それはいい。王家の姉弟は仲が良いと評判だったから、姉の相手がどのような人物なのか、普通の家族なら心配になるものなんだろう。

ただ、人を使って調べてくれれば良かったのだと思う。結果的に。

ウェールス様について知りたくなった王子様は、なんと自分で調査に乗り出した。

身分を隠し、護衛も撒いて、市井で暮らしていたウェールス様の素顔を探るべく彼の妹であるクララさんに声をかけ……なんとそこで運命的な恋に落ちてしまったのだ！

その当時、クラリス様とウェールス様は婚約中。結婚式に向けて絶賛忙しい中だったようで、王子様の行動には気がつかなかったんだそうだ。

「……弟は、わたくしたちの結婚式で彼女にプロポーズをするつもりで……わたくしたちに対しても、喜ばしいことだからサプライズになるだろうと思っていたらしく……」

ぐぐっと拳を握りしめるクラリス様の魔力が怒りに染まっている。

でも表情もとっても苦々しいものだったので、思い出して腹が立っているってよくわかった。

「弟は少々夢見がちと申しますか、その、世間知らずでした。わたくしも後に話を聞いて、よくよく拳でわからせてやりましたが……後悔先に立たずと申しましょうか」

（んんんん）

今なんか物騒な発言が聞こえたよ！

クラリス様、魔力からもなんとなく察していたけど見た目に反して脳筋タイプですか。

「王太子は弟です。このようなことで帝国にご迷惑をおかけしますが、どうか今後も変わらずお付き合いいただけたらと願うばかりです」

「承知した」

「……さすがは帝国の主。寛大なるお言葉に感謝しかありません」

クラリス様はそう言って苦笑する。

魔国は、男女問わず有能な人を優遇するって話だ。

つまり王太子に変動がないってことは、弟さんの方がクラリス様よりも優秀ってことになるのだろうか？

今回の件みたいな失態があっても『揺るがない』と言い切れる何か才能があるのか、それともクラリス様側の問題なのか……それはわからないけれど、父様はただ一言答えただけで終わった。

そこにはそちらの事情なんて興味がないとはっきりわかる意思が見えたから、クラリス様も笑みを返すしかなかったようだ。

「……当時、弟の婚約者はまだ決まっておりませんでした。あの子が望んだ相手が妃になる。誰もがそう思っていましたが……しかし、いくら魔国が能力のある者を優遇するにしても、序列は存在するのです。……肝心の弟がそれを甘く見ていた」

婚約者は定まっていなかったものの、当然弟である王子だってそういう立場であることから、魔力を豊かに保有し後ろ盾もしっかりした、魔国でも有数の姫君たちが婚約者候補になっていた。

それでも王子様はクララさんがよかった。クララさんじゃなければだめだと、クラリス様の結婚までの間に国王陛下や周囲の重鎮たちを説得して回っていたのだそうだ。

きっと姉夫婦も喜ぶ、彼女がいてくれたら自分は王として頑張っていける。そう説得をしていたようだけれど……でもいくら秘密にしようとも、秘密はいつかバレてしまうもの。

「私も宰相に実力を認めていただきましたが、その際も嫉妬心から絡んでくる連中はそれこそ掃いて捨てるほどおりました。妹はそのような世界とは無縁でしたので、護衛もつけていたんですが」

さすがに妹であるクララさんがうけた嫌がらせってのはウェールス様が嫌味を言われたりちょっと圧力をかけられたりする程度の嫌がらせなどの比じゃないようだった。

まあ王妃への切符を横取りされそうになった貴族たちからしたら、悔しいってだけじゃ済まないんだろうけども……。

その結果、痕跡も残さず、クララさんは攫われてしまった……ってわけ。

勿論ウェールス様たちの結婚の際もいろいろあったみたいだけど、それでもその護衛たちでなんとかできるレベルだったってことから、やはり黒幕は王妃の座を狙う有力貴族たちなのだろうと推測できたそうだ。けど、証拠がなければただの疑惑でしかない。

そして王子様は彼女が行方不明になってしまったことで悲嘆に暮れた。

クララさんの生死がわかるまで、決して結婚しないと決めた。誰とも。絶対に。

「あの子は彼女を見つけるまで王位も継がないと、自身にはその資格がないと嘆き……自身の責任だと己を責め続けました。あの子の軽率な行動が、多くの人を巻き込んでしまった……」

(そうだとしても、その発言はあまりにも無責任じゃないかな?)

他人事(ひとごと)なのでそんなことをつい思ってしまった。

まあ初めのうちはその王子様の言動に周囲も理解を示し、クララさんの捜索もした。

なんといっても宰相補佐の妹でもあるし、事件性しかないしね……。

周囲に慕われる王子様ってこともあってみんな同情的だったというし、きっと直ぐに見つかるって誰もが思っていたんだそうだ。

ところが当たり前と言えば当たり前なのだけれど、月日が経(た)つにつれてなんの情報も得られないままの捜索は勢いを失し、諦めムードとなっていく。

そして十年経過した今、恐れていた事態が起こった。

魔国の王が体調を崩してしまったのだ。

つまり、王子様には覚悟を決めてもらわなければならない。

彼個人が純愛を貫きたいという心を持つ分には構わない。だが、王となればそうはいかない。

義務と責任。誰よりも重いものが王子様の肩にかかってくる。

理由はよくわからないけれど、王位はどうあっても弟だとクラリス様が仰った。となれば、王位を継ぐのが王子様なら……その隣の席を巡って、国内貴族たちが勝手に争い始めて混乱を始めるのも仕方がないと言えた。

王家の責任と、個人の感情。

それをなんとかできないままに突っ走った結果、国民に迷惑がかかってしまったこの状況をクラリス様もウェールス様も見ていられないという。

「……これは魔国でもよく知られている話のため隠す必要もないのでお話ししますが、王として選ばれる者は、王の子として生まれるのです。王の兄弟の血筋から王の資質を持って生まれてくる子供はこれまでおりませんでした」

「王の子、ですか？」

思わず首を傾げながら質問した私に、クラリス様は微笑んでくれた。

先ほどまでの苛立ちも少しは収まったのか、穏やかなものだ。

「はい。わたくしと弟にそれぞれ子が生まれても、次代の王は弟の血筋にしか生まれない……そういうものなのです」

「そういう、もの……？」

なんて不思議なんだろう。遺伝とかそういう問題じゃないのか！

必ず王の子供に王となる子が生まれるから、魔国では王家の血筋が途絶えずに脈々と続いているっていうことを考えると面白いなって思った。

「ほお、そのように大事なことを他国の者に聞かせて良いのか？」

「構いません。我が魔国において王家は鉄壁の守りの内側にありますもの」

艶然と微笑むクラリス様、超女王様！　王女様だけど。

いやでもあれはちょっとかっこいいな……脳筋っぽいけど美人だしスタイル抜群だし、私もあんな風になってみたい……！！

「弟も資質ゆえにその責任は理解しています。ですが、あの子は王位を継ぎ国を護る責務は果たしても世継ぎに対しては……クララの生死が判別しないままでは、結婚に踏み切れないと」

「これは我が魔国にとって一大事なのです」

深いため息が、ウェールス様から漏れた。

苦々しいその表情が意味するものはなんだろうか。

失われた妹への心配か、巻き込んだ上に責任の取り方をはき違えている王子に対してか、それとも何もできない自身への憤りか。

私にはよくわからないけど、みんな生きづらそうだなって思わずにいられない。

「……そんな中で、私のもとに一つの情報が入りました。十年ほど前に……妹のクララらしき魔国の女性が、帝国へ借金奴隷として売り飛ばされたと」

「借金奴隷か」

ふんと父様は鼻で笑ったけど、不愉快そうだった。

それはまあそうかもしれない。

父様は皇帝としてあれこれ傲慢なところはあるけれど、基本的には民想いなのだ！

武力の国って言われてはいるけれど、盗賊などへの取り締まりは厳しいから治安は諸国に比べると格段に良いって話だ。これは護衛騎士たちが誇らしげに教えてくれた。

だから無実の女性がそんな権力争いに巻き込まれて、我が国に売り飛ばされたと聞けば父様だって当然いい気分ではないのだろう。

（……奴隷制度かあ）

一応、身分について勉強した際にちょろっとだけ出てきたから知ってはいた。

それでもシズエ先生から『奴隷だからと決して人道に反した扱いはしていない』と聞いていたから、その時は『ふーん』って思って終わったんだよね……。

おそらく前世で私が勉強したものと同じ部分もあれば、違う部分もあるのだろうと思う。

もうちょっと突っ込んで知っていれば、今の会話や父様の反応の理由もわかったんだろうか。

いや、でも……この場で目立ってもいやだから子供らしくない言動は控えた方がいいか。

後でシズエ先生なり兄様たちなりに聞けば済む話だものね。

（なんにせよ、シエルは関係ない……ってことでいいのかな）

人捜しはあくまで魔国の女性、それも一般人だ̀っ̀たクララさん。

宰相補佐の妹で王太子の恋しい女性となればもはや一般人とはほど遠い状態だけども。

（……無事に見つかればいいんだけど）

さすがに十年前のこととなると難しいだろうか？

そもそも奴隷として売り飛ばされたことを考えると、故国に戻りたいかどうかっていうこともあるだろうし……そもそもの安否だってどうだか。

自分がその立場だったら？　やっぱり帰りたいだろうか？

それともシズエ先生の言葉の通り良い主人に出会えてるなら、それなりに満足のいく暮らしをさせてもらっているはずだ、今の暮らしのままでいいと思うかもしれない。

だけど……家族と仲が良かったなら、恋人のことを想ったなら。

（どんなに辛くても、故国に帰りたいと……そう願うものなんだろうか）

そう少しだけ考えてみたけど、私にはなんの答えも出せそうになかった。

少しだけセンチメンタルな気分になりつつこの会話の成り行きを見守っていると、クラリス様が私を見ているではないか。どうした？

「聞くところによると、ヴィルジニア＝アリアノット皇女殿下の婿をお探しだとか。もしよろしければ我らの息子を送り出すことも吝かではありません!!」

「ええ……」

「現在は王家から籍を抜いておりませんが、弟が即位すると共にわたくしは大公位を授かる予定にございます。身分でいえば十分でしょうし、また息子たちは魔力のコントロールにも優れ両国の架け橋を担うだけの素質は十分に備えております。これらを元に、捜索の許可だけでなくどうか帝国からも助力を願えませんでしょうか」

唐突なる会ったこともない男の子をオススメされて私は一瞬にして遠い目をしてしまった。

そりゃね、いつかは私だって成長するし？　政略結婚だとしても素敵な出会いがあれば良いなあ～くらいには思っているわけだけど。

（でも押し売りはちょっと……）

今回の件でいえば魔国の問題に協力してくれたら王家に連なる魔力豊富で将来有望な子供を帝国に差し出しますって言っているようなものなので、まあぶっちゃけ同盟のためだって言えばありがちな政略結婚と言えるのだろう。

だけどこちら側は急いで決めなきゃいけないってほどでもなく、どうするのが一番かなーって思案している中でいきなり『喜んで！』とはならないだろう。

（それにそういう経緯だと、どうしたって向こうが私に気を遣ってばかりになるだろうし……）

私は対等にとまではいかなくても、ある程度腹を割って話せる程度には関係性を築きたいのに、スタートがこれでは私の野望の障害でしかない。

けれど、当たり前だけどそんな私の思惑なんて知る由もないクラリス様は、こちらが何も問わずとも息子語りを始める。どうやら相当自慢の息子たちらしい。

クラリス様には息子が二人、どちらもウェールルス様に似ているそうだ。っていうことは腹黒タイプなのか？　それとものっぽさんなところ？

「とにかく親の贔屓目を抜きにしても賢くて気性は穏やか、見目も良い、どこに出しても恥ずかしくない自慢の息子たちですわ！」

いや絶対親の贔屓目入りまくりでしょ？

うちの父様が私について『絶世の美女になる』とか重臣たちにいつも語ってるアレと同じでしょ、絶対。わかってんだよこんちくしょう。

愛情からだってわかってるんで生温(なまぬる)い気持ちで聞き流しているけど、後に私と会った人たちが『えっ……』って顔をするので止(や)めていただきたい。

割とこれ本気な悩みなんだよね。子供側も大変なのよ。

可愛いって大事にしてもらえるのは嬉しいんだよね、本当に嬉しい。前世ではそういうのと縁遠かったから余計に嬉しいし情操教育上とても大切なことだと私は実感しているけれど、それを第三者に押し付けるっていうか自慢しまくられるのはちょっとね、恥ずかしいのよ！

自分で言うのもなんだけど、確かに可愛い系の顔をしている幼女だし？

そう考えれば結構な美形の部類に入る方だと思うけど、対比の兄たちがもっと美形なんでね!!

「申し出はありがたいがその件についてはまだ遠慮しておこう。娘の他に息子たちもまだ婚約者が定まっておらんし、そちらの国で生まれ育った子らにはこの国の空気に馴染(なじ)むには時間も必要であろう？　いくら王家の定めとはいえ、緊迫した関係でもあるまいし、そう急(せ)くことはない」

（……？）

父様の言葉の前半はわかるが、後半は意味がわからなくて私は小首を傾げる。

やはり知識不足だ。五歳児にしては勉強をしている方なんだろうけれど、それでも兄様たちを見れば何でもないようにしていることを考えると、私だけが理解できていないのは明白。

（なんだかちょっと悔しいな……仕方ないいんだけど）

父様の対応に、クラリス様はグッと言葉に詰まった様子で黙ってしまった。

そしてそんな彼女の代わりに、ウェールス様が言葉を繋ぐ。

「確かに魔素の濃い土地で生まれ育った子供たちにとって、この地の魔素の薄さは慣れぬことも多いかと思います。我が子らへのお気遣いに感謝いたします」

「うむ」

「婚約者云々（うんぬん）につきましては、早計であったと猛省するばかりですが……それほどに今回の捜索に望みを託しております。魔国の未来のためにも、どうかお力を貸していただけませんでしょうか」

その言葉に、父様は鷹揚に頷くだけで何かを言うわけじゃなかった。

父様は皇帝として、魔国からの客人に捜索の許可は出した。でもそれだけだ。

土地勘もない彼らが、この広大な帝国で一人の人間を探すにはどれほどの時間が必要となるだろうか。それなりに交流はあるから、協力してくれる人がいるだろうけど……それでも、皇帝から協力を約束してもらえたらと思ってしまうのは仕方ないと思う。

ただそれで息子を差し出すから協力してくれってのはどうかなって。

（確かに私の婚約者として他国の王族の血を引く、年齢がちょうどいい人ってのは魅力的なようにも感じるけど……だからってやっぱりね）

そんなトラブルを理由に人身御供（ひとみごくう）で送られる人とは良い関係を築ける気がしないわけですよ、幼女としても。父様もそうお考えだといいんだけれど。

そこは為政者としてあれこれきっと考えて良いようにしてくれるんだろう、多分。

そもそも政略結婚が前提なんだから、あちらもそのくらいは覚悟の上ってわかっちゃいるけど……私の方の気持ちが追いついてないっていうか。

（というかそれってクラリス様が今思いついただけだったり？）

ウェールス様も推し進める風ではなかったし、クララさんの捜索ついでに帝国との繋がりができたらラッキーくらいの話だったのだろうか。

父様たちにはまた別の思惑もあるだろうし、いずれにせよ直ぐに承諾されるものでもないだろう。

どれだけ息子さんたちが優秀か知らないけど、私が焦るべき事柄でもないようだ。

そう思っていたらクラリス様がグッと握りこぶしを作ってぷるぷる震えているのが目に入った。

「……息子へ最高に可愛いお嫁さんが見つかったと思ったのに……!!」

「クラリス、クラリス、皇帝陛下の御前で本音がだだ漏れだよ」

「ははは、可愛い娘を誰がくれてやるものか」

あっ違った、やだもうこの人たち。

まあ本音がどの程度かはわからないけど……。

「いずれにせよ魔国とはこれからも良い付き合いをしたいと願っていることは事実。わが娘を嫁にやるなど言語道断だし、婿なんぞ当分いらんと思っているのでそこは気にしないでくれれば良い」

「くっ……」

「ははは。……まあよい、協力は惜しまぬ。娘はやれんが」

前半はいいけど後半がダメです、父様。勝ち誇ったように笑わないの。

そして本気で悔しがらないでくださいクラリス様。どうしていいか幼女わかりません。

「こほん。ではその件についてはまた後ほど検討していただくとして、今後のクララ捜索について詳しくご相談したく……」

「ああ、そうだな。違法な奴隷となれば我が国でも放っておくことはできん。宰相、準備を調えよ。ヴェルジエット、オルクス、お前たちは残れ」

さらっと婚約についてはスルーしましたね、父様。

父様は宰相たちにテキパキと指示を出すと私の頭を撫でた。

なんとなくヴェル兄様から羨ましそうな視線が向けられている気がするけど、気がつかないフリをしつつ父様の膝から降りて、アル兄様の傍による。

兄様たちの中で一番安心するからね！　内緒だけど。

「それでは第三皇子殿下以下、殿下方には本日お下がりいただき、また後ほど決定した内容をお届けにあがりますゆえ」

宰相がどこか遠い目をしながら告げるその声を受けて、私たちは広間を退室する。

兄様に手を引かれながら肩ごしに振り返ると、残った大人たちが酷く難しい顔をしていたのが見えて、ああ、やっぱり深刻な問題なんだろうなと私は一抹の不安を覚えるのだった。

パタン。

閉じてしまった扉の前に、兵士がつくのを見る。

もう中で何が話されているのか、私たちには何がどう決まるのか連絡がくるまで知る方法はない。

いつまでもそうしていたってしょうがないので私も小さく息を吐く。

外に出れば各皇子付きの侍女や侍従、護衛騎士たちがそれぞれの主人に寄り添う姿が見られた。

勿論私にはデリアが来てくれたし、デリアの傍にはテトがいる。

「アリアノット様」

「デリア！」

ちゃんと私を待っていてくれたのだ！

いや、お仕事だから当然といえば当然なんだけどね？　やっぱり嬉しいじゃない？

みんなお迎えがあるのに、自分だけないあの惨めさ……前世で何度味わったことか。

思わず笑顔でデリアに飛びついちゃったけど、幼女なので仕方ない。

だがそこで、周囲がそれぞれ自分の部屋へ戻っていこうとするのを見てハッとする。

「ま、待って！　アル兄様！」

私は慌ててデリアのもとを離れ、アル兄様のところへ一目散に駆けより裾を引っ張る。

兄様はすぐに足を止めてくれた。

それどころか私と目線を合わせるためにしゃがんでくれて……あー、優しい。最高。

「うん？　どうしたの、ヴィルジニア」

「あのね、あのね、ちょっと教えてほしいことがあって……この後お時間いいですか！」

「勿論構わないよ。それじゃあ一緒に行こうか」

「ンだよ、なァにアルを巻き込んで悪巧みしてんだ？　ヴィルジニア」

仲が悪く見せていたパル兄様とアル兄様だけど、ヴェル兄様の努力の成果で母親同士の確執？っていうの？　そういうのを気にしなくていいようになったから、もう普通に会話している。

周囲はその変化に驚いたみたいだけど、どこか納得もしているようで特に混乱は招かなかったそうだ。パル兄様はちょっと残念そうだったけどね！

もっとこう、驚いてくれてもいいのにって感じだった。いたずらっ子だなあ！

「悪巧みなんてしてないもん！　んっと……パル兄様も相談に乗ってくれたら嬉しいな」

「ふーん？　俺たちに相談ねえ？」

「ということは魔法に関してってことなんだろうね。パル、僕の部屋でいいかな？」

「ああ。お前の部屋の方が防音に優れてるしな」

なんだろう、とっても仲良しだな？

この光景を見て胸が満たされる思いをなんて表現したら良いのか、私にはわからない。

（わからないけど、とてもいい……！）

巷で言うところの『尊い』ってこういうことなのかな。

二人が周りを気にすることなく、こうして兄弟らしくしているのを見ると私も嬉しいよ！

そうして私は右手をアル兄様、左手をパル兄様に繋いでもらってご満悦である。やだ……前世で両親に挟まれてこうして歩きたいなあって子供の頃思ったけど、今世では兄様たちで叶っちゃった……幸せ。

「えへへ」

「ご機嫌だねヴィルジニア」

「うちの妹はいつだってご機嫌だろ」

「だって兄様たちがいてくれるから嬉しいんだもの！」

本当に、素敵な兄様たちがいてくれて私は幸せ者だよね。

素直にそう私が言えば二人は少しだけ困ったように笑った。でも、嫌そうではなかったからいいんだ。繋いだ手を二人が離さなかったから、きっとそう。

（大人になるまでは、甘えよう）

前世の私が満たされなかったものを、今世の私は満たしていこう。

全部が全部、できるわけじゃないかもしれないけど。

それでも、最高よりも最良を、私のできることを選んでやっていこう。

「さあ着いたよ。……今お茶を淹れようね」

「……いい、俺が侍女に指示してくる」

「パル……うん、悪いね。頼むよ」

アル兄様の部屋に移動して、私たちはテーブルを囲む。

相変わらず兄様の部屋は使用人も少ないし距離感がアレなようで、パル兄様が廊下に待機している侍女に何かを告げてお茶を持ってこさせた。

私たちと一緒だからか、アル兄様も素顔を晒してくれて私はとても嬉しい。

相変わらず私には先祖返りの何がいけないのかわかんないんだよなあ。

（アル兄様の柴犬顔ってこんなにもキュートなのに……）

まあ人が少ない分、こうして秘密の話をするにはうってつけっていうか……別に秘密にしなきゃいけない話かどうかもわかんないけどね！

「それで、どうしたんだい？」

パル兄様が指示した侍女から引き継いだのか、デリアが少しだけ震えつつも私たちに給仕してくれる。やっぱり先祖返りのアル兄様を直視できないようだ。

そんな中、アル兄様はこっそりクッキーのお皿を私が取りやすい位置に置き直してくれた！

アル兄様大好き!!

「おい、晩飯前にあんまり菓子を食わせるなよ」

「なんのことかな」

「チッ、仕方ねえなあ。あんまり食うなよ、ヴィルジニア」

「はあい！」

なんだかんだ言ってパル兄様も舌打ちばっかしているけど優しいから大好きだ。

早速クッキーを一つ。デリアの目は気にしないことにした。

美味しいクッキーで心を落ち着かせつつ、私は少しだけ声を潜めて疑問を口にした。

「えっと……あの、あのね？　魔力が見えるのって、いいこと？　悪いこと……？」

そう、まずこれだ。

見えることが『いいこと』なのか『悪いこと』なのか。

少なくとも私が信頼できる人にだけ打ち明け、そして万が一悪いことであってそれを知ってしまっても自分の身を守ってくれる人。それはこの二人で間違いない。

父様やヴェル兄様に相談ってのも考えたけど、あの二人は万が一の時は私をこの城の一室に守るって名目で軟禁しそうで怖いからな！　この二人なら理性的に行動してくれるに違いないもの!!

多分きっとおそらくメイビー！

「え？　魔力が、見える……？」

「言葉の通り魔力が目視できるってことか？　魔法として形になって出てきたモンじゃなくて？」

私の発言に二人が首を傾げる。理解できないって感じだ。

その様子に私はこの『魔力が見える』ということが普通ではないと確信した。

（どう、説明したら良いのかな……）

私は少し考えてから口を開く。

イメージはつい先ほどのクラリス様だ。あれは綺麗だった。

「さっきクラリス様が怒ってた時にパチパチしてたのとか……ヴェル兄様が不機嫌な時には真っ黒なのがドロドロ出てくるのとか……えっとね、なんて言えばいいのかな。いろんな形があってね？　パル兄様が魔法を使う時は、蜘蛛の糸みたいに細くって、キラキラしてるのがね、パアって……アル兄様のはね、ふわふわっとしたのがね！」

こう、モヤのような……いや違うな、それよりはもうちょっと濃くて。そしてそれが魔法として変化していく様はとても面白くて、綺麗なのだ。

ううん、表現が思いつかないな！　自分の語彙力のなさが恨めしい!!

ジェスチャーも加えて説明するものの上手く行かず、兄様たちも困惑顔だ。

「魔力の可視化なあ……いや、あまりこの国じゃあ聞いたことねえな。見えても特に害があるってわけじゃねえだろうし。ああでも相手が発動させる瞬間とか、属性がわかりやすくはなるから使い方によっちゃ先手を取りやすくなるか？」

「そうだね……でもヴィルジニアに戦闘系は関係ないだろう？　ああ、魔道具を使う際には魔力の通り道がわかると故障とかに気づきやすいんじゃないかな」

「でもあれは職人が魔力を流す感覚で作ってる代物だから、他人が見ても直せるとかそういう問題じゃねえだろ」

「ええと……うん、そうだね……」

魔法使いとして名を馳せる兄様たちの反応からするに、この〝魔力が見える〟という能力は大変珍しいけれど、同時に微妙なもののようだ。

うん、まあ見えるだけだしね！　ただまあ珍しいことには違いない。

「見えても困るものじゃない？　誰にも迷惑かけない？」

「ヴィルジニアが現時点で困っていないなら、大丈夫かな」

「一応俺らでも調べてやるから、異変とかあったらすぐに言えよ。あと、あんまりこのことについて話さないようにな」

「はあい」

パル兄様にポンポンと頭を撫でられるその感触は心地いい。

しかし、そうかあ。

魔法にそこまで頼っているわけじゃない国だし、魔力が見えたところで特に……って感じか。

(何か役に立ったらいいなって期待してたんだけど)

シズエ先生から聞いた話だと、魔力を多く持っているからイコールで優れた魔法使いになれるわけじゃないそうだ。魔力以外に魔法を使うためのセンスってものが必要らしい。

要するに生まれ持った才能ってやつだね。

ただ、才能があっても今度は逆にそのセンスに追いつくだけの魔力が足りないケースもあるそうなので、一概に何が良いことかというのは難しいらしいけど……世の中ままならないもんである。

(それにあの魔道具があれば、私の弱っちい治癒でも回数はこなせるわけだし)

ゲームでもレベルが低い初期ヒールだろうと、物量で補えばいいわけでしょ?

つまり、回数打てればいいんですよ!

これまで十回程度しか使えなかった治癒魔法が百回になったら強いじゃない!!

まあ、まだあの魔道具を実際に使ってないからどんなもんかはわかんないけどね。

それに百回打てたところで敵に襲われている最中の回復としては微妙すぎる。

治療院とか、慰問とか……上手く行けばそういうところで役に立つんじゃないかっていう期待は少しだけあるのだ。今後のためにね。

使える日が楽しみだなあ!

☆

私に贈られた魔道具は、帝国で扱われるのは初めての品。

ということで、設計図と合わせてチェックに数日かかるらしい。

検査をするのはアル兄様と城内にいる技師、そして魔国から来ている技師だそうだ。

早くて三日、遅くても一週間以内には終わらせると約束してもらった。

まあ皇女に使わせるんだし、入念な検査が必要なのは私も理解できている。

加えて、その新技術が帝国の魔道具に組み込めないか検討もされるのだろう。

（みんなにも役立つようなら素敵だよね）

アル兄様は私の魔力が大幅に増幅されるのであれば、同時使用が可能な防御の魔道具もあるといいんじゃないかと言っていた。

検査した後にいくつか作るよってアル兄様ったら軽ぅく仰るけど、それすごいことだからね？

しかも『できるだけ可愛い装着品の形に仕上げるからね』とか……んもう、マジ紳士。

それから今度、パル兄様もその魔道具の実験に付き合ってくれるってさ！

本当にうちの兄様たちは私に優しくて、どこまでも幸せだ。

（カルカラ兄様とシアニル兄様も、今度一緒に外出しようって言ってくれたし……）

外と言っても城下の町まで行かない程度のところだけどね。

それでも城下町と皇城の間には小さな森があるので、ピクニックとして最高らしい。

今のところ自分の部屋とその周辺、兄様たちのお部屋くらいしか行き来していない幼女としては冒険気分を味わえそうな気がする。

「ただいまあ、もどったよー」

部屋のドアを開けて私は意気揚々とそう告げる。

いやあ、それにしても疲れたなあ！

父様のお膝の上で延々とお話を聞いただけっちゃ聞いただけだし、その後は兄様たちとお茶会ついでにいろいろ教えてもらっただけなんだけど……ほら、気持ち的に疲れたの!!

お茶会はともかく、父様の膝の上で行儀良くジッとしてたのが結構しんどかったんだよね。

皇女らしくお上品かつ寝ちゃいけないあの状況、頑張ったと思わない？

そんなことを思いながらベッドの上に鎮座しているシエルの隣に腰を下ろす。

「……」

「……シエル？」

「……くるるっぽ」

「鳴き声がか細い鳩かな……？」

思わず突っ込んでしまったが、シエルの様子がおかしい。

私がお客様のところに行く時も、随分いやそうな素振りを見せていたけど……。

今は私の姿を見てホッとしているのと同時に目を閉じている。

あれは……拒絶の態度ではなかろうか。

「……もしかして、今は何も聞きたくない、のかな？」

「……」

「そっかあ。……うん、いいよ。じゃあ、なでなでしたげるね！」

それでも私の届かない位置じゃなくてベッドの上ってあたり完全な拒絶ではないと思う。

不安や心配、恐怖、そういったものがシエルを苛(さいな)んでいるなら、私がそれを取り除いてあげたかった。だからその気持ちが伝わるよう、できる限り優しく撫でた。ふわふわ。

魔国とシエルがどんな関係かわからないけど、こんなにも弱っている姿はあの庭でシエルを発見して以来じゃないだろうか。相当、ストレスを感じているんだと思う。

弱々しい姿を見ていると、とてもじゃないが心配でならない。ハゲたらどうしよう。

（クラリス様は悪い人じゃない、とは思うけど）

でも悪い人じゃないからいい人なんてことにはならない。世の中はそう単純ではないのだ。

シエルが怖いと思っているなら、それが全てだ。

それに私の目から見てもクラリス様はわかりやすい人だけど、ウェールス様はどうだろう。

まあ宰相補佐だし、つまり政治家ってやつで……ヴェル兄様やオルクス兄様が難しいことを話している時と同じように、複雑な考えを持っているに違いない。

だとしたら私はとりあえず彼らとの直接接触は避けるべきなのだろう。

（正直、腹芸なんて前世も含めて私には無理）

言葉の裏を感じ取ってのお喋りとか難易度高すぎると思うんだよね……!!

でも皇女という立場である以上、クラリス様から会食やお茶のお誘いはあるかもしれない。

その場合は断れない可能性の方が高いし……それなら兄様たちに同席してもらった方がいいだろうか。女性同士でって言われたら難しいな。

少なくとも変な約束をとりつけられないようにしないと。

(まあ五歳児だけ呼び出すこともないだろうけど……いや、五歳児でも皇女は皇女だもんね)

息子を婿入りさせたいとかそんなこと言ってたんだから、油断は禁物だ。

ふわふわとしたその羽をそっと撫でて、私は負担にならない程度にシエルを抱きしめた。

その感触に驚いたのか、少しだけシエルが目を開けてこちらを見る。

「ほーう……?」

「大丈夫だよシエル。私は、シエルの味方だからね……!」

そうだ。どんな状況でも。

いつだって、シエルは私に寄り添ってくれていた。兄様たちに受け入れてもらう前からずっと。

愚痴を言う時も、落ち込んだ時も、楽しかった時も。

そこに『味方がいてくれる』だけで心強いものなんだって、私は誰より知っている。

でも私はまだ幼いから。できることは、あまりにも少ないから。

だからせめて言葉で伝えよう。

「大丈夫だよ。私に何ができるかはまだわかんない。でも、私はシエルの味方でいるからね」

魔国からのお客様の存在は、魔力が大きいからなのか魔法使いたちにはなんとも言えない気配として感じられるらしい。私は見えるから遠くても『目立つ色してるなあ』って感じだけど。

(気配？　そんなものわからないですね……)

いやあ、自分の凡庸っぷりに乾いた笑いが出ますわあ。

でもみんながそうやって言っているところを見ると、もしやシエルが怯えているのはそのせいじゃないかなって思ったのだ。シエルも魔力が強いから。

だって鳥人族って獣人族だけど魔国の人寄りじゃないかって言われるくらい魔力が強いらしいからね！　実際シエルの魔力は相当なものだってパル兄様が言っていた。

それがどのくらいかって聞いたら『お前が百人いても勝てないなあ』って笑われたけど。

くそう、どうせ貧弱魔力ですよ！　ぷんすこ。

まあそれはともかく、シエルが日々怯えているのって、もしかしなくても彼らの気配を感じているせいじゃないのかってこと！

アル兄様が心配してちょくちょく様子を見に来てくれているけど……心配になるくらい、シエルは怯えているのだ。

私は腐っても皇女……って言ったらあれだけど、とにかくそんな私の部屋には特殊な結界が張られていて探知魔法とやらが通らない術式が組み込まれているらしいんだけどね？

うん、そこの仕組みについてはさっぱり理解できないので割愛！

ともかく守りが堅い部屋なことは確かだ。その上、護衛騎士も常時いる。

それらを説明しても、シエルはカタカタと震えている。

私がいる時はくっついてる感じで、普段なら可愛い（かわい）で済むこの行動はとても心配でならない。

最近は食事の量も減っている気がするし……だけど、クラリス様たちによる〝クララさん〟捜索も難航しているらしく、まだもうしばらくは皇城内に留（とど）まることになるのだろう。

残念ながら私には、それについてどうしようもできない。

せいぜい、シエルの気を紛らわせるために明るく振る舞うだけだ。

「シエル、あのね。今日はね、新しい魔道具をアル兄様にもらったんだよ」

「……ほー」

「あのね、空気中にある魔素を取り込んで、装着者が使う魔法の威力をあげたり負担を減らしてくれたりするんだって！　すごいでしょ」

「ほー……」

「アル兄様がね、私用に負担を減らす方向で調整してくれたの」

キラキラとした、ネックレス型の魔道具。

宝石みたいな部分に複雑な魔方式が刻まれているらしく、本当はブレスレットみたいに身につけるそうなんだけど……私には大きかったんだよね。サイズは変えられなかったみたい。

五歳児だと大人しくつけていられないってことが前提なのかもしれない。

「それでね、こっちの髪飾りに新しく飾りが増えたの！　これね、防御の魔道具なんだって」

「ほー？」

「私ね、弱っちい治癒魔法しか使えないし、魔力少ないけど。でもこの魔道具のおかげで魔力もちょっとだけ増えたからシエルのことも癒やしてあげられるよ。守ってあげられる」

「……ほっほぉぅ……」

シエルが、そっと私に擦り寄ってくれた。

少しでも頼ってくれたら、嬉（うれ）しい。

私がいることで、シエルのストレスが少しでも減ってくれたらいいのに。

この増幅の魔道具にどれほどの耐久性があるかについては、魔国からの報告書を信じるしかないとのことだけど……。

さすがに他国の皇族に渡すものだけあって危険性は少ないようだし、当面は私が使いながら経過をこまめにチェックした上で、帝国での有用性についても考えるみたいだね。

といってもやはり帝国では魔道具に頼り切りってわけじゃなくて、あったら便利だよね程度の扱いでしかない。

この増幅の魔道具については扱いが今後も難しくなるんじゃないかってパル兄様は言っていた。

ほら、悪用とか類似品に止（とど）まらずパチモンとか出そうじゃない？

詐欺被害が横行しちゃったらそれはやっぱり面倒くさいものね！

ふわふわのシエルの羽毛が気持ちよくて、少しだけウトウトしていたらパッと頭上に影が差した。なんだろうと思って目を開けると、何故だかベッド側にある窓からシアニル兄様が顔を覗かせているではないか。

えっ!? そこ窓ですけど!?

「ヴィルジニア、どうしたの。そんな目を丸くさせてたら落っこちちゃうよ」

「目は落ちません！って、シアニル兄様！ な、なんで窓!?」

「くくるっぽー!?」

「とりあえず入るよ」

これにはシエルもびっくりだ。だって私の部屋、五階にあるんだもの。

ひょっこり顔を覗かせているけどどういうことなのかと私もシエルも大慌てだったが、ドアの方に立っていた護衛騎士たちも大慌てである。

シアニル兄様だけがいつも通りの表情で当たり前のように窓から入ってくるもんだから、この自由人さんめ！ 今日も美しい!!

「に、兄様どうしたの。どうやって窓から来たの?」

「土の魔法で階段作って登ってきた。本当はテラスのところに辿り着くつもりだったんだけど……ちょっと目測がずれちゃったみたい」

「ええ!?」

窓の外を見れば確かに私の部屋まで壁に階段ができているではないか。

それも下から順番に消えていく。ポコポコ消えていくのがなんとも不思議な光景だけど、そんなことをやってよく下にいる警備の騎士たちに止められなかったな……。

いや、騎士たち『が』止められなかったのか。

シアニル兄様も皇子だからね！

止めるなって命令されたら騎士たちも困っちゃうよね！

室内にいた今日の護衛担当であるグノーシスが達観した目をしていたよ!!

(ごめんね、うちの兄様が……)

あとでお詫びの品を届けた方がいいんだろうか。

私が気にするべきところじゃないんだろうけど……。

「第五皇子殿下、騎士たちが困りますので今後このような真似はお控えください」

「うん、わかった」

シアニル兄様は無表情のまま頷いたけど、本当にわかってるのかなあ!?

いい人なんだけど、基本的に弟妹以外には無表情なところがあって何を考えているのかわかりづらいところがあるんだよね……いい人なんだけども（強調）。

「今日はね、ヴィルジニアとシエルにお土産を持って来たんだ」

「えっ？」

手ぶらにしか見えない……と思ったら小さなポーチから大きな果物籠が出てきたではないか。

どうやらそれも魔道具の一種らしい。

はあ、なんて便利なのかしら。あれ私もほしいな？

「町に行った時に美味しい果物が手に入ったから食べさせてあげる」

「えっ、あ、ありがとう……？」

町に行った？　思わず聞き返しそうになったしグノーシスが苦い顔をしているのがチラリと見えたけど、シアニル兄様は我関せずでこれまたどこからか取り出した果物ナイフで器用にしょりしょりと皮を剝いた果物を私に差し出した。

「はいあーん」

「むぐうっ」

ノータイムでお口に突っ込むのはよくないと思います！

でも甘くて美味しい。なんだろ、見た目はスターフルーツみたいなのに桃とリンゴを足したみたいな味がする不思議な果物だ。

モグモグと私が咀嚼する横で逃げようとするシエルも、口に果物を突っ込まれていた。

兄様は平等に容赦ないね……。

「多分ね、近日中に例のオヒメサマがヴィルジニアをお茶に誘うよ。オルクス兄上が同席する」

「それ、むぐ」

「次どれがいい？　まだあるから遠慮しないで」

返事をする前に突っ込むのは良くないと思いますよ!?

でもシアニル兄様はそんな私たちを見てふっと目を細めて笑う。

その表情は優しくて頼もしい兄そのものなんだけど、やってることがこう、餌付け。うん。

そんでもって餌付けって……もうちょっとこう、優しいもんじゃなかったっけなあ……。

「……うん。たくさん食べたね」

「ふぁい」

「ほっ……ほー……」

シアニル兄様は満足げにお腹いっぱいで若干苦しい私とシエルの様子を眺めて、頷いた。

うん……美味しかったけどさ。本当にたくさん食べたよ……。けふ。

(こんなに食べちゃったら夕飯入らないかも)

果物だから大丈夫だろうか？

デリアの方を見ることができないね！　でもこれは不可抗力だからあ!!

「それじゃあお土産もあげたし、伝えたいことも伝えたし……行くね」

「えっ。あ、ありがとうございました！」

「うん。またね、ヴィルジニア」

ふわっと微笑みながら私の頭を撫でるシアニル兄様。麗しい。

私が思わず見惚れている間に、今度はちゃんとドアから出ていった。

うちの兄様ったら自由人すぎないかな？　大丈夫？

将来的には貴族位を賜って生活することになるんだけど、シアニル兄様は当主なんてやれんのかなあ……。兄様にこそ、しっかり者のお嫁さんが来てくれるといいんだけど！

お腹をさすりながら、ちらりとシエルを見る。

あちこちに果汁が飛んでべとつくのか、羽繕いが入念だ。ここのところの怯えや無気力といった様子が嘘みたいに、元気だった頃と同じような姿をしていることにホッとする。

もしかしたら、シアニル兄様なりに私たちを元気づけようとしてくれたのかもしれない。

ただ餌付けしたかった可能性が否定できないのが兄様なんだけども。

「デリア、濡れタオルがほしいな」

「かしこまりました」

私の声にデリアも頷いてささっと準備してくれた。

まあそれも魔法を使っているからできることなんだけど……デリアも私と同じで魔力は強くない方なんだけど、彼女は火と水の二つ使えるんだよね。便利。

この世界では魔力の量によって操れる術の大きさこそ差があっても、複数属性の魔法を操れる人は割といるらしい。ただ、相反する属性二つというのは珍しいって話だ。

デリアは低位貴族とはいえれっきとした貴族令嬢なので基礎教養はあるし、それに加えて仕事に役立つ能力があったから城勤めの侍女になれたんだってさ。

この城で働く侍女ってのは、低位貴族の令嬢からすると憧れの場所らしいよ！

お給料が良くて、安全で、出会いもあるんだって!!

まあ、デリアは今のところ花より団子みたいだけどね。

実家に仕送りするのが大変だってロッシに愚痴ってるの小耳に挟んだから私、知ってる。

（いいなあ……やっぱ能力に見合ったスキルは生きて行くには必要だよね……）

私の場合はゲーム的に言うなら【回復（小）】なわけ。どんなに頑張っても小は小。

聖属性っていうのかな、この治癒の能力持ちはなんと属性単体なのだ。

つまるところ、私はこの【回復（小）】のみで一生を戦っていかなければならない。

数打ちゃなんとか……とはいえ、実際のところは〝仕事〟になるかっていうと難しい。

ちなみに例のネックレスをつけたらどうなるのかってのはこれから検証していくしかない。使いこなせるかどうかもよくわかんないしね。

そもそも皇女っていう役職？　でこの能力はどう活かせばいいんだよって話……。

まあそれはともかく。

「はいシエル、拭いたげる。ここ？」

「ほーう」

「シアニル兄様がごめんねえ」

「ほーぅ……」

あちこち拭ってあげるとシエルは気持ちよさそうに目を細めた。

どうやら満足してくれたようだ。

「ねえシエル。シエルは聞きたくないんだろうけど、魔国のお客様について、シエルにも知っておいてほしいなって私は思ってるの」

「……」

「特徴とか、目的とか……それを聞いた上で今みたいに私の部屋に閉じこもるのもいいし、逆にシエルが安心もできるかもしれないでしょ？」

「……ほほー」

「私はシエルが何を怖がってるのかとか、なんでとか、わかんないけど……」

何も知らないで怯えるのは、全てが恐怖の対象になってしまうのではないかと思うのだ。

知らないものが全部敵に見えるのであれば、知っていれば変わるかもしれない。

クラリス様とウェールス様が何者なのかはわかっていても、いい人かどうかはわからない。

ただあの人たちは家族を探しに来ている、それは事実だ。

そして探している人のことを心配しているのも、多分本当だと思う。

（生死の確認が取れるだけでもいいってあの人たちは言ってたけど……本心は、元気でいてほしいと願っているはず）

家族のことをあそこまで心配できる人たちだという部分を、私は信じたい。

あれも演技だって言われたら、私は人を信じられなくなりそうだけど。

（パル兄様やオルクス兄様には『だからヴィルジニアはおこちゃまなんだ』って言われちゃいそう……その後慰めてくれるだろうけれど）

まあいいんですよ、私は凡庸な人間なのでね！

ただ誘拐されて奴隷として売られたのが大体十年くらい前ってことなので、正直なところ望みは薄いんじゃないかってみんな思っている気はする。魔国の人たちも含めて。

それでも期待は捨てきれないんだろう。

帝国の奴隷なら、ある程度の保障はされているから生きてはいるんじゃないかとか……もう解放されてよその国に行ったんじゃないかとか。

とにかく、なんの結果も得られてない今は逆にいろいろな可能性が考えられるってことでもある。

そうなると全てを確認するとなると膨大な時間が必要になるわけで。

だからこそ、帝国の力を借りたいって言ってきたんだろうけどね！

でも長くなればなるほど、シエルにとっては彼らの気配を常に感じて怯えて暮らすことになるってことでもある。それはとても、私たちにとっては大問題なのだ。

「……ほーう……」

多分それは、シエルの方がずっと理解している。

だからシエルは少しだけ躊躇った素振りを見せたけど、覚悟を決めたのか頷いてくれた。

鳥の姿だから頷くっていうかお辞儀してもらったみたいな雰囲気だけど、多分頷いてくれたんだと思う。これでもシエルとずっと意思疎通してきてるからね！　我々仲良し！

「あのね、シエル。魔国オルフェウスから来たのは、クラリス王女様とその旦那様で宰相補佐って立場のウェールス様、それからそのお付きの人たちと魔道具の技師たちなの」

クラリス様は美人で魔力が強くて、多分火か雷の系統だと思う。

いつ見てもあの人の周りでは魔力がパチパチしてるから。

ウェールス様の方は……よくわかんない。多分魔力のコントロールがすごい上手だと思う。

私は頭の中で二人のことを思い浮かべながら、シエルに説明する。どこまで伝わっているかはわからない。私の説明力のなさが恨めしい。

「きっとね、この二人は見ただけですぐわかるから。っていうか多分このお城の中でものすごく気配？　を漂わせているのってクラリス様じゃないかな」

「ほー」

「……お茶のお誘いがあるってことは、近くに来るだろうから遠くから見てみる？　護衛騎士の誰かと一緒なら、見つかりにくい場所があると思うし」

「ほっほう！」

それはどっちの反応だろう？

左右に体を揺らすのはちょっとわかんないなー、悩んでると思っておこう。

「それでね、今回の訪問の目的なんだけど、人捜しなんだって」

私がそう言うとシエルがびくりと反応して、体を揺らすのを止めた。

その目はあちこちを見るように忙しなく動いているではないか。

「シエル？　大丈夫だよ、あの二人が探しているのは女の人で……」

私のその言葉に忙しなく目を動かすだけでなく、今度はバサッ、バサッと羽を広げたり閉じたりし始めたではないか。まるで大慌てしているようだ。

まるで、ではない。

多分、大慌てしているのだ。シエルは。

私はただ目を丸くするしかできない。

（どうして？）

ただ、シエルがとにかく私の言葉に何か動揺しているということだけは、確かだ。

クラリス様とウェールス様についてだろうかとも思ったけれど、その二人の名前や特徴を言ってもシエルに特別な様子はなかった。

（人を、女性を探しているって言ってからだ）

十年前に行方不明となってしまったウェールス様の妹で、クラリス様の弟……つまり、魔国オルフェウスの王太子殿下、その想い人だ。

何も知らされないままに権力争いに巻き込まれてしまった、ただの女性。

同じように誰かに探されている身だから、鳥になったその日のことを思い出して苦しくなってしまったのだろうか？

（いやそれはない。だって私はまだ事情を話していない）

ならどうして？

そう問いかけていいのだろうか。でもシエルは言葉で返せない。

言葉が交わせないことが、こんなにもどうしていいかわからないなんて！

これまではずっと一緒にいられれば、それで良かった。

そうじゃない今が、とても辛い。シエルにとってはそうじゃないってことだもの。

（当たり前のことだけど）

だって、シエルは本来はただの人間なのだ。私のペットなんかじゃなく、人間なのだ。

恐ろしい目に遭って鳥の姿になっただけで本当は元の姿に戻りたいだろうし、家族のもとにだって帰りたいに違いない。それが叶わないから、安全な私の近くにいるだけなのだ。

私はただシエルに寄り添うことしかできない。

それなのに、皇女としての勉強やその他やらなきゃいけないことをする時は離れなくちゃいけなくて、その時はデリアにお願いするしかなくて。

でもデリアに言わせるとシエルは私が部屋からいなくなると、止まり木のある高い位置の隅っこに、できるだけ体を小さくするようにしてずっといるというのだ。

私以外を拒絶するようなその様子を聞いて、酷く胸が痛んだ。

「……シエル、無理に何かしようとしなくていいからね」

今の私にできるのは、ただこうしてシエルのために傍にいることだけだ。

こんな状態のシエルを放っておくなんてできない。

皇女としてしなきゃいけないことはするけど、今はそれ以外を止めよう。そう決めた。

「……デリア、父様と兄様にしばらく外出は控えるって伝えてもらっていい？」

「は、はい！　かしこまりました、アリアノット様」

「グノーシス、しばらく誰も入れないで」

「……承知いたしました。扉の外におりますゆえ、いつなりとお声がけください」

私の言葉を受けて、グノーシスが室内の施錠を確認して出ていく。

さっき、シアニル兄様が窓から入っちゃったしね!!

まだどこかオロオロしているシエルは、がらんとした部屋に私と二人きりになったのだと理解して徐々に落ち着きを取り戻し始め、疲れた様子で私に寄りかかってくれる。

それがシエルなりの信頼だと思うと、心は苦しいのに……少し、嬉しかった。


デリアに連絡を頼んでから数日、私は勉強の時以外、外出をしていない。

父様はちょっと不満そうだったそうだけど……私の部屋に遊びに来てもらう分には喜んでと言ったら満足そうだったので問題ない。チョロイとか思ってはいない。

なんかペットにまで心を配る私を天使の生まれ変わりなんじゃないかとか言い出したらしく、祝日を作るべきかどうか悩んでいるって宰相から暗に止めろと訴えられたけど、ヴェル兄様に丸投げすることにしておいた。ごめん、今忙しいからさ……。

それを聞いたらしいヴェル兄様が部屋にやって来て、ものすごい苦い顔でなんかブツブツ言われたけどよろしくお願いしますってハグしたら許してくれたよ。

まあ若干恥ずかしかったけど、シエルと過ごす時間を捻出するためだからね!

「シエル……シエル？　シエル!?」

いつものように震えているシエルの背をそっと撫でていると、普段とは違うことに気づく。

魔力が見えるようになって気づいたんだけど、シエルの魔力はキラキラした小さな粒みたいでとても綺麗だ。普段から鳥になっていることで魔力を使っているからじゃないかってアル兄様は言っていたけれど、その魔力が白い羽毛と相まってとても素敵に見えるので私は好きだ。

でも、今はそれが全部内側で渦を巻いているように見える。

明らかに、不自然だ。ついさっきまでそんなことはなかった。これはまさか暴走!?

「姫様、どうしたの!?」

「シエルが変なの！　なんだろう、魔力が全部内側に向かって……」

「え？」

今日の護衛であるロッシとテトが怪訝(けげん)な表情を浮かべるけれど、彼らには魔力の流れが見えないということを思い出す。私は何と伝えていいのかわからず、泣きたくなってしまった。

こんな時は子供だからなのか、感情が前面に出てしまうのがまた悔しい。

理性と感情のせめぎ合いに、まだ体がついていかない。

大人とそう変わらない年齢だった『前世(わたし)』の感覚では届かない高さや、持てない荷物、走る速さ、そしてこうした言葉が追いつかなくて、それがとても悔しい。

（だめだ、泣くのは後でもできる！）

私に寄りかかるようにしながらぐったりとするシエル。

体格的に幼女な私はどうしたって支えきれなくて、それを見かねたロッシがシエルを横に寝かせようと手を伸ばすだけで小さく威嚇の鳴き声を出すではないか。

私の護衛騎士たちとはそれなりに打ち解けていたはずなのに、それでも私以外が触れることを許さない姿は、やはりどこか必死だ。

「シエル」

私はそっと手を添える。

いつもはふわふわで、少しひんやりする羽毛が熱い気がする。

(少しでも苦しいのが和らぎますように)

治癒の魔法について使い方は習っているし、何度か使ったことはある。

だけど、幼く魔力の少ない私は普段から使うこともないのが現状だ。

魔道具によって魔力の増幅があるから、いずれはもっと練習する予定だった。

でも今こそ、この能力が必要なんじゃないだろうか。今使わないでいつ使うというのだろう。

私の治癒魔法がこの状況下でどれだけ役に立つかなんて未知数だ。そもそも意味がないかもしれない。だってシエルは魔力が暴走しているだけで、怪我(けが)をしているわけじゃないんだもの。

ただ、苦しんでいるシエルを放っておけない。その一心だった。

弱々しい私の魔力の輝きが手の平からシエルに広がっていく。

魔力が押し戻される感覚があった。それがシエルの、大人たちへの拒絶みたいな反応で。

(シエル。私がいるよ)

私は、どうにかしてシエルを抱きしめてあげたかった。

私のネックレスが、光を帯びる。それは私が魔力を欲すると行使される、魔素と魔力が繋(つな)がる術式が宝石に書かれているんだそうだ。

詳しい理屈は知らない。知ろうとも思わない。

私にとって大切なのは、今、目の前でシエルが苦しんでいるということだけだ。

（シエル）

私が馬鹿なことやってる時も、勉強が上手くいかない時も、寂しい時も嬉しい時も、いつも寄り添ってくれた。たまに喧嘩して突っついてくることもあったけど、その後はくっついてモフらせてくれた。きっと謝ってくれてたんだと思う。

私が泣きたい時は自分の羽毛が濡れるのも気にしないで好きにさせてくれた。

他の大人は怖いけど、私がいる時は傍にいた。

私のことを信じてくれたのかどうかはわからない。

だけど。

だけど……私はシエルがいてくれたから、父様や兄様たちが帰ってしまった後のこの部屋でも、寂しくなんてなかった。

（シエルには他に頼れる人が誰もいなかっただけなのかもしれない。でも、それでもいい）

たとえそうだったとしても、私にだけ……こうしてくっついてくれるのだとしたら。

私のことを、他の大人に比べたらマシだと思ってくれているのなら。

私は、その信頼に応えたい。

（内側に……もっと、奥に）

少しでもシエルが『楽に』なれるようにと魔力の流れの隙間を縫って、私の治癒魔法が届くようにと繰り返し繰り返し。

私の弱い魔力ではシエルの強い魔力に弾(はじ)かれてしまうけれど、それでも僅かに見える隙間を狙って私は必死で願う。魔力が見えて良かった。心の底からそう思う。

私にもっと強い魔力さえあれば、シエルのことを確実に癒やせただろうと思うと悔しくてたまらないけれど。でも今、何もできないよりずっとマシだ。

たとえそれが、私の自己満足だとしても。

(シエル)

初めて会った時は、変な鳴き方をするフクロウだなって思った。

白くてふわふわで。おっきくて、人間っぽくて。

(シエル、大丈夫だよ)

私が家族と仲良くなりたいって言った時は、応援するように擦り寄ってくれたっけ。

父様が私に頬ずりして痛くなったほっぺたを心配するように羽で撫でてくれたこともあった。

思い出と一緒に、シエルへの想いを伝えるように少しずつ、少しずつ。

私の中の魔力はいくら周囲の魔素に助けられても減っていくばかりで、どれだけ届いているのかわかったもんじゃないけど。それでも、少しでも届きますように。

魔力が尽きてもいいと思った。遠くの方で、テトとロッシが何か言っているような気がしたけれど……止める気はこれっぽっちもなかった。

(届いた)

魔力の流れが、止まった。

何がどうなったのかなんてさっぱりわからない。

だけど私の願いに、何かが応えてくれて……シエルの苦しい気持ちが、止まったのを感じたのだ。

「しえる」

彼の名前を呼ぶ自分の声があまりにも掠れていて、笑ってしまいそうだ。

私の目の前には私よりもずっと体が大きくて、でもまだ小さな男の子がいた。

それでも私はその少年が、シエルなのだとわかっていた。

「アリアノット」

小さく私の名前を呼んだ彼は、綺麗な白銀の髪に、夜明けのような青い目をしていた。

ポロリと零れた涙が、とても綺麗だ。

もう大丈夫。シエルの魔力は、いつもと同じでキラキラしている。

「よかった」

そう素直に思えた私は、きっと笑みを浮かべていたに違いない。

それを見たシエルも笑みを浮かべてくれて、ふっと私にもたれかかるように抱きついてきた。

その温もりが温かくて、少し重くて、私はその勢いのままベッドに倒れる。

(いきてる)

温かいということは、生きているということ。

それが無性に嬉しくて、そして心地良くて。

「アリアノット様!」

「姫様!?」

遠くの方で、デリアと護衛騎士たちが私を呼ぶ声が聞こえていたのだけれど。

残念ながら意識が遠のいていた私は、それに応えることができなかったのだった。

☆

目が覚めると、部屋の中はすっかり暗くなっていた。

そのことに『ああ、夜なのか』とどこか冷静にそう思ってからハッとする。

「シエル……!」

ベッドにも天井の止まり木にもいない。シエルはどこだ。

なんかわかんないけど部屋の隅っこには箱が山積みにされていた。なんだあれ。

部屋を見回すけれど、フクロウの姿はない。

慌てた様子で私に駆け寄るデリアを見て、ようやく私はこの室内にいるのが私一人じゃないことに気がついた。よく見ればお医者さんもいる。

「デリア! ねえ、シエルはどこ? シエルは無事なの?」

「シエルならば別室で休んでおります。大丈夫です、アリアノット様。大丈夫ですから……今は姫様のお体の方が」

「大丈夫? ほんとに? だいじょうぶ?」

息が、荒くなっているのを自分でも理解できた。デリアが私のことを心配しているのもわかる。

だけど、そうやって冷静な私よりも感情的な私が前に出る。

どうにも抑えられなくて、ああ、これが幼さってやつなのかとまたどこか遠くで冷静な自分がそう思った。

「ニア！」

「と、さま……」

「ニア、ニア！　良かった……目が覚めたのだな。本当に良かった」

ぎゅうっと抱きしめられて、頬ずりされた。

ひげがいつものように痛くて、そのことにホッと安堵（あんど）する。

そうなると今度は涙が出てきて、よくわからないけれどとにかく泣きたくなってしまった。

ぐちゃぐちゃな感情のままに私は父様に縋（すが）って、泣いた。

「うえ……うぇえええええん！」

「ニア……よしよし、大丈夫だぞニア。父がいるからな。怖いことは、何もない。大丈夫だ」

「うえええええん」

ただこれがどうして泣いているのかも説明できない私を、ただただ父様は抱きしめてくれた。

その手が優しくて、泣いてもいいのだと思ったらまた泣けた。

そうしてしばらくただただ泣いて、お医者さんに苦くない薬湯をもらって、私はようやく今の状況を教えてもらった。

どうやら私が魔法を使ってシエルの苦しみを和らげたいと願った日から、なんと丸二日も眠っていたらしい。熱も上がって大変だったのだとか。

そして同様にシエルも。

同じ部屋にいないのは、シエルが人の姿に戻ったからだ。

皇女の側仕えと言い訳はできるだろうが、それでも同じ部屋で休ませるには無理がある。

ただでさえシエルの身元がはっきりしていない上に異性となれば、子供同士とはいえ皇女と共にいさせる理由付けができない。

お医者さんによると私の熱は魔力を使いすぎたせいだというので、その原因となったシエルが何か罪に問われないかそれが心配だったけど……父様は私が必死にシエルを守り続けていたことも、治癒魔法を使って救おうとしたことも知っていたので、不問とすると決めたそうだ。

人道に基づいた行動だとしても、皇女という立場が誰かを傷つけてしまうこともある。

あの時は感情に突き動かされて何も考えていなかったけど、私にもしこれで何かあったら、きっとシエルは咎められていたに違いない。

そのことにようやく気がついて、ぶるりと体が震えた。

（よかった……）

五歳だから感情のままに突っ走ってしまった、のだとは思う。

だけどきっと私はいくつになってもやらかすような気がした。

（……これから気をつけなくちゃ）

誰かに迷惑をかけるわけにはいかないし、今回のことで自分の限界も知れたのは不幸中の幸いだということにしておこう。

サイドテーブルには例の増幅機能魔石があしらわれたネックレスがあったけれど、壊れていた。

これについての推察は、相手の魔力が逆流した結果ではないかとのこと。

ちなみにアル兄様とパル兄様の見立てだそうなので、まず間違いないと思う。

「シエルは……これから、どうなるの？」

「そうだな、まずは小僧から話を聞かねばなるまい。目を覚まさねば何も始まらんが、医師によれば身体（からだ）に異常はないそうだ」

「そっかあ……よかった……」

「その上で小僧がどうしたいかにもよるが、余としてはお前の側付（そばつ）き見習いとして任じることも吝（やぶさ）かではない。当面の身分としては十分であろう」

「父様！」

なんと嬉しいことだろうか。その苦虫を噛（か）み潰したようなお顔じゃなきゃ最高ですよ父様！

でもさすが父様、最高の目覚めのプレゼントだ！　落ち込んでた気分も一気に爆上げだよ!!

「ありがとう、父様。大好き!!」

「ははは、任せよ」

私の大好きという言葉一つでこんなにもご機嫌になる父様を見て、私は本当に愛されているんだって実感できて、また涙が出そうだ。

前世での私にとって〝父親〟ってのは、機嫌が悪い時のサンドバッグにしてきたり、母親のヒステリーが面倒くさいから丸投げしてきたり、養ってやったんだからその恩を返せって労働を強要してバイト代の全部を持って行くような人のことだった。

今世の〝父親〟はまるで違う。

権力フル活用で娘のためにとんでもないプレゼントをしようとするところは問題ありだけど、それでも抱きしめてくれて、私自身を一人の子供として見てくれる。

私にとって夢にまで見た……憧れの父親という存在そのものだ。

権力は要らなかったけど。あれ？　ないよりはいいのか？

(今回のことを考えたら、権力はあった方がいいよね。私だけなら、シエルを守れないかもしれないもの。本当なら自力でなんとかできるのがベストなんだろうけど……)

私が皇女だったから、城の庭園に落ちたシエルと出会えた。

そして身元もわからない不思議なフクロウを飼うことも許されたし、鳥人族だとわかってからは兄様たちの協力も得ることができた。

父様だって、ずっと味方だ。

(私には味方がいっぱい)

この手はまだまだ小さくて、ふくふくで、頼りないけど。

でも私がシエルを守るなら、父様たちは私ごとシエルを守ってくれるに違いない。

「ふふ」

「どうした？」

「ううん。私の父様はかっこ良くて素敵だなって、嬉しくて。なんでだろ、涙がね」

「……ニア」

「涙が出ちゃうの」

ああ、ああ、この嬉しい気持ちをどう表現したらいいのだろう。

愛されるということは、こんなにも胸がいっぱいになってしまうだなんて！

私はこの溢れた気持ちが少しでも伝わりますようにと願って、父様の首に縋り付くようにして抱きつくのだった。

☆

目覚めた翌日、シエルも目を覚ましたと連絡があった。

でも、お医者さんの判断で私もシエルももうしばらくは療養が必要ということで、大人しくしている必要があった。

（できることならシエルに早く会いに行きたいんだけどなあ……）

私もシエルも、二人とも魔力を極限まで使ってしまった弊害で高熱を出したらしく、周りが心配するのは仕方のない話だ。どちらもまだ幼い子供ということもあるしね。

それに加えてシエルは目が覚めてからも周囲の人々を威嚇して、近づこうものなら暴れて手がつけられない状態なんだとか。

（それならそれで、フクロウの状態で懐いていた私相手なら平気なのでは？）

そうは思ってみたものの、皇女が万が一にも怪我を負うようなことになっては取り返しがつかないと言われればその通りなので私も我慢だ。

今は少し距離を置きながら騎士たちが様子を見ているらしい。

兄様たちも私と同様の理由で、シエルには会えていないみたいだ。

といっても兄様たちとシエルの距離は元々絶妙に離れていたから、それはそれでお互い冷静だったとしても会話が成り立つのかって話になるんだけど……。

「ねーえ、デリア。まだだめえ？」

「まだだめ、だと思います……医師からは連絡を受けていなくて」

「そっかあ……」

「それにアリアノット様のお加減についても、まだ療養すべきと医師が……」

「……そっかあ……」

デリアを困らせたいわけじゃないけど、ついつい何度も確認してしまうくらいシエルが心配なんだよね。それと私もいい加減ベッドにずっといるの飽きた！

とはいえ、無茶をした自覚はあるので大人しくしているんだけど……。

しょんぼりしていると、ノックの音が聞こえてドアの隙間からカルカラ兄様とシアニル兄様がひょっこりと顔を覗かせているのが見えた。

「兄様たち！　来てくれたの！」

「ああ、ヴィルジニア。お前も退屈しているみたいだったしな」

「シエルに会いたいんだろう？　父上から許可をもぎ取ってきたよ」

「ほんと!?」

「うん。しょんぼりヴィルジニアも可愛いけど、ニコニコしてた方が可愛いから。オヤツも最近食べてないんだって？」

「うう……だって……」

「このふくふくほっぺが減っちゃったら悲しいよ」

シアニル兄様本当にほっぺつつくの大好きね？　それはそれで乙女心が複雑なんですけど!?

でもとにかく嬉しくってたまらない。だってシエルに会えるんだもん。

私は思わずベッドから飛び出してカルカラ兄様に抱きついていた。

「兄様ありがとう！」

「あれ、ぼくには？」

「シアニル兄様も！」

「ふふ、うん」

抱きついている私をそのまま抱き上げたシアニル兄様はご機嫌だ。

カルカラ兄様はそんなシアニル兄様を見て苦笑しているけど。

「暴れて襲いかかってくるなら、俺が押さえ込む。魔力の暴走に対しては対策としてアル兄上が魔道具を装着させたって言ってたから、そこまでじゃないと思う」

「うん」

「ヴィルジニアは、シアニル兄上から離れてはいけないよ」

「はい！」

ちなみにこの話を父様に相談した時、オルクス兄様も執務室にいて口添えしてくれたらしい。

それに加えて今回の件は箝口令が敷かれたって話だけど、私が『誰を』必死で治癒したのか……その件についてウェールス様が興味を示していたそうだ。

まあ客人という立場を弁えて、踏み込んでくることはなかったみたいだけどね。

ここ数日は奴隷業者と直接話をするってことで城の外に出したから安心して過ごせって、ヴェルス兄様から託けをもらっている。

でもウェールス様が興味を持ったからか、念のための安全のためなのか。シエルは、私の部屋からそう遠くない部屋で衛兵にしっかり守られているという。

それはなんだか軟禁しているみたいでちょっぴり不満を感じたけれど、対外的には魔力の暴走や恐慌状態になったシエルがいるのだから当然といえば当然なんだろうか。

おそらく魔国の人たちが探りを入れにくくするためっていう理由もあるから、私がどうこう言える状況でないことは確かだ。

（それでも……相手は十歳の男の子なのに）

そんな風に考える私はきっと、危機感ってものが他の人に比べて育っていないんだろう。

皇女として守られていることと、前世の記憶がそうさせているんだと思う。

（違う世界、違う家族。きちんと受け入れているはずなのに、引きずられちゃうのはどうして？）

少しばかりため息が出てしまいそうだけど、これはおいおい直していくしかない。

ただでさえ幼女らしからぬ言動だと自覚はしているので、精神と肉体のバランスがとれる年齢になる時までには修正が必要になるはずだ。というか、しなくては。

ドアの前に行くと、騎士たちが礼を取った。それだけで私たちを止めようとはしなかったので、すでに連絡は行っていたのだろう。

「開けるよ」

「うん」

ノックに返事はない。私はシアニル兄様に抱かれたまま、カルカラ兄様の言葉に頷いた。

室内に人がいるとまたパニックを起こすかもしれないということで、窓はこれでもかってくらい厳重に封印されている状態だ。

がらんとしていた。必要以上に物を置いていない殺風景な部屋。

おそらくはこれ以上ものを壊さないように、そしてそれらで自分を傷つけないようにと配慮した結果なのだろうと思う。

室内にあるのは大きなベッド、ただ一つ。そこに、シエルはいた。

ぽつんと、力なくベッドに座っている。

大きな絆創膏を頬に貼っているのは、目覚めて暴れたせいなのだろうか。

項垂(うなだ)れているその様子があまりにも頼りなくて、今にも消えてしまいそうだ。

「しえる」

思わず名前を呼んでいた。

自分でも驚くほど小さいその声は、それでも彼に届いていたらしい。

ハッとした様子で顔を上げた少年は、どこまでも綺麗な顔立ちをしていた。

（うっ、またもや美形……！）

しかも兄様たちに負けず劣らず相当な美形。

でも私にはわかる。彼は間違いなく、シエルだ。

「あ、りあ、のっと」

私の名前が呼ばれた。

シアニル兄様の顔を見る。兄様は少し考えてから、私を下ろしてくれた。

「兄上」

「大丈夫だよカルカラ。あの子はヴィルジニアを傷つけない」

どこからその自信が来るのかわからない。

でもシアニル兄様は、私の背を押してくれた。優しく、行っておいでと。

「シエル！」

「アリアノット、アリアノット、ごめん、俺、ごめん。怪我は？　苦しくない？　俺、俺……」

「シエルの方こそ熱は？　もう平気？　ほっぺたは？」

「俺は平気……怪我なんて慣れてる。でも、ごめん、俺、俺……」

シエルはたくさん泣いていた。

青い目から、たくさん綺麗な雫がこぼれ落ちる。

その姿に私も彼がもう大丈夫なのだと安心したら、思わず一緒になって泣いてしまった。

外にいた騎士たちがどうしたことだと慌てて室内に踏み込もうとするのをカルカラ兄様が止めてくれて、シアニル兄様は私たちを毛布で包んで一緒くたにして抱きしめてくれた。

わんわん泣いた。

なんでか知らないけど、たくさん涙が出た。

嬉しいとか、悔しいとか、ホッとしたとか、そういう気持ちがぐちゃぐちゃになっていた。

どこにこんな水分あったんだろうってくらい、泣いて、泣いて、泣いて。

ようやく涙が止まった頃には、私たちの目は真っ赤になっていて、それがおかしくて顔を見合わせて笑ってしまったのだった。


ひとしきり泣いて、シエルは水を飲み干してゆっくりと語り始める。

シエルが落ち着いたのを確認して、シアニル兄様とカルカラ兄様は適任者は別だと言わんばかりにオルクス兄様を引っ張ってきて、バトンタッチして帰って行った。

確かに適任者なのは間違いないんだけど、ノリが軽い！

「それでどうだ。説明できそうか」

「はい。……まず、俺の本当の名前はユベールです」

「ゆべーる」

シエルの本当の名前。

ずっと違うよって言いたかったのかなって思ったら、チクリと胸が痛んだ。

「……素敵な名前ね、ユベール」

私は上手に笑えたかな？

ユベールがその言葉にはにかむように微笑んでくれたから、きっと上手く行ったと思う。

「そ、そうかな？……えっと、それで俺は南方にある酪農地帯で暮らしていました。母は奴隷ですが、主人は母と俺を家族のように扱ってくれました」

「そうか、ユベール。すまないが、少しだけ待ってくれ」

「えっ？」

ユベールの説明に一旦ストップをかけたオルクス兄様は立ち上がったかと思うと、ドアを乱暴に開ける。なんとそこには聞き耳を立てた体勢のヴェル兄様がいるではないか！

（何やってんの、皇太子イィ！）

思わず乾いた笑いが出ちゃったじゃないか。堂々と入ってくればいいのに……。

まあ多分ユベールが萎縮しないように気を遣ったけど、気になってしょうがなかったんだろう。

オルクス兄様も同じことを思ったんだろう、無言で無理矢理引きずり込んできた。

「どうせ後で報告するのです。兄上も皇太子として堂々とこの場にいればよろしい」

「う、うむ……」

　まあそんな感じで始まった中で、ユベールは自分の話をし始めたのだ。

　なんでも農場主のドミーニさんは事情があって奴隷を買い求めることにしたんだそうだ。そこで妊婦さんを見つけてかなり驚いたと笑って話してくれたことがあったんだって。

　その妊婦さんこそ、ユベールのお母さんだ。

　そしてドミーニさんは妊婦さんを保護する気持ちで購入、生まれたのがユベールだという。

　この国では奴隷をそれなりに大切に扱うけれど、法の目をかいくぐって碌(ろく)でもないことをする人はどこにでもやはりいるのだという。母子ともに良い人に保護されたようだ。

　でもその話になった途端ヴェル兄様に私は耳をものすごい勢いで塞がれたけど、まあ大体は予想がつくよね～って話。

　まあそれはともかく。

　ドミーニさんの事情については、子供たちが巣立った後に奥さんに先立たれ、ほどほどに暮らせる程度に縮小した農場でのんびり暮らしていたそうなんだけど、家族が心配して農場を畳んで同居しようってウルサイから人を雇うことで一旦黙らせようって考えだったらしい。

「農場主のドミーニさんは本当に優しい人でした。行く当てのない母さんと俺が困らないように、ドミーニさんは自分の死後、俺たち母子を奴隷から解放して牧場を譲るとまで言ってくれたんです。俺は、酷い扱いなんてこれっぽっちもされなかった。いつだってあったかい寝床とご飯があって、母さんが笑ってくれて、ドミーニさんと牛や鶏の世話をして過ごしてた」

「……シエル、ううん、ユベール。大丈夫……?」

話していくにつれ辛そうな顔をするユベールの手を、私はそっと握るしかできない。

彼の目にまたじわりと滲む涙を見て、私もまた泣きそうな気持ちになってしまった。

でもユベールは、グッと握りこぶしを作ってそれで涙を拭いた。

「ある夜、農場に強盗が押し入ったんです。最初は野盗だと思ったんだ。金ならあるからってドミーニさんが俺たちを必死に庇ってくれたけど……」

賊はお金を差し出すドミーニさんを無言で一刀のもとに斬り伏せ、そして抱き合うユベール母子に迫り、確認するかのように問うたらしい。

「母さんの、名前を聞いたんだ。そいつは」

「名前……俺たちも聞いてもいいのか」

ヴェル兄様の言葉に、ユベールは少しだけ躊躇ってから顔を上げる。

私の手を握るその手は、震えていた。

「母さんの名前はクララ。どこから来たのか、俺は知らない。だけど、あいつらは母さんを知っていた。母さんを探していた。そして、殺そうとしていたんだ!」

オルクス兄様とヴェル兄様は顔を見合わせて難しそうな表情を浮かべている。

私も、なんとなく察しはついているけど……認めたくなかった。だって、その名前は。

ユベールがぎゅっと目を瞑る。事件の夜を、思い浮かべているのかもしれない。

「母さんは俺を逃がした。俺のことも殺せって声が後ろから聞こえた。あの時怖くて、俺……怖くて。母さんのこと助けに行かなきゃいけないのに。俺、男なんだからしっかりしろってドミーニさんにも言われてたのに、振り返ることができなかった」

ユベールの手に、涙が落ちる。

後悔と、恐怖と、心配でたまらないんだと思う。

私はただ、ユベールの震える手を握るしかできない自分が悔しかった。

「たくさんの、黒い犬に追いかけられたんだ。もうダメだって思った。でも気がついたら、飛んでた。怖くて逃げたくて、どうしたらいいのかわかんなくて。母さんのことも、犬のことも、振り返る余裕もなくて……必死で空を飛んで……」

「そして飛び続けて皇城の庭に落ちた、か……」

「おそらく身を守るために魔法も使っていたのでしょう。だから城の結界も通り抜けられた」

「余程の才を秘めている、ということになるが……まあそれについては今は気にしないでいい」

兄様たちが代わる代わるそんなことを言ってたけど、ユベールは震えっぱなしだ。

当然だ、あの日のことを思い出して、怖くなっているのだから。

そしてお母さんを置いてきてしまったという罪悪感に、今、十歳の子供が苦しんでいる。

「母さんが……」

ぽつりと、ユベールの零すような、苦しそうな、声だった。

ヴェル兄様も、オルクス兄様も、その声に耳を傾けている。

「俺の母さんが、魔国の王女様が探しているっていう、女の人かもしれない」

おそらくそれは、正しい。というか、それが一番しっくりくる。

奴隷として売られた女性、身ごもっていた事実。そしてユベールの年齢と女性の名前。

名前を確認してまで命を狙われる、それらが指し示すのは、どうしたってそこに結びつく。

「なあ、俺は……俺は、いったい、何者なんだよ。ただのユベールじゃ、だめなのか……？」

その問いに答えられる人は、誰もいなかった。


話すだけ話した後、静かに涙を流していたユベール。

まだ十歳の男の子には、辛い話だったと思うのだ。五歳の私が言うのもなんだけど。

そしてまた眠ってしまった。泣き疲れたのか、それとも緊張の糸が切れたのか……。

「兄様……」

「今は寝かせておいてあげるんだ、ヴィルジニア。安心できるよう、また来てやるといい」

「はい」

オルクス兄様が小さな声でそう言ってくれて、ホッとした。

もう私はここを訪れてはいけないかと、少しだけ不安だったから。

（ユベールは、とっても辛かったのよね。……私に何ができるのかな）

親代わりの農場主さんとお母さんが、ユベールのことをたくさん愛してくれていたことは彼からも理解できた。

（そんな大切な人たちを目の前で……）

自分に置き換えて私はゾッとする。

今こうして私のことを抱きしめてくれている兄様たちや父様が誰かに襲われるだなんて！

想像するだけでこんなにも怖いのに、ユベールはもっと……もっと、怖かったに違いない。

あれだけ大人……特に男の人を恐れるのも、無理ない話だ。

眠るユベールをベッドに残し廊下に出た私たちに、警護の騎士がぴしりと姿勢を正す。

「彼は眠っているが、目が覚めた気配がしたら誰か女官を呼び食事を持ってこさせろ。まだ接触はするな、入り口からワゴンで入れるだけにしてやれ」

「かしこまりました」

「それから、窓側も警備を強めろ。魔法に関する対策が甘い」

「は、はいっ」

ヴェル兄様の言葉に騎士たちが顔を見合わせたけれど、兄様はそれ以上話す気もないらしい。

不意に私に手を伸ばしてきたので、思わずその手を見てから兄様の顔を見上げる。

「……まだ話がある。俺の執務室に来い」

「遠いから、おてて繋ぐんじゃなくて抱っこがいいです」

「ぐっ……そ、そうだなそうしよう！　お前がそこまで言うならば仕方がない、これは仕方がないから抱き上げるんだぞ!!」

兄様が早口で答える時は嬉しい時だよね!!

もう知っているからとても可愛く思える。

私をサッと抱き上げられるくらいヴェル兄様も抱っこが上手くなりました。ふふん。

「うちの妹が兄の扱いに長けていく……末恐ろしいことだ」

「オルクス兄様？」

「なんでもないよ」

いやいや聞こえてるからね？

まったくもう、末っ子が甘えただけじゃないのさ。

「……あの少年の話を疑うわけじゃあないが」

そう前置いてから、ヴェル兄様は私を見た。

少し難しい顔をして、そしてふいっと目を逸らし歩き始める。

「もう少し、確認をしなければならない。あの話では彼が暮らしていた土地はわかっても位置は不明なままだし、他にも調べなければならないことがたくさんある」

「……うん」

「その間、あの少年を皇女であるヴィルジニアの傍に置いておくわけにはいかないし、当然客人の前にも出せない。父上は側付き見習いとすると言ったが、それでも今はまだだめだ」

「うん」

「だから、その……」

言い淀む兄様は、私に気を遣ってくれているらしい。

あれこれと難しい話はあるのだろうけれど、ユベールが人の姿になった時点で異性ということもあるし、同じ部屋に常に一緒にいられないことは私も理解している。

つっても五歳児だもんね、駄々をこねられると思われてもおかしくないよね！

「要約すると、兄上は魔国との間で揉めることなくユベール少年について我が国の民だからどのような経緯があろうと強く権利を訴えて守るので心配するなということだ」

「オッ、オルクス!!」

「本当のことでしょう」

「ぐぅ……」

口をへの字に曲げてしまったヴェル兄様だけど、私はその優しさがすごく嬉しい。

だから、感謝の気持ちを込めて真っ赤になった首元にぎゅうぎゅう抱きつく。

「ありがと、兄様！」

「……ヴィルジニアが喜んだのならば、いい」

ぶっきらぼうにそう言いつつも、ヴェル兄様は薄く笑みを浮かべてくれたのだった。

うちの兄様が！

こんなにも可愛い!!

さて、ヴェル兄様は執務室に着くと早速近くの侍女さんにお茶とお茶菓子を言いつけて、文官さんたちを下げさせた。どうしていつもあんなに書類があるのか不思議でならない。

程なくして侍女さんが何故かてんこ盛りのお菓子を私の前に置いていったんだが……あのね、

ヴェル兄様。私は思わず出そうになったため息を堪えて子供らしく「うわぁい、嬉しいなー」となんとか棒読みで喜ぶしかできない。

食事前にこんなにオヤツを食べたら晩ご飯が食べられないじゃないかって私もデリアも叱られちゃうよ！　歯磨きが入念になっちゃうよ!!

とはいえ美味しいものには罪はないので、ほどほどにいただくことにする。

お菓子に罪はないからね!!

「さて、人払いは済んでいるが……オルクス、魔国の者たちの様子は？」

「精霊によれば今のところあの方々に不審なところは見受けられませんね。ただ、ウェールス殿は何かを探っているようにも思うので気をつけるべきでしょう」

「……ふむ」

ヴェル兄様が私を見て、目を泳がせる。

大体言いにくい時、そう……私にとってよくない話をする時、兄様はめっちゃくちゃ怖い顔をするかこうして目を泳がせるかのどっちかだ。

ちなみに初対面の時のあの恐ろしい表情は、なんの準備もしていない状態でなんとかみっともないところを見せないように気を張ったことに加えて緊張しまくった結果だそうだ。

普通の子供が泣くレベルで怖いお顔だったもんね……私もビビったくらいだし。

まあその気持ちもぶっ飛ぶレベルで私の勘違いから初喧嘩しちゃったわけだけど。

今も眉間の皺がぐいぐい寄ってもものすごく厳しい表情になっていることから大切な話があるんだ

ろうけど、どう言っていいかわからないのか、あるいは良くない話なのか……とにかくヴェル兄様は私を傷つけない話し方を模索しているような気がする。

　それなのに私の口元にお菓子をぐいぐい押し付けてくる長兄、行動と表情が伴ってなくて本当にポンコツだなあ。食べるから押し込まないで。

「兄上、そんなに菓子を与えるとヴィルジニアの頬がリスのようになって何も話せません」

　下手に口を開くと次から次にお菓子が押し込まれるので、何も言えずに遠い目をするしかない。

　そんな私を見て、とうとう堪えられなかったのか小さく吹き出したオルクス兄様が助け船を出してくれた。もっと早く出してくれてもよくない？

「む……いや、ヴィルジニアは確かにリスのように愛らしい見た目をしているが……齧歯目(げっしもく)の中でももっと小さいハムスターやモモンガに似ていないか？」

　兄よ、そういう問題ではないのです。

　齧歯目に拘(こだわ)るんじゃありません。いや可愛いけども。

　兄様たちは絶対に今、私のほっぺたを見て言っているってわかってんだからな!?

「それで兄様、お話ってなあに？」

　このままでは話が進まない。私は口の中にあるマドレーヌを呑(の)み込んで、兄様を見上げた。

　ヴェル兄様を直撃するような態度と言えばあざとい上目遣いだ。

　兄様は甘えられるのが大・大・大好きなのだ！

　このあざとい行動に理性がどうなんだって訴えかけてくるけど、今の私は幼女だから恥ずかしくないと自己暗示をかけて誤魔化す。だって話が進まない方が困るじゃん。
まさしく効果を発揮した私のこの渾身（こんしん）のおねだりに兄様はぐっと顔を顰（しか）めて、大きなため息を吐いた。耳と頬が赤くなかったら不機嫌な顔にしか見えないけど、それでも麗しいんだから美形は本当に得だなあ……。

「……あまり楽しくない話だし、幼いお前に聞かせるのは少しばかり抵抗がある」

「これが弟たちだったらはっきり言うでしょうに、兄上はヴィルジニアに少々甘すぎませんか？　この子だって皇女ですし、なにより大人顔負けに賢いです」

「……それは否定できないが」

そこは否定しろよ。
しかもオルクス兄様は良識人だと思ってたけどこの人もフィルターかかってんな！
どうしよう未来の私、かなり妙な期待をかけられているかもしれないけどごめんね!!

「あの少年の母親が魔国の出身かどうか、まずはそれを確かめなければならない。南方の酪農地帯はとても広い。名前がわかっているとはいえ帝国でも平民にはよくある名であるし、彼（か）の地に酪農家はそれこそ掃いて捨てるほどいる。それを考えれば、探すのは困難かもしれん」

平民の農場主が女奴隷共々殺された。そこにいた奴隷が生んだ子供は行方知れず。
これだけ聞けば、大抵の人が強盗が押し入って農場主と女奴隷を殺害、子供は拐（かどわ）かされどこかに売られてしまった……と考えるのが普通かもしれない。
そして農場は農場主の親戚が受け継ぐか、あるいは売りに出されてしまう。

そうなると、売り出された農場の情報は土地そのものしか残らない。痕跡が消えてしまうのだ。

「大々的に兵を動かせば探すことは容易(たやす)いが、もし魔国が本当に関与していた場合……魔国の客人たちがどのような行動を取るか。それによっては国際問題、酷ければ戦争だってあり得る」

「せんそう……」

「まあその日に戦(いくさ)が勃発するわけではない。引き金の一つになり得るというだけの話だ」

あまりにも実感のわかないその言葉に、私はただ呆然(ぼうぜん)と兄様を見ることしかできない。

そんな私を見てヴェル兄様がフォローしてくれるけど、規模が大きな話すぎて、どこか遠い世界の話を聞いているような気分になった。

「まあ、まずは役所関係で探させるしかありませんね。強盗事件という点と農場主の名前、それから奴隷の女性クララ。わかっているのはこれだけです。これで調べるしかない」

「……本来であれば少年を伴い、信頼できる誰かに任せて現地で調査させるのが一番だろう。だが、あの状態ではそれも厳しい、と思う。お前は無理をさせたくないんだろう？　ヴィルジニア」

「うん」

あんなに震えていたユベールを、優しくしてくれたという農場主さんが殺された現場に連れて行くなんて……それが合理的だとわかっていても、私はいやだった。

兄様たちはそれを理解した上で、こうして話してくれているのだ。

（私が我儘(わがまま)なのかな）

皇女として判断するなら、ユベールに頑張って行ってもらうべきなんだと思う。

でもここまで必死に逃げてきた彼を、今も話すだけで精一杯だったユベールを、私が守るって彼に約束した。その約束を、守りたい。

「……それに、あの子の母親は死んでいるかもしれない。それどころかもし生きていても……再度奴隷として売られている可能性も否めない」

「……」

「そうであった場合、あの少年の心は今度こそ壊れてしまうかもしれません、兄上。だから連れてはいけないでしょう」

「そう、だな」

オルクス兄様の言葉に、私はただぎゅっと自分の手を握るしかできなかった。

本来、五歳児が耳にするにはかなりショッキングな内容だ。

正直なところ、前世の記憶があっても相当な話だと思った程だ。ヴェル兄様が言い淀むのも、オルクス兄様が気遣わしげな視線を向けてくる理由も理解できる。

(でも、皇女である私が『シエルを守る』と明言した)

それを受けて父様も兄様たちも、理解を示してくれた。

のけ者にしたり、小さな子供だからと隠すことなく見せてくれた。

私を、一人の人間として扱ってくれている。

多分この会話だって、兄様たちだけだったらこんなにたくさん説明なんていらなくて、もっと話をポンポン進められたと思うんだ。

（全部、私に説明するためのものだった）

それでもその言い回しは幼女にはちょっと難しいからな？ってツッコみたい気持ちはあるものの、兄様たちの優しさがすごく嬉しい。

「……まあ、わたしが調査に行くのが無難かと。ちょうど南方の視察予定があります。その傍らで調べる分には、ウェールス殿たちの目も一時的に誤魔化せるのではありませんか」

「ふむ。精霊たちの声を聞けば、多少は何かわかるかもしれないか……」

「さすがに時間を操る精霊はそこらにはいませんし、精霊たちが人間の暮らしを気にかけているとも思えないのであまり期待はできませんが。あの少年があれほどの魔力を有していたのなら、その母親も魔力が大きかった可能性はあります。珍しさから精霊たちが覚えている可能性はあるかと」

「まりょく……」

ハッとする。

私のこの『魔力が見える』ことは役に立たないだろうか？

シエル……もといユベールがこの皇城に現れてまだ数ヶ月、現場さえわかれば何かがわかるかもしれない。魔力は、使うとその痕跡が残ることがわかっている。強ければ強いほどに。

アル兄様たちが言っていたようにこの能力は大したものじゃないかもしれないけど、もっとしっかり練習したら何かできるかもしれない！

こんな局所的な使い道しかないのかと思うとやっぱり使いどころわかんないな!?

でも役に立ちそうだと思ったら、そこでまごついてちゃいけない気がする。

「兄様！　私も南の視察についていく！」

「兄上が面白いことになりそうだから連れて行きたいが、父上が許可するとは思えない。却下だ」

「えぇー!?」

声を上げた私にとんでもない理由で賛成しつつ真っ当に断るオルクス兄様は、やっぱり空気読めない詐欺だと思うんだよね!!　でも私だってここは引けないのだ。

だってもしもユベールのお母さんが生きていたなら？

私の能力が、救い出すための一端を担えるかもしれないのに？

勿論私は自分にチートがないことも、前世の知識が大してないことも理解して、そしてなにより五歳児なので身体能力も低めだということをちゃんとわかった上で言っているのだ。

「……じゃあ父様を説得したらいい？」

「ああ、いいぞ」

「いいぞじゃない！　安請け合いするな、オルクス!!」

「兄上はついてこられないので残念ですねえ。まあヴィルジニアを危険な目に遭わせたくはありませんから……ここは父上を応援しておくとしましょうか」

くそう！　成功しないと思われているな!!

ふふん、しかし私をただの五歳児と侮ってもらっちゃあ困るんですよ。

前世の記憶からこれでもかってくらい、あざとい仕草を思い出して実践してやるからなあ!!

第六章♥小さな姫の大冒険

ヴェル兄様たちとお話をした数日後、私は南方視察の一員として馬車に揺られていた。

オルクス兄様は私が父様の説得なんか無理だろうってタカを括っていたようだが、成功させてやったぜフッフーン。

まあ、代わりにパル兄様と兄様率いる魔法師団が護衛としてついて来ちゃったのは解せぬ。

ちなみに魔国の兵士と違って、帝国での魔法師団ってのは『魔法を使っていざって時には援護もできる部隊』であって、基本的には武器を使う部隊なのだ！

いざって時の魔法にはどんなのがあるのか聞いたら、最終手段は敵味方関係なく吹き飛ばす爆裂魔法らしいよ。ナニソレ怖い。

で、名目上はオルクス兄様が視察、それに私が『後学のためについていく』。

当然と言えば当然なんだけど、私には視察団が連れている護衛兵とは別にちゃんと護衛騎士が付いている。グノーシスとテトが馬車の中でも一緒にいてくれて、今もまさにピタァッと私の真横についているわけだけども。

……なんだろう、攫われる宇宙人の気持ちがなんとなくわかった気がする。

まあそれはともかく。

魔法師団も名目上は『南方の街道に出るという盗賊団の討伐』に来ていることになっている。

さすがに皇子たちもいるのに、皇女の護衛任務っていうのはちょっと憚られるとのこと。

まあねー。大げさ過ぎるって言われたらその通りだしね。

ちなみに、この討伐そのものは別に地元の兵たちだけでなんとかしろと投げてもいい案件だそうだけど、こうして皇族が顔を出すことも大事なんだってさ！

攻撃系の手段を持たないタイプの皇族は、オルクス兄様みたいならこうして視察、アル兄様みたいなら各所の魔道具設置、シアニル兄様みたいなら芸術への啓蒙活動……？

うん、まあ、とにかく何かしら国のために動いてますよアピールが必要なんだとか。

ちゃんとした仕事を表向きの理由としながら、その実、末っ子皇女の護衛だなんて誰が思うんだろう。過保護が過ぎるわあ……遠い目もしたくなるっつーの。

「私には何ができるのかなあ」

「姫様は可愛いからいろんなとこに顔出すだけで喜ばれそうだけどねーえ？　六歳の誕生日に国民へ正式なお披露目をするのが今から楽しみね！」

「なんだか今更って感じがするう」

「こぉんなに可愛いんですから、きっとみんな虜になりますよ？　姫様のお姿見るだけで元気が出るとか言われちゃうかも！」

「こらテト。姫は真面目に考えておられるのだから茶化すな」

「ええ!?　本気だけど!?」

「余計に悪い。……申し訳ございません、姫」

「あはは」

うーん、可愛いって言ってくれるのは嬉しいんだけどさあ。

それだけでは世の中、生き残っていくのは大変だと思うんだよ。

いや、可愛くないよりは可愛い方がお得な感じはするのでそこは否定しないけど、今は幼女っていう可愛さがプラスされてるから何しても可愛いで済むんだと思う。

(だけどもうちょっと成長したら、また事情が変わってくるじゃない?)

その時までに私は何ができるのかなって話。

慰問先で擦り傷治すだけの皇女様って想像するだけでも微妙でしょう?

私が目指す〝自立〟としては、弱いどころの騒ぎじゃないと思うんだよね。

(……大丈夫かなあ、ユベール)

馬車の外の景色を眺めながら、城に残したユベールに思いを馳せる。

一応、何かあったらアル兄様とシアニル兄様を頼るようには言ってあるけれど……。

私がユベールのいた酪農場を探しに行って、二人の安否や現状を調べてくるって言ったら相当ごねたんだよね。危ないって。

でもヴェル兄様に『じゃあお前が行けるのか』って聞かれたら途端に顔色をなくしてガタガタ震えちゃって、それがユベール本人もショックだったみたいだ。

アレは兄様の顔が怖かったからじゃない。きっと。

最終的にはユベールのお母さんがいつもしてくれていたという安全祈願のおまじないをして送り

出してくれた。なんかくすぐったかった。

　とりあえず視察先に着いたら、オルクス兄様は当初の予定通り視察をしつつ情報を集め、私はパル兄様と行動を共にしつつ何か気になるものがあったら……ということになった。

　討伐部隊の隊長さんなのに私につきっきりでいいのか？って思ったら『皇族が参加している部隊が討伐に来た』って事実さえあればいいんだってさ。あとは部下の方々にお任せ。頑張って！

　情報によればパル兄様どころか部隊の半分くらいでいい程度の小さな盗賊団らしいので、そこは安心できるかな。誰も怪我をしないのが一番だよ。

「まあ旅行を楽しめ……とは状況的に言えねえが、お前は俺と兄上が守ってやるから好きに動け。ただ何も言わずにいなくなんな、必ず護衛騎士を連れて動けよ？」

「はあい」

「護衛騎士のお前らは、こいつから決して目を離すなよ」

「承知いたしました」

　獣人族は嗅覚も優れているから私が少し離れても居場所がわかっちゃうらしいけどね！

　そういう意味ではとても頼もしい存在だけど、欠点としては魔法耐性がやや弱めってことらしいから……正直、本当に魔国の暗殺者が来ているなら、調べている私たちが襲われる可能性だってあるわけで。魔法に長けた暗殺者の可能性があるよねえ。

　そうなるとグノーシスとテトでは分が悪いのでは？

　まあだからこそパル兄様が一緒なんだろうけど。

（父様としても、魔国と事を荒立てたくはないって感じだったしな……それにしてもあの時の父様を思い出すと、これが成功したら成功したで先が思いやられるっていうか）

そう、この南方視察について行くために私は父様に〝魔力が見える〟ことを話した。これがあれば役に立つかもしれないからって。

そうしたら『うちの娘は類を見ない天才だった……？』とか言い出して、しかも健気で素晴らしいとかも言い出したよね！

まあ真面目に魔力が見えるっていうのはどんな感じかとか、いろいろと試して有効かもしれないと判断された結果今に至るので、ただ娘可愛さに許可が下りたわけではないのだ！

父様としても本件が少しでも早く解決してくれたらいいなっていう気持ちがあるんだと思う。

「そういえば兄様たちに相談しようと思ってたことがあって」

「うん？」

「どうした」

二人の兄が任せろと言わんばかりの顔でこっちを見たので、私もにっこり笑みを浮かべてみせる。

解決してもらいたい、切実に。

「父様がさ……ペットがいなくなって寂しいだろうから奴隷でも買うか？　とか言い出しちゃって……断ったんだけど戻ったらまた変なの用意してそうで怖いの……」

私の言葉に二人がとてつもなく嫌そうな顔をしたのを、私は見逃さなかった。

逃がさないよ!?

まあ父様が奴隷を買うかどうかは別問題として、いや大問題ではあるんだけど。

ペットが奴隷ってどういうことって話なんだよ、まずはそこだよ！

いくら奴隷ってのが人権をある程度守られている存在だからとしてもだよ!?

(そういう制度のない世界で生きてきた記憶のある私には絶対的に受け入れられないわ!!)

いや、ある意味でそういう人たちを裕福に暮らさせてあげるという皇女としての慈善活動の一環になるのか……？　ならないよな……。

なんだかもう考えるだけで疲れちゃうよ、幼女が悩む内容じゃなくね？

というか目的を忘れてはいない。五歳児なりにやることはやるのだ。

うん、お昼寝もね！　道中の馬車でテトに膝枕してもらってぐっすり寝ました。

「ねーえ兄様、ユベールは『南方』って言ったけど南ってとても広いよね？　カルカラ兄様のお母様、第四妃様のお国と近いの？」

正直地理っぽいことをシズエ先生にもレクチャーしてもらって大雑把には把握したんだけど、馬車で移動しながらの景色が結びつかないんだよ……。旅行あるあるだよね……。

なんとなく『遠くまで来たなあ』的な感覚でしかないのだ！

私の質問にオルクス兄様が頷いて地図を広げてくれた。

「そうだな、第四妃の出身国よりはもう少し帝都寄りになるか。地図で言えばこの辺りからこの辺りまでが酪農地帯だが……地理はどこまで学んでいる？」

「んっと……酪農地帯は元々私たちのご先祖、初代皇帝陛下が治めていた土地で、肥沃な大地があるから農作物がよく育つんですよね。酪農以外にも軍馬を育てる施設があるって」

「そうだ。帝国内には農作物がよく育つ土地は複数あるが、この辺りの土地は気候が温暖なだけでなく変化も少なく穏やかであることから、酪農だけではなく畜産も盛んだ。作物の品質も他の土地より栄養価が高いこともあって皇族が口にするものも多い」

「そうなんだ」

「ヴィルジニアはちっこいからなあ、もっと牛乳飲んどけよ！」

「飲んでるもん!!」

さすが皇室、食べるものはどこまでも最高品質。ちなみにパル兄様にはからかわれっぱなしだが、五歳児なんだからな！　これからなんだよ私の背とその他の成長は！

(くっそう、いつかクラリス様みたいにバインバインになれるかなあ……!!)

前世でも正直スレンダーボディ（強調）だったので、ああいうスタイルに憧れるんだよなあ。

胸はあったらあったで肩が凝るって中学時代の同級生が言ってたし、年取れば変わんないってバイト先のおばちゃんたちも言ってたけどさあ。

せっかく転生したんだから、欲を言うならナイスバディにもなりたいです!!

「それで、これからのことで大雑把な話となるが……あの少年の」

「ユベールよ、兄様」

「……別に名前を呼ぶ必要はないだろう？」

「でも名前があるのよ？」

「……」

「オルクス兄様？」

「兄貴はこう見えてお前があのユベールってガキに心を砕いているのが気に入らないんだろうよ。自分たちよりも先に妹と仲良くなって、寝食共にしてたから妬いてんだろ」

「え」

「……そこまで愚かではない。だが皇族とただの民では立場というものがある」

「へえへえ、建前が必要ってのも大変ですねっと」

パル兄様はおどけた様子でその後はただにんまり笑っただけだ。兄上って呼んだり兄貴って呼んだり、使い分けている感じが可愛い。そう言ったらまたほっぺ抓られそうだけど。

私が食い入るようにオルクス兄様を見ていたら、咳払いと共に「地図を見なさい」と叱られたので渋々そちらを見る。

そこには精霊さんがちょこんと座っているではないか。可愛いな！

「あの少年から聞いた話をまとめると、彼は自分の住んでいた地域を把握していなかったが、農場主が取り引きで出向く先の町の名前は知っていた」

ユベールは奴隷の子という特殊な立場だったので、基本的には農場主の土地から外には出ずに仕事を手伝って過ごしていたそうだ。

自給自足の生活をしていたとはいえ、日用品はやはり買い出しに行く必要もあった。だから農場主のドミーニさんが月に数回、乳製品や農作物を持って町に行っていたという。

幸いにもユベールがそのことを覚えていたので、その町を中心に調査をするんだそうだ。

「……農場、残ってるかな」

「残っていたとしても、もう動物たちはどこかに引き取られていることだろう。あるいは親戚が継いでいる可能性もあるが……人手に渡っていることも考慮に入れておくべきだ」

人手に渡っているとなると、現場の調査は難しいかもしれない。

ただでさえ現場はその地域の警邏隊による検証が行われて踏み荒らされているだろうし、建物や土地を弄られていれば残っていたであろう魔力も、そこに住まう精霊もいなくなっているに違いない。正直、誰の手も触れない状態で残っていてくれるのが最高だけれど……難しいだろう。

兄様たちもそれを理解しているから難しい顔をしているのだ。

最初から建物が残っているとわかっているなら裏で手を回しておくこともできたんだが……なんてオルクス兄様が怖いこと言ってたのは聞かないふりをした。権力ってこあい。

☆

それから私たちは公務先の町で、出迎えてくれた役所の人たちから町の説明を受ける。

勿論メインはオルクス兄様だ。

私は横でグノーシスに抱っこしてもらってたんだけど、その内容はちんぷんかんぷんだったね。

せいぜい、この辺ではどんな畜産が盛んで今年は農作物の出来も良かったから動物たちもよくご飯を食べて良い品質の卵や肉、乳製品がお届けできますよーっていうのを長々と聞いた気がしないでもない。

……うん、あの、ごめんね。半分くらいしか聞いてなかった。

だめなんだよ私。校長先生の長い話とか聞いてられなくて、空の雲とか数え出すタイプなの。ごめんて。五歳児だし許して。

「兄様、牛！」

「そうだな、牛だ」

「ヴィルジニアはともかく兄貴はもう少し建設的な会話してくれよ。ちなみにあの牛は気性も穏やかで乳搾り体験とかできるらしいぞ。この辺出身のやつが部下にいて聞いた」

「そうなんだー」

乳搾り体験か……ちょっと興味はあるんだよな、私動物好きだからさ……。

いや、今回は別に目的がありますからね！　そのくらいは弁えておりますとも。

やるか？　みたいな目でパル兄様も聞いてこないの。誘惑すんな！

「……あれ」

「どうした？　ヴィルジニア」

「あそこの教会、随分と大きいのね」

「ああ。あそこか……あそこはこの辺りで一番大きな教会だ。怪我人や、行き場のない人々の面倒を見る役割も担っている。帝都に近い町ではそういったものに対応した専門機関を置いているが、地方では追いついていない。教会の横にあるのがそういった人々の暮らす建物だ」

「ふうん……」

今日、兄様と一緒に視察について回った私の目には、豊かな町や村の景色だけが見えていた。

でも今のオルクス兄様の説明を考えれば、きっとそれは……視察用の、綺麗な部分だけ見せていたんだなってことがよくわかった。

「兄様、私あそこに行ってみたい」

「……仕方ないな。教会ならばさほど危険もないだろうし……パル、頼めるか」

「しょうがねえなあ～、うちの我儘姫は！」

「我が儘じゃないもん!!」

喉を鳴らすようにして笑うパル兄様と手を繋いで、護衛騎士たちを数人連れて教会へと足を運ぶ。

視察はあのままオルクス兄様に任せて、私は教会を見上げた。

この辺りで一番大きな……と言っていただけあって、とても立派な石造りの教会だ。

「すごーい」

「見上げてばっかで口開けてるとひっくり返っちまうぞ」

ぽんっと背を押されるようにして中に入れば幾人もの修道女さんと、奥まったところで誰かの相談を受けているらしい神父様の姿が見える。

私たちの来訪に『おや？』という顔をした神父様に気がついたもう一人の男性が、こちらを向いたのでちょっとびくりとしてしまった。

「唐突な来訪、申し訳ない。第七皇女ヴィルジニア＝アリアノット殿下がこちらの建物を見学したいと仰っておられるが、よろしいだろうか」

「こ、皇女殿下!?」

「ちなみに俺は第三皇子のパル＝メラだ。すまないな、唐突に」

「皇子殿下まで!?　こほん、失礼を……ようこそおいでくださいました。当教会の責任者であります、司祭のアージャ・ルージャと申します。見学はどうぞご自由に……ああ、ですが隣の白い建物の方は傷病者を休ませている建物になっておりますので、ご遠慮いただければと」

「そうか」

「神父様、ありがとうございます！」

唐突な来訪にもかかわらず神父様は私たちを歓迎すると言ってくれた。まあ皇族を追い返す方がよくないだろうってことなのは単純明快な話だ。だから私も素直にお礼を述べる。

「本来であればわたくしが案内をすべきなのでしょうが、今は生憎と手が離せませんので……シスター・ルーレ、お願いできますか？」

「はい。かしこまりました」

神父様のお声がけに、近くでお花を生けていた年嵩のシスターがこちらにやってくる。

優しい笑みがとても印象的な、綺麗な人だった。

（うおお、こんな風に齢を重ねたい……!!）

クラリス様がセクシー美女で若い女性の憧れなら、このシスター・ルーレは歳を取った時の理想

だわ！　エレガントさがすごいね‼

「いや、こちらが唐突に来たせいだ。気にしないでくれ」

「寛大なお言葉、ありがとうございます。それではドクター、話の続きを……」

どうやら神父様のお客様はお医者さんらしい。

何やら難しい顔をしながら二人でお話ししていたので、きっと大事な話なのだろう。

そんな時に悪いことをしたなあと思いつつ私はシスター・ルーレを見上げた。

「初めまして、シスター・ルーレ。私は第七皇女のヴィルジニア＝アリアノットです」

「丁寧なご挨拶をありがとうございます、皇女殿下。当教会へようこそおいでくださいました」

「お話をいろいろ聞かせてください！」

「はい。わたくしでわかることであればなんなりと」

にっこり笑ってくれる優しいおばあちゃん、シズエ先生とはまた違う包容力……！

思わずコレにはにっこりですよ。はあ、癒やされるう。

シスター・ルーレの説明ならきっと寝ないし現実逃避しないよ！

そんな私の考えなんてお見通しであろうパル兄様の目線が若干痛かったけど、気にしない気にしない。人には癒やしが必要なのさ！

「そういえばさっき、神父様があちらの建物には怪我をした人たちがいるって……」

「ええ、そうです。この教会は、身寄りのない方や自力で生活ができない方の手助けをしております。少しでも人々の為になるならばと、地域のお医者様も協力してくださって……」

「それは寄付で賄えているのか？」

「正直なところ、厳しいとしか申し上げようがございません。町の方々が善意で協力してくれるおかげで、当教会はまだ良い方だとしか。これも神のお導きにございましょう」

パル兄様の問いかけにシスター・ルーレは困ったような笑みを浮かべながらそう答える。

まあそりゃそうだろうなって思う。

この一帯にいる身寄りのない人や働けないほどの人がこの教会に集められているのだとしたら、寄付だけで賄うには無理がある。

教会の総本山がある程度の余剰金を……って言ったらあれだけど、寄付金の計算をして足りないところに送るっていう対策をとっていることは私も勉強して知っているけれど、必要なところだけにピンポイントに……ってのは現状、難しいんだろうなあ。

父様も各地の役所に補助金は配分しているだろうけど、それぞれ領主たちの裁量でまた寄付の振り分け具合も変わるだろうし。

前世の公民の授業で先生が政治ってそういうところが難しいから、適当に考えずに候補者の主張とかを読んでちゃんと投票に行けよって言ってたことを思い出すなあ。

結局よくわかんないしまだ私は成人してないからいっか！　くらいの甘ったれた考えだった前世の私よ、あの頃もっと社会の勉強を頑張ってくれていたら私ももう少しだけ皇女として役に立ったかもしれないのに……‼

残念ながら私の中には歴史や公民については『習った』ことしか記憶にないのだ。

内容？　いえ、それはちょっと……。

「ねーえ、シスター・ルーレ。行っちゃダメって言われたけど、ちょっとだけ私、治癒魔法が使えるの。ほんのちょぴっとだけなんだけど……お見舞いに行ったら、だめですか？」

「まあ、治癒の……素晴らしい才能をお持ちなのですね。きっと優しいお心をお持ちゆえに、神が授けてくださったのでしょう。……ただ、あちらには重傷の方もいらっしゃるので、神父様に確認を取ってからとなります。お待ちいただけますでしょうか」

「はい！　勿論です!!」

「妹が無理を言ってすまないな」

「いいえ。皇族の方が気にかけてくださったと知れば、皆の心の支えにもなりましょう」

そうだ、これはただの親切心からくる行動などではない。私は本当に〝ほんのちょぴっとだけ〟しか治せないが、私が行動をしたという事実がどこかで役に立つかもしれない。

シアニル兄様は言っていた、私たちが興味を持つとそれに対して気に入られたいと思う人がいろいろと、勝手に行動してくるってね。

『迷惑なことも多いけどね、それを利用するってことを覚えると役に立つかもよ』

聞いた時には〝五歳児に何を教えてんだこの兄〟って思ったもんだけど……今こそそれが役に立つ時ではないかと思ったのだ。

（そう……皇帝陛下が溺愛する第七皇女ヴィルジニア＝アリアノットは教会の活動に興味津々です……ってね！）

そして私がここで医療の現場を見て心を痛めて父様に訴える……まではしなくてもいいかもしれないけど、そうした話が広まれば私……ではなく、父様に気に入られたい貴族たちがこぞって皇女に倣い善行を施したと見せるために寄付をするのでは？　という打算だ。

もしくは、お抱えの医師を派遣するとかね。あり得るでしょ。

五歳の儀式から一年間は皇族として相応しい品位を身につけるための期間。

そして六歳で民の前に姿を見せる公式行事があって、貴族たちともそこで顔を合わせることになる。父様の傍にいる宰相さんや大将軍も貴族だけどね！

正式にご挨拶をした貴族ってのは記憶にないから、まあこれからこれから。

五歳児ゆえに私の世界はまだまだ狭い。

(これから広げて行くにしても人を見る目を養わないといけないなあ)

世の中、いい人ばかりじゃないってことは私自身がよーっくわかってるんだから。

ただ悪い人ばかりでもないってことも忘れずにいたいなって思う。

そんな私の目論見などお見通しなのだろう、パル兄様が呆れたように頭を撫でてきた。

「……お前、意外と強かだな」

「シアニル兄様が教えてくれました」

「なるほど、あいつか。俺としちゃあ、あんまりそういう姑息な手を覚えてほしくねえけど……まあ使えるもんは使ってなんぼか」

「兄様ったらお口が悪いのよ？」

「お前に言われたくねえわ」

「ぷぎゅー」

両ほっぺを親指と人差し指で挟むようにするもんだから変な声が出たじゃないか！　兄様がケラケラ笑いながら私のほっぺをモチモチするもんだから、グノーシスが止めるべきかどうか困っている。

「お待たせいたしました、両殿下。神父様から許可をいただきましたが、幼い殿下にはお辛いところもございますのであまり奥には行かれませんようにとのことです」

「ああ、そこの判断は俺がする。いいな？　ヴィルジニア」

「はい！」

「殿下たちは本当に仲がよろしゅうございますねえ」

「仲良し！」

「あーはいはい、仲良し仲良し」

シスター・ルーレが微笑ましそうに笑うので、私は満面の笑みを浮かべる。

なんだかとっても嬉しかったから。第三者から見ても仲良し兄妹って素敵じゃない？

私、着実に人生の目標を達成していってるね！　ふふん!!

一歩足を踏み入れるとその建物は、病院と同じような消毒液の匂いがする。

教会とは小さな廊下で繋がっていて、まるで学校のような造りだとぼんやりそう思った。

「比較的軽い傷や症状の方は手前側の部屋に、重症であったり今後も継続してお世話が必要そうな方は奥まった部屋になっております」

「万が一の災害にはどう対応しているんだ？　火の事故があったら脆そうだな」

「この教会では水の魔法を得手とするシスターを常時置くように心がけております。この土地では干ばつはありませんが、逆に近くを流れる川の氾濫が多く……そちらの対応も兼ねております」

「ああ、なるほどな」

「ほへえ」

なるほど、火災に対して水魔法で対処するんだ。

しかも水の魔法を使って氾濫の際は水を操ってそれを防ぐのか！　すごいなあ、合理的。

感心しつつシスター・ルーレに案内してもらって軽傷の人たちに癒やしの魔法を使いつつ、世間話を交えて挨拶をして回る。

中には他国から難民としてやってきたはいいけれど、怪我で仕事を失い、住むところもなくなって途方に暮れていた……なんて、世知辛い話まであったよ。

「難民や移民は取り扱いが難しいんだ。ヴェルジエット兄上が頭を悩ませている課題の一つだな」

「……難民って、どこから来るの？」

「そうだなあ。どこでも内乱やお家騒動に巻き込まれる人間がいるもんさ」

ポンポンと頭を撫でられたが誤魔化された気しかしないな。

五歳児に聞かせる話じゃないってことか。このお気遣い紳士め‼

「……あれ？」

「どうした、ヴィルジニア。そこから先はだめだぞ、さっきシスター・ルーレが言ってただろ」

そう、シスター・ルーレからは床に青いラインが引いてある先が重傷、重病者の休む場所だから行ってはいけないと聞いた。

それはおそらく私のような子供には目に余る悲惨さであること、それから彼らが荒（すさ）んだ気持ちでいる可能性もあると思ったから、私も行くつもりはなかった。

というかそういう説明をこっそりパル兄様がしてくれたんだけどね。

ありがとう兄様、私ももっと察しの良い幼女になるよ……!!

だけど、そんな入ってはいけない区画の、もう少しだけ奥の場所。

そこにある微（かす）かな光を、私の目はしっかりと捉えたのだ。

「兄様」

「……どうした、ヴィルジニア」

私の声に、パル兄様が何かを感じ取ってくれたらしく屈（かが）んで目線を合わせてくれた。

視線の先を追うように、パル兄様の視線が鋭くなる。

「ユベールと同じ色の魔力が見える」

「何？」

「間違いないよ、ユベールのキラキラしたのに、そっくり」

「……くそ、想定外だな。グノーシス、万が一の場合は片手でも戦えるな？」

「勿論です、パル＝メラ殿下。姫、失礼いたします」

「わあ！」

グノーシスが私のことを片手抱っこしてくれる。

パル兄様よりも視線が高くなったことに驚いていると、兄様はその場で振り返って患者と話している シスター・ルーレを呼んだ。

「すまんが、探している相手がいる可能性が出てきた。入らせてもらう」

「え、ええっ⁉　で、殿下お待ちください、それは……」

「ここで起きる出来事はこのパル＝メラが責任を取る。シスター・ルーレ、ついてこい」

凛とした態度のパル兄様は、身内の贔屓目を抜いたとしてもかっこいい。

思わずグノーシスに抱っこされながら拍手してしまいそうになった。推せる。

「兄様、信じてくれるの？」

「妹の言葉一つくらい信じてやれねえで兄貴面できないだろうが」

ああーうちのお兄ちゃんがこんなにもお兄ちゃんだよ‼

思わずじーんと感激してしまった。

「私、パル兄様の妹で幸せ……」

「おう、その台詞は帰ったら他のやつらに聞かせてやってくれ」

にやりと笑う姿は相変わらず悪人顔だったけどね！　残念‼

余裕綽々といった兄様だけれど、どこか纏う空気はピリピリしている。警戒しているみたいだ。

それはそうか、もしも本当に魔国の人々が探しているの相手がそこにいるのなら……暗殺者もまたそこに再び現れる可能性だってあるのだから。

とはいえこれまで教会と施設が無事であったことを考えると、取り越し苦労の可能性もあるわけだけど……警戒しないよりはした方がいいってことなんだろう。

これまでの中・軽傷者の部屋は相部屋が多かったけれど、重傷者は個室になっているようだ。

本当にどうしようもない状態の人たちがそこにはいるようで、ここに来るまでもその窮状を訴える人々がいた。

正直、今の私には何もできない。少しだけ悔しい。

「兄様」

「……こりゃひでえな」

ベッド一つでほぼ埋まってしまうくらい狭い部屋に、明かりを取り入れるためだけの小さな丸窓が高い位置にあって、それ以外には壁の高い位置にランタンが掛けられていた。

冷遇されているとは思わない。清掃は行き届いているし、シーツも一見綺麗だったから。

だけれど、ここはまるで死を待つ部屋のようだと思ってしまった。

(でも……きっと、間違いってわけでもない)

ここには大きな病院があるわけでもない、身内がいるわけでもない重症の人たちが最後に行き着く場所なのだ。教会で受けられる治療なんて、限りがあって当然だ。

(違う、今はそれを考えてる場合じゃない)

胸が苦しくなったけど、私は慌ててその考えを頭の隅に追いやった。

今じゃない。私が今すべきことは、ここについて考えることじゃない。

それは城に戻ってから、他の兄様やシズエ先生たちにも知恵をもらって、それからの話だ。

「……ここ！　この部屋の人！」

いくつかの部屋を覗いて、とうとう見つけた。そこに眠るのは、首に包帯を巻いた女性だった。

随分と痩せ細っているが、ユベールと同じ髪色をした綺麗な女性だ。

キラキラとした魔力が、包帯ごと喉を包みこんでいる。不思議な光景だった。

「シスター・ルーレ。この女性は」

「あ、は、はい。数ヶ月ほど前に運び込まれた女性ですね。なんでもここから馬車で半日ほどのところの農場主の奴隷だったとか。強盗に狙われて農場主は死亡しておりますが、彼女は瀕死の状態で定期巡回の警邏隊によって発見されたのです」

「……外傷は喉だけか？」

「はい。……不思議なことに、本来であれば命を失っていてもおかしくないほどの傷です。しかし発見されてから今日まで、目覚めることはおろか食事も……水分も取っていないのに生きているのです。……これも神の奇跡でしょうか」

シスター・ルーレの言葉を聞きながら、私はジッとその女性を見つめていた。

話の内容からもこの女性がユベールのお母さんで間違いないと思う。

（なによりあのキラキラしている魔力がそっくり）

それにしても不思議なことに、本来なら全身を巡る魔力が喉だけに留まっている。

もしかしてユベールのお母さんは治癒魔法の使い手なのだろうか？

いや、それにしては私が使うのとは違うし……そうだったとしたら、もうとっくに傷は癒えていそうなくらい魔力の密度が濃いではないか。私のなんて比べものにならない濃さだ。

うーんと首を捻ったところで、ベッドの下からのそりと現れたその存在にギョッとする。

「に、兄様！　い、いぬがいるよ。犬が出てきた！　とっても大きいの!!」

「……犬、ですか？」

「えっ」

私の言葉に怪訝そうな顔をしたグノーシス。

それに対して驚いてしまった。どういうことだ、私にしか見えていないのか。

パル兄様も私の言葉とグノーシスの反応を見てこちらへと戻る。

「犬が見えるんだな？　ヴィルジニア」

「う、うん……兄様、は？」

「見えない。シスター・ルーレはどうだ」

「い、犬ですか？　わたくしの目には何も……今朝も彼女の世話をしたのはわたくしですが、その際も動物の気配などは何もなく」

そんな。じゃあ、私にしか見えないあの犬はなんだ？

可能性として考えられるのは精霊だけど、似ているような、違うもののような……。

とにかくあれには触れてはいけない、そんな感じがするのだ。上手く言えないけれど。

「出直すか」

「それがよろしいかと。第二皇子殿下のご意見も伺うべきと思います」

パル兄様とグノーシスの会話を聞きながら、私はぎゅっと手を握りしめた。

ここまで来て、という気持ちがとても強い。

あの犬をどかさないといけないのだろうと本能ではわかる。

(オルクス兄様がいたら、兄様の精霊たちが教えてくれたのかなあ)

精霊は気まぐれだ。

そこらにいるといえばいるし、気分が乗らなければ姿だって見せはしない。

オルクス兄様の傍にいれば私も彼らに構ってもらえるけれど、彼らはオルクス兄様の近くにいると居心地がいいからいるのであって、私のところには普段は現れないのだ。

(うう……中途半端な才能め！)

でもないよりはましなので、いつだって神様には感謝してるけど！

この世界に転生できたことも、兄様たちの妹になれたことも嬉しかったから毎日ちゃんとお祈りしてるんだよ、偉いだろ!!

そんな風に悔しく思っていると、突然犬がこっちに向かってそのそのそやって来るではないか。

あれっと思った時にはもう遅い。もう目と鼻の先だ。

(あ、飛びかかってくる)

私は思わず防御の魔法陣を発動させた。咄嗟の判断だったけど、最高のタイミングだった。

パァッと広がった私の魔法に兄様とグノーシスがギョッとしたようだけれど、攻撃を受けた際に出る特有の反応が見えたことで一気に緊張度が高まった。グノーシスがシスター・ルーレの腕を引っ張って自分の背後へと押しやり、傍らにいたテトに私を渡す。一瞬のことだ。

「なんだかわからねえモンを相手にするのは不利だな……おいヴィルジニア！　今攻撃したのはお前に見えてるっていうワンコロか！」

「そ、そうだよ！」

「お前めがけてだったか!?」

「うん……今も来そう」

そうだ。この犬は私だけを見ている。光のない目が、じぃっとこちらを見ている。

前に立ちはだかるパル兄様とグノーシスのことなんてまるでお構いなしに、私だけに視線を向けている。グルグルという唸り声すらはっきりと聞こえるというのに、なんで兄様たちにはわからないのか。私は怖くなって思わずテトにしがみつきながらも、犬から目を離せずにいた。

「状況がわからねえ。一旦下がる」

「は、しかし……見えない相手にどのように」

「この部屋にいてあの女の傍にいたってことは、少なくとも部屋の外に出ればいいんだろう。シスターたちが襲われたことがないなら、あの女に近づく者に反応してると考えるのが妥当だ。直接的にあの女に働きかける何かを邪魔する役目でも担ってんのか……ああ、くそ。見えてりゃ……！」

兄様の言葉は殆ど正しいはずだ。私たちが近づいたから出てきた。

ただ、これまでシスターたちが彼女のお世話をしても何もなかったってことは……私が、犬を認識したからなのだろうか？

（どうして？　どういう理屈なの？）

『それってさあ、アナタとあの寝ている人間に似た魔力がまとわりついてるからじゃなあい？』

「えっ！」

突然の声に思わず驚くと、精霊さんがケラケラと楽しげに笑いながら私の周りをぐるぐる回っているではないか。普通の精霊さんだとわかったらホッとしたけれど、今なんて言った？

『オルクスがねーえ、お仕事終わったからこっちに合流したいんですって！　あたしはメッセージを頼まれて来たの！　ところでなんだか楽しいことしてるわね？』

魔力がまとわりついている？ってことは、ユベールが出掛けに『母がいつもやってた』っていう怪我をしないようにっていうおまじない、あれに犬が反応しているってこと？

（ユベールの犬嫌いは、絶対にあいつのせいだ）

『それにしても珍しいわねえ、あれはね、精霊のなり損ないよ』

「せいれいの、なりそこない？」

『そーよ。あたしたちってねえ、意思のある精霊になる前段階があって……それを持って行って人間が活用したりするのよねえ。魔力の塊だかなんだかでなんだっけなー？　あはっ、忘れちゃった！　興味ないもん!!』

「それ大事なとこぉお！」

精霊さん、気まぐれがすぎます。

だけどまあ、精霊？　に似たようなモノだってのはわかった。

人間が使うって言葉がかなり不穏な気配しかしないが、ええと、だからってこの状況、どうしたらいいのだろう。

『とりあえず閉じ込めちゃえばあ？　アナタが狙われてるみたいだし』

「パル兄様、オルクス兄様がこっちに来るの！　あの犬は見えてる私を狙ってるみたいだし、この部屋を今すぐ結界で覆ってあいつを閉じ込めちゃったらどうかな！」

「あア!?」

「あいつこっち見てるもん、ずっと!!」

「チッ……うちの妹狙いとはふざけてんな」

「結界魔法で攻撃弾けたんだから、閉じ込められると思うの」

「……やってみるしかねえな」

あくまで仮説なのでわからないけども。

私は見えるけど対処できない。パル兄様やグノーシスたちは見えないけど対処できる。

よって今この場で最も必要な行動は、襲われないようにすることだ。

そしてあれが精霊の類い？　を使ったナニカなら、見て対処できるのはオルクス兄様で間違いない。どうよ、私だってちゃんと頭使えばこのくらい考えられるんだから!!

私が必死になりつつドヤ顔でそう告げるのを見て、テトが「可愛いですねえー」とマイペースに頭を撫でてきたけど、今そのタイミングじゃないと思うよ。テト。

実際、私の考えはほぼほぼ正解だったと思われる。

私たちが廊下に出たタイミングでパル兄様が結界を張ってくれた瞬間、ドンッという激しい衝撃だけが伝わってきた。私の目には、犬が飛びかかろうとして何度も見えない壁にぶつかってるって感じなんだけどね……。こっわ。

「ちっ、俺ぁアルと違って結界とかは苦手なんだがな……見えりゃあ吹き飛ばしてやんのに！」

「物騒！　建物の中だよ!?」

「人的被害が出ねえように気をつけて壁ごとぶっ飛ばせばいいだろ。修繕費くらい自費で出せる」

「そういう問題じゃないんだよなあ！」

ポケットマネーとかそういう問題じゃないんですよお兄様。

そういうところが父様をどことなく彷彿とさせるんだけど、それを言ったら言ったで不機嫌になる気がするのでここは無難に黙っておいた。私は賢い五歳児なのだ。

しかし見えないながらも衝撃の強さにパル兄様も顔を顰めている。

「チッ……俺の結界じゃあそう長くはもたねえぞ。オルクス兄上はいつ来るって？」

「もう着いた」

「うお！」

「そう驚くな。それにしても楽しげなことをしているな、パル」

気配もなく現れたオルクス兄様に、私も声が出なかった。

そりゃ驚くでしょうよ！　でもテトとグノーシスは驚いていなかった。そこはさすがなのか？

二人が騎士らしく手早く報告をしてくれたおかげで、オルクス兄様はただ黙って頷いただけだ。

「なるほど、奇妙な精霊モドキだな。特定の魔力に対して反応しているように見える。……おそらくヴィルジニアにかけられた守りのまじないに反応しているのだろう」

「やっぱり……」

ということはユベールのおまじないは効果があるんだ！

そんなことを考えていると、オルクス兄様は胸元に手を突っ込んで何やら瓶を取り出した。

えっ、そんなところになんで瓶が……しかも結構なサイズなんだけど。

私は驚きで二度見してしまった。ちなみにグノーシスとテトは無表情を貫いているけど、若干普段と様子が違うし、パル兄様は私と違ってさらに五度見くらいしていた。

どうやら私は正常のようだ。よかった。

確かにぴったりとした服装ではないといえばないんだけど、あのサイズの瓶がどうやって入ってたんだ……？　えっ、袖じゃなくて胸元だったよね……？

「パル、結界を解除しろ」

「お、おう。わかった」

「その精霊モドキはわたしが持ち帰り研究する」

オルクス兄様がそう言った瞬間、ぞっとして思わず私はテトにしがみついていた。

パル兄様もその場からあっという間に後ずさりして、ものすごく怖い顔をしている。

怖かったのは、オルクス兄様の魔力だ。

なんて言うんだろう。ぐにゃりとその場の空気が歪んだような気がして、兄様の持っている瓶の中に全部が吸い込まれたような感覚だ。

（あれも精霊の力なのかな？）

いつもならば兄様の周りを飛び回っている精霊たちの姿が見えない。先ほど私のところにやってきた子もいつの間にかいなくなっていたし、みんなが怖がっている気配だけ感じた。

呑み込まれるようなその感覚に、私も胸がドキドキして苦しい。

（兄様はやっぱりすごい人なんだ）

いつも飄々とヴェル兄様をからかってばかりだったけど、実は案外オルクス兄様こそ一番怒らせてはいけない人なのではなかろうか。

「ふん、まあこんなものか……」

そんなことを考えている間に私たちがあんなに手こずった犬の形をした精霊モドキが、まるで飴を溶かしたようにドロドロになって瓶の中に吸い込まれてしまった。

黒いモヤのようになってしまったそれは、そうなってしまえばパル兄様たちにも見えるらしい。

「とりあえずそこのシスター。そこの女性はこちらで預かることにする」

「えっ、は、はい！」

有無を言わせないオルクス兄様の言葉に、これまでの一連の流れに呆然としていたシスター・

ルーレが慌てて姿勢を正した。

ちなみに遅れてやってきたオルクス兄様の護衛騎士たちは、テトに叱咤されていた。

でも〝精霊の小径〟を使ったんなら、護衛騎士たちにはどうしようもなかったと思うよ……。

オルクス兄様って実はシアニル兄様よりも神出鬼没って言われているらしいからさ。

本当に騎士の皆様、うちの兄様たちがご迷惑をお掛けします……。

☆

私たちはユベールのお母さんを馬車に乗せて、城へと急いで戻ることになった。

クララさんがあの致命傷を受けて仮死状態になった理由がわからないし、そのクララさんの傍によくわからない精霊モドキがずっといたって事実も不可解だ。

あの様子だとクララさんを守っていたとも取れるし、逆に殺しきれなかったことで追尾型の精霊モドキを忍ばせておいたという可能性もある。

そしてなにより、あの精霊モドキが消えたから術者がそれに感づいて行動してくるかもしれないってことだ。あちらが本格的に行動をしてくる前に、私たちは城に戻る必要があった。

なんせオルクス兄様と私にはその精霊モドキが見えるけれど、他の人たちには見えない。

ということは、万が一襲われた場合のことを考えると逃げるが勝ちってね。

高位精霊を味方につけているエルフ族の第三妃がいることから、帝国内で精霊を攻撃目的で使役する人はいなかったらしい。でも精霊モドキはその範囲を超えた存在だという。

これまで不便を感じなかったそうだけど、今回みたいなケースでは対応次第で民間人が巻き込まれてしまうんじゃないかって兄様たちは心配しているようだった。私もその意見に賛成だ。

なので、クララさんを引き取ってからの兄様たちの行動は本当に速かった。

勿論馬車も速かった。強化をかけるだけであんなスピード出るとか……。

特殊な伝令などが走る際は馬と伝令、両方に強化魔法を掛けることもあるそうだけど、馬車ごとってのは滅多なことじゃ使わないんだそうだ。

というか、法律で一応使ってはいけないことになっているんだって。

(強化されてものすごい勢いで走る四頭立ての馬車、確かにただの暴走列車だものね!)

まあ今回は皇族の特権ってことで特別ね! 魔国関係者の安全もあるわけだし。

おかげで行きののんびりさはなんだったんだって勢いで城に戻ることができて、クララさんを医師に預けた上でユベールは再会を喜びハッピーエンド……ってわけにには勿論いかない。

出迎えてくれたユベールが、医師たちに運ばれていくクララさんを見つめるその背中に私はなんて声をかけていいのかわからない。

「ユベール……」

「アリアノット姫様、ありがとうな。母さんを助けてくれて」

誰よりも早く出迎えてくれたユベールが、私に笑顔を向けてくれたけど……でも、なんだか胸が少しだけ痛かった。だってすべてが解決したわけじゃないから。

クララさんの存在を、魔国の人たちに隠すかどうかが問題だ。

だけど違法に奴隷として売られた立場である彼女のことを隠せば隠したで外交問題になることは必至……ということで、ウェールス様とヴェル兄様の間で誓約が交わされた。

まとめると『ユベールとその母親に決して無理強いしない』という内容だ。

そうしてようやく彼らも長年離れていた家族と再会……となったわけだけども。

（いいのかな、仮にも他国の王族に連なる人なのに、一方的に要求だなんて）

いや、それはそれだからこその措置だと思うけど。

十年暮らしていたならユベールのお母さんだって帝国の民として扱われるべきで、この国で襲撃を受けたんならこの国の法律でその犯人を裁くべきで。

ユベールは勿論この帝国で生まれたから帝国の民として扱われるべきで。

そして万が一、捜索というのが建前でクララさんたちに暗殺者を送り込んだのがウェールス様たちだったら……という可能性だってなくはないのだ。

（襲撃犯が魔国の人間だという確証はないけど、だから、あれ？　よくわからなくなってきた）

とにかく、国として保護するべき相手でもあるということを前提にした誓約ってことなんだと思う。だけどなにより重要視されたのは、私がそれを望んだってことだ。

皇女がユベールを守ると宣言したことを、皇帝が認めているのだ。

（……こんな大事になるとは思わなかったけど）

まあ最終的にはウェールス様は一も二もなくその誓約を受け入れて、大慌てで駆け込んできたからまず黒幕ってことはないだろう。元々あんまりその可能性は考えてなかったけど。

　そして面会をして、やはりクララさんはウェールス様の妹君であり魔国の王太子殿下の焦がれた相手、許されるのであれば次期魔国の王妃として迎えたい女性で間違いなかった。

「……おそらく、目覚めないのは妹の魔力が全て傷に向かっているせいでしょう。我が一族は鳥人族、命の危機に瀕した際に魔力で仮死状態になるのです。……この国では魔素が足りず、体を維持するのが精一杯で魔力の回復が追いついていないのだと思われます」

　魔国の人たちは魔素の濃いところで生まれ育っているので、本能的に空気中の魔素を魔力に変換して扱う術を身につけているらしく、それが行えない状況下での蘇生は難しいんだって。

　特に鳥人族はその影響を強く受ける種族だって、ウェールス様は言っていた。

「母さん……」

「そしてまさか私の知らないところで甥が生まれていただなんて！　後ほどクラリス様と魔力の形質を確認いたしますが、まず間違いなく……王子の、御子で間違いない」

　売られた時に身ごもっていたとなれば、父親は当時の恋人であった王子様であると考えるのが自然だ。ユベールによれば、クララさんが農場で働いている間に恋人を作ったという話はないらしいので……多分。

「それと精霊モドキの件ですが、おそらく使われたのは魔術か何かだと思われます」

　ウェールス様によると精霊の素というか、魔素の塊？　を使って相手を特定して追跡する魔法が存在するらしく、その魔法は追跡先の相手にだけ見えるように調整して脅かしたり追い詰めたりするのに最適なんだそうだ。

うん、なんて嫌な魔法なんだ！

「それらは近年、オルフェウス国の法律で禁術指定されたものでして、使える術者に関しては国が把握している以外では裏稼業の者などが……取り締まりはしているのですが……」

やっぱり法律が施行されても簡単にはいかないのが世の中ってものらしい。

でも幸いというかなんというか、オルクス兄様が捕獲した例の精霊モドキを使えば術者の逆探知もできるらしいのだ。そこは術者の実力が物を言うってやつ？

「勿論、妹とユベールのことは私たち夫婦が全力で面倒を見ます。その後、王太子殿下とどのようになるかはわかりませんが……」

「わたくしたち夫婦は、二人の味方になると決めておりますから。わたくしどもにとっては大切な甥ですもの、これまで享受すべきであったものを全て準備してみせますわ」

「……ありがとうございます」

クラリス様とウェールス様夫婦が、ユベールの傍らでそう力強く宣言した。ユベールも戸惑ってはいるようだけれど、クララさんのことを考えればそれが一番なんだろう。

もうね、クララさんが見つかってわかったことなんだけど……。

ウェールス様はシスコ……げふげふん、妹想いらしいのよ。しかも割と強火のやつ。

早い内に両親を亡くして、兄妹で助け合って生きてきたってんだよ。

だから王子が手を出したって聞いた時には烈火の如く怒っていて、なんだったら今も許してないって話なんだよね。

未来の宰相と王太子殿下が対立って……さあ、魔国の未来はどっちだ！

「……あれ？ってことは、ユベールって、王子様になっちゃうの？」

魔国の王子様が、帝国の皇女の側仕えなんて当たり前だけどおかしな話だ。

思わず零れた私の言葉に、その場にいた人たちがなんとも言えない顔をする。

申し訳なさそうな、哀れなものを見るような。そんな視線が、痛い。

（ってことはもう一緒にはいられないってこと？）

みんなのその顔を見て、私はユベールの手を……知らず知らず強く握りしめるのだった。

☆

「……やっぱり、ユベールも魔国に行くんだね」

「うん。母さんを治すにはそれしかないって、アル＝ニア様も仰ってた」

「そう……」

クラリス様はクララさんが見つかったって聞いて、涙をボロボロ流して喜んだ。

そして眠り続ける彼女を見て『自分たちのせいだ』と人目を憚らず大号泣したのだ。

弟の恋人としてよりも、夫の大事な妹を大切に想っているって感じだったかな。

『弟が！　身勝手なことばっかりして！　一言でも相談してくれてたらこんなことにはなっていな

かったのに!!　ああ、なんて可哀想なクララ……!』

涙に暮れる美女は大変美しかった。

でもその直後に立ち上がったかと思うと握りこぶしを作って『あの馬鹿ぶちのめす!!』って大声で宣言したあの憤怒の形相には驚かされたよね。

このあと起こるであろう魔国オルフェウス史上に残る姉弟喧嘩の行く末が気になるところ。

なんか一方的にぶちのめされそうだよね、会ったことないけどユベールのお父さんファイト！

ちなみにクララさんの容態についてなんだけど、お医者様の他にアル兄様やウェールス様が魔法を使って失われた魔力を補完できないか試したそうだけど……やっぱり命に関わるほどの魔素を必要とするとなると、帝国では厳しいようだった。

だから使節団と共に、クララさんは魔国に帰る。ユベールも、一緒に。

それはまあ、私も当然だと思う。

魔国の王子様……つまりユベールのお父さんだけど、その行方不明だった恋人が見つかっただけじゃなくて実は子供も生まれていて、暗殺事件が起きていたなんてね。

やっぱりなんだかんだ二人は、魔国で保護されるべき立場なのだ。

目が覚めたクララさんが、果たして王妃という重責を受け入れてくれるのかとか……止まっていた時間分を受け入れられるのかとか、不安は尽きないけど。

それにユベールだって新しい環境に馴染めるかわからないし、失われた十年が家族の再会で埋められるかどうかなんて誰にもわからないのだ。

血が繋がっていたって愛せない人たちもいるということを知っている私は、心配だ。

でもまずクララさんには治療が必要で、そしてユベールも自分のルーツを知るべきだとも思う。

「ユベールも、魔法使いになるのかな」

「……わからないよ」

ずっと一緒にいたシエル。

ユベールになってこうしておしゃべりをするようになって、私よりも五歳年上のお兄ちゃんな彼の姿には、まだどうしても馴染めない。

でも私の間抜けなところを見たり、慰めてくれたあの優しい視線は変わらなくて……やっぱり同じ存在だってことはきちんとわかっているつもりだ。だからこそ。

「……寂しくなるなあ」

「もう部屋の中ででっかい独り言なんて言っちゃだめだよ。レディーなんだろ」

「しないよ！」

「泣きたくなったら、どのお兄さんでもいいから頼ってあげなよ。絶対に喜ぶからさ」

「……うん」

「もう俺は慰めてあげられないんだから。まあ、元々フクロウの姿じゃないなら……俺みたいなガキなんて、本当は傍に行くことも許されなかったんだし」

そりゃそうだ。なんたって、私は皇女様だからね。

ユベールは王子様に自分の子だって認めてもらわない限りは、帝国で生まれた奴隷の子供だ。

認められたとすれば、魔国オルフェウスの王家に連なる子供だ。

いずれにしても適切な距離ってもんがあることくらい、私だってわかってる。

(わかってるけど、寂しいな……)

この世界に来て、初めて『お別れ』するんだって、気づいた。気づいてしまった。

ずっとずっと傍にいてくれたシエルが、私の隣からいなくなる。

ペットだったらある程度は覚悟してたけど、そういうのとは違うんだ。

私が傍にいる必要も、守ってあげる必要もない。

(もう私は、必要ない?)

違う。そういうんじゃない。

そういうんじゃないってわかっているのに、胸がぎゅうっと痛んだ。

「……もう、お部屋戻るね」

「うん。……おやすみ、アリアノット姫様」

ユベールが、私の名前を呼ぶことに違和感があったけど。

でも私は、どうにかして笑顔を見せる。彼の記憶に残るのは、笑顔がいいって思った。

(……笑顔の練習、頑張ろう)

お見送りの時は最高の笑みを浮かべられるように。

それが私にできる、精一杯のことだから。

エピローグ

結局、クララさんが見つかってから一ヶ月後。

船での移動に問題がないとお医者様も認めているし、母国との連絡も取れて彼女たちを守るだけの態勢が整ったという連絡を受けて、正式にクラリス様たちの帰国日が決まった。

当然それは、私とユベールのお別れの日という意味でもあった。

「……元気でね、ユベール」

「……うん」

フクロウ姿だったとはいえ、誰よりも身近にいてくれたユベールが離れていってしまうのはやはり寂しくて、涙が出てしまいそうだ。

私はこれまでの感謝を綴(つづ)ったお手紙と……あちらの国に行っても私のことを思い出してもらえるように、私たちが出会った庭園の花で作った押し花の栞(しおり)をユベールに手渡した。

「魔国でも、元気でね」

「……うん」

「ユベールのお母様も、早く元気になるといいね」

「手紙、書くよ」

「うん」

「今までありがとう」

「うん」

泣いちゃダメだ、わかっているのにやっぱり体は子供だからだろうか？

すぐにぐずぐずになって、私の目からは涙が零れた。笑顔で見送りたいのに！

ユベールは、私にとって唯一の『お友だち』だった。

父様がいて、兄様たちがいて。

護衛騎士のみんなもシズエ先生もデリアも私にとって大切な人たちだけど、やっぱり私は皇女だから。ユベールはどう思っていたかわからないけど。

今日の彼は、出立の日に相応しい、綺麗な格好をしていた。

これから魔国では彼の立場もいろいろ大変なんだと思う。

王家に連なる血を引く子供、宰相候補の甥。

クラリス様もウェールス様も、クララさんとユベールの意思を無視して無理矢理王家に所属させようとは思わないけれど、今後その身を守っていくために手続きや身分は必要だって話していた。

だから、これからどうなるかわからないけど……きっと、ユベールは魔国の王子様になるんだろう。国を継ぐ立場になるかどうかは、まだわからないけど。

「ユベール、そろそろ……」

もう既に船に乗り込んでいるウェールス様が、声をかけてきた。

ああ、もう出立なのだ。

そう思って繋いだ手をそっと離したら、ユベールは私の手を摑み直したではないか。

「ユベール？」

「俺！……また、会いに来る。もう俺が傍で慰めてやれないけど、絶対また会いに来るから！」

「……うん。うん！　約束……」

ぎゅっと、抱きしめてくれたユベールの肩は少しだけ震えていた。

十歳の男の子ができる精一杯の気持ちだったと思う。

その気持ちが嬉しくて、私も泣きながら笑みを浮かべてみせる。

時間が来て去って行く船を見送る私の目から涙はなかなか止まってくれず、父様が私を抱き上げて慰めてくれて『魔国を攻め滅ぼしてあの子を連れて帰ろうか』なんて言い出しちゃったものだから、一騒動あったと言えばあったんだけど……。

まあとにかく、私の五歳にして起きたこの大冒険は、ここで終わったのだろうなと去りゆく船の面影を水平線に眺めて思う。

「そうだヴィルジニア！　この父が新しいペットを買ってやろうではないか。何がいい？　虎か？それとも獅子か？」

「……もうちょっと小さいのがいいなあ」

「よしそうだな、ドラゴンなんてどうだ⁉」

「話を聞いて、父様」

とりあえずは愛する家族がいてくれる。

私はその幸せを、大事にしよう。

ぐずぐずと水平線に視線を向けてしまう私の頭を、ヴェル兄様がおぼつかない手で撫で、次にオルクス兄様が、パル兄様が、アル兄様が、シアニル兄様が、カルカラ兄様が撫でていく。

大きくて優しいその手の温かさに心が癒やされて、私は父様に抱きついてもう一度だけ水平線に視線を向けた。もう、船の姿は見えない。

（元気でね、ユベール）

いつかの再会を願いつつ、異国に帰ってしまった友だちの幸せを、私は遠くから祈るのだった。

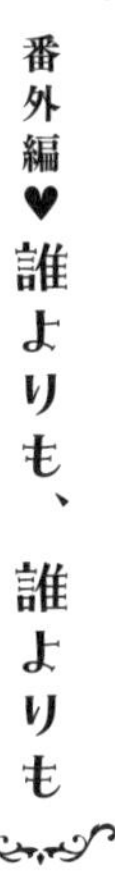

番外編♥誰よりも、誰よりも

知らないものはいないとまで言われる強大な帝国、レグタリア。

その帝国を治める皇帝は常に傑物と言われ、歴史書には欠かせない存在であり、吟遊詩人や芸術家がこぞってその伝説を語りたがる程である。

中でも現在の皇帝であるアレクシオス＝マグナスという男は歴代皇帝の中でも最も初代皇帝に近い炎の魔法を操る皇帝として人々に畏怖されていた。

そしてその偉大なる皇帝には妻が七人いる。

第一から第六までいる夫人はいずれも大なり小なり国の大きさは違えど姫であったり豪商の娘であったり、とにかく皇帝の妃（きさき）として足る人物たちであった。

しかし、第七妃だけは別である。

帝国内の弱小貴族、それも家門が途絶えてしまうようなほぼ平民と変わらない身分。

何故（なぜ）そのような身分の娘を栄えある皇室に迎え入れたのか？

それについては多くの人が疑問を口にし、そしてあれやこれやと推測した。

そしていつしか人々は、ひとえに皇帝が『女児』を望んだからだ……そうまことしやかに囁（ささや）かれるようになったのである。

何故か？

レグタリアの皇室は不思議なことに常に男児に恵まれるのだ。

ごく稀に女児が生まれることがあっても、それは本当に稀なこと。

事実、現皇帝アレクシオス＝マグナスにはすでに六人の子がいるがいずれも男児であった。

そしていずれの子も優秀で魔力の大きさもあり、妃一人に対し一人の子だけを儲けるといった古来の慣習を守っていることを知る人々は『有能な男児に恵まれていながら妻をさらに娶ったのには女児を求めているからではないか？』と勘繰ったのである。

「アイナ」

「……アレクシオス様、どうか、この子を……わたしたちの、子をお願いします……」

「ああ。必ず……必ず幸せにすると誓う」

しかし事実は異なる。

アレクシオス＝マグナスが若い頃に身分を隠し出会った少女、下級貴族のアイナ。

皇帝となった後に責務を果たし、初恋の少女を妻に迎えた……それだけの話だったのだ。

（子が男であろうが女であろうが構わなかった）

アレクシオスには皇帝として妃たちを蔑ろにするつもりは、これっぽっちもない。

彼女たちには十分な身分を、資金を、仕事を、求めるものはなんでも与えた。

平等に接し、尊重し、子らに対しても彼女たちの祖国に対しても敬意を払った。

それは決して夫婦としては正しくなかったのかもしれないし、政略結婚としては正しいのかもしれない。少なくとも彼は妃たちに対して平等であれと、それだけは愚直に守った。

ただし愛を平等に、それだけはできなかったのだ。

いいや、愛はある。それは異性に対する愛というよりは家族としての、信頼と愛情。

偉大なる皇帝であろうとも、一人の男として愛を捧げた相手はアイナという娘だったのだ。

子供たちはどの子も素晴らしく誇らしいと、アレクシオスは常々思っている。

いずれも自分に似てクセのある性格であることは少々悩ましかったが、それでもアレクシオス＝マグナスにとって皇子たちは自慢の息子たちだ。

幸いにも妃たちはその皇帝の気持ちを尊重してくれて、第七妃を迎えることに問題はなかった。

人々の噂には少々辟易するものがあったとはいえ、害はないと放置を決め込む。

噂話に興じていられるのも、国が平和な証だと鷹揚に構えた。

愛する者を妻に迎えることが叶い、子供たちは健やかに成長し、国は豊かで民は笑っている。

アレクシオス＝マグナスにとって、幸福な日々であった。

「アイナ……」

しかしその幸せは脆いものであった。

第七妃アイナは出産後にはかなくなり、残されたのは人々が噂していたように女児。

か弱く、他の子らに比べれば脆弱とさえ言ってもいい我が子を抱いて、アレクシオス＝マグナスは誓う。愛した女との約束通り、この子を誰よりも幸せにする。

「娘の名前はヴィルジニア……ヴィルジニア＝アリアノットとする。近衛騎士の中よりグノーシスを中心として他三名を選抜し、警護にあたれ」

「は、はい！」

皇帝が信頼し、その実力を認める近衛騎士隊の中でも実力者が皇女の護衛に選ばれた。

これはこれまでの皇子に対してはない措置で、周囲をざわめかせるには十分だった。

だがそれでも皇帝は心配でならなかった。

母親を亡くした娘は後ろ盾がない。そのため、多くの目に晒されて噂されていくだろう。

他の妃たちに預けることも考えたが、生まれたばかりの娘にとって良くない輩が忍び寄る口実になってしまうことを考えると躊躇われた。

環境を整えることは簡単だ。皇帝の寵愛のもと、閉ざされた空間を作りだし、強い兵で囲い、誰ぞ権力者の息がかかっていない低位貴族の子女から専属侍女を選べばいい。

ヴィルジニア＝アリアノット。

ただ、幸せになるためだけに生まれてきた子。

他の皇子たちにも同じように幸せになってほしいと願っているが、亡くなった妻に誓ったのだ。

(必ず、幸せにすると誓った)

彼女の分まで愛し、慈しみ、幸せにするのだ。

小さくか弱いその赤子は、これまでどんな大敵と相対しようと何も感じなかったアレクシオス＝マグナスにとって、なによりも重い存在となったのである。

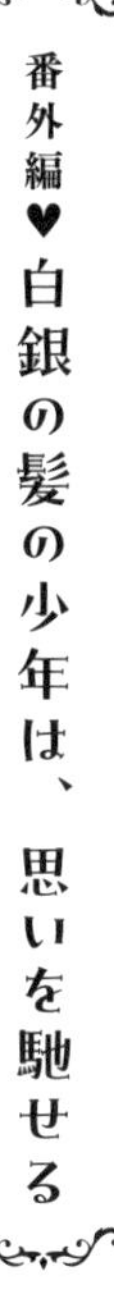

番外編♥白銀の髪の少年は、思いを馳せる

ざざん、ざざん。

ただただ広がる水平線をぼうっと眺めるシエル改めユベールは、寂寥(せきりょう)感を抱いていた。

帝国で生まれ、長閑(のどか)な酪農地帯に老人と母親、そして自分を合わせた三人で暮らせる程度の家畜と菜園。そんな空間で生きていたというのに、突如として予想もしなかった不幸に見舞われて気がつけばこうして船に揺られ帝国の外に出るなど、少年は考えたこともなかった。

『おめえとクララにこのあばら屋と牛くらいは残してやるからよう』

農場主のドミーニは、ユベールにとって祖父のような存在だった。

固くゴワゴワした手で撫(な)でられると少し痛かったけれど、いつだってうんうんと温かく話を聞いてくれて、そしていろんなことを教えてくれた。ユベールは老人のことが大好きだった。

母であるクララに叱られてしょぼくれた時なんて何も言わずに横に座り、愚痴を言えば薄く笑みを浮かべて聞いてくれたものだ。

刻まれた皺(しわ)は強い日差しの下で生きてきた証(あかし)で、かさついた肌は農作業と家畜の世話に追われた働き者の証だ。ユベールはドミーニを尊敬していた。

学があったわけではないし、商才があったわけでもない。

離れて暮らす家族を愛している、どこにでもいるような平凡な老人だった。

だけれど誰よりも優しい人だったとユベールは今でも思っている。

あの人のように、優しくて、誰かの気持ちに寄り添える大人になりたいと思った。

『金ならある、だからこの女と子供のことは……！』

強盗だと思った。押し入られたあの日、外は雨風が強くてゴウゴウという音だけが聞こえていた。

雷鳴を背に自分たちを見下ろした相手の顔は逆光で見えなかったがとても恐ろしかった。

赤い血しぶきに、母の悲鳴に、飛び出した自分を追う犬のようなものの気配に。

雷鳴も、雨も風も、なにもかもがユベールを脅かした。

（……アリアノット）

気がつけば自分の体は鳥になっていた。

目をまん丸にした女の子が自分のことを心配してくれていて、でも彼女の周りにはたくさんの大人がいて怖かった。

どうやら特別な存在らしいその子の傍にいれば自分は安全だという、打算があった。

何故鳥の姿になったのか、戻ることはできないのか。

怖くて、怖くて、たまらない。

だけどその度に小さくて頼りない手が、ユベールを支えてくれた。

『大丈夫だよ』

舌っ足らずにそう言って抱きついてくる泣き虫な女の子。

あの子がいなかったら、今頃どうなっていたのだろう。

目を閉じれば、一緒に過ごした他愛ない日々が鮮明に浮かんでくる。

兄たちのことが大好きで、いつかは素敵なお嫁さんになるんだと子供らしい夢を語って、魔法を使うんだと不思議なポーズを取ったり照れたり、忙しい子だった。

（怯える日々の中で、保護してくれたのが皇女と知った時には自分も終わりだと思ったのにな）

まさか母親が遠く離れた魔国の人間で、偉い人と関係があったなんて。

幼い頃に自分の父親は誰なのか、ユベールも母親に質問したことがある。

だが母親は決まって『遠いところにいるの。ちょっと抜けてて、でもとっても優しい人よ』と綺麗に笑ったものだ。

（……俺は受け入れてもらえるのかな）

母のことを探しているとは聞いたが、会ったこともない息子を受け入れてくれるとは限らない。

その場合は伯父であるウェールスがユベールのことを養子にすると息巻いていたが、そのくらいならいっそ帝国に帰してほしいと彼は思った。

（母さんにはアリアノットのこととか、聞いてほしい。王子様になりたいわけじゃない……だけど、なれたらアリアノットにまた会えるんだろうか）

奴隷の子よりも、王子という肩書きがあれば帝国の皇女に会える機会はある。

だがそれも与えられないなら、皇女の側付きとしてもう一度雇ってもらった方が、知らない環境と知らない家族のもとにいるよりずっとマシだと思えた。

「どうした？　ユベール」

「……ウェールス様。なんでもありません」

「ははは、様だなんて……気軽に伯父さんって呼んでくれていいんだぞ」

「……ありがとうございます」

奴隷の子供でしかなかった少年に降って湧いたような幸運。人々はきっと、そう思うのだろう。

だがユベールにとって幸せかどうかは、別だ。

彼にとってはこれまで一人で苦労した母と、親身になってくれたドミーニこそが家族だった。

苦労したかと問われればそうかもしれないし、身分で言えば決して良いものでもない。

だがドミーニは可愛（かわい）がってくれたし、母も愛してくれた。ユベールは幸せだった。

だから今、周囲から『苦労した哀れな少年』と思われることがとても気持ち悪かったのだ。

暗殺者に追われたことは確かに恐ろしい経験であったし、そこを心配してなるべく触れないでくれる気遣いはありがたかったが、幼少期の暮らしについて哀れまれるとこれまでの暮らしを否定されるようで辛（つら）かったのだ。

（母さんが目を覚ましたら、何から話したらいいんだろうか）

魔国に着いたら母親のクララは王城で治療を受けるという。

であれば、もしかすれば傍に寄ることすら許されないかもしれないと思うと気分はどうしたって晴れない。しっかりしているように見えても、ユベールはまだ子供なのだ。

「……ユベールは本当に、クララの小さな頃によく似ているよ」

「えっ？」

「もし父親に受け入れられない時はクラリス様に告げ口をするといい。彼女がユベールの代わりにお仕置きしてくれるだろうから」

「えっ……」

「そうだね、それよりもまずはオルフェウスに着いたら手紙を書かないといけないね。彼の国の姫君に手紙を書くと約束したのだろう?」

「……アリアノット姫に、また会えるでしょうか」

「会えるさ！」

ユベールの質問に、ウェールスは満面の笑みを浮かべる。

ここにいる人間に心を許さない少年の気持ちを、ウェールスは理解していた。

哀れな子だと思うが、口には出さない。

その気持ちは、決して彼の生まれや育ちについてのものではないからだ。

「無事に着いたと連絡するだけでも、きっと喜んでくださるよ」

「……はい」

頭を下げたユベールに、ウェールスはにこりと微笑んでその場を後にする。

また静けさを取り戻した中で、ユベールはふと振り返る。

もう見えなくなってしまった大陸の大きなあの城で、自分の手紙を待っているであろう少女の笑みを思い浮かべてそっと胸に手を置いた。

(……絶対、会いに行くから。待っててね、アリアノット)

末っ子皇女は幸せな結婚がお望みです！①

発行　２０２４年２月25日　初版第一刷発行

著者　玉響なつめ

イラスト　ニナハチ

発行者　永田勝治

発行所　株式会社オーバーラップ
〒１４１－００３１
東京都品川区西五反田　８－１－５

校正・ＤＴＰ　株式会社鷗来堂

印刷・製本　大日本印刷株式会社

ISBN　978-4-8240-0742-1 C0093

【オーバーラップ　カスタマーサポート】
電話　０３－６２１９－０８５０
受付時間　10時～18時（土日祝日をのぞく）

作品のご感想、ファンレターをお待ちしています

あて先：〒141-0031　東京都品川区西五反田8-1-5 五反田光和ビル4階　ライトノベル編集部

「玉響なつめ」先生係／「ニナハチ」先生係

スマホ、PCからWEBアンケートにご協力ください

アンケートにご協力いただいた方には、下記スペシャルコンテンツをプレゼントします。
★本書イラストの「無料壁紙」　★毎月10名様に抽選で「図書カード（1000円分）」

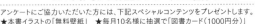

公式HPもしくは左記の二次元バーコードまたはURLよりアクセスしてください。
▶ **https://over-lap.co.jp/824007421**
※スマートフォンとPCからのアクセスにのみ対応しております。
※サイトへのアクセスや登録時に発生する通信費等はご負担ください。

オーバーラップノベルスf 公式HP ▶ **https://over-lap.co.jp/lnv/**